피로 물든 방

THE BLOODY CHAMBER
by Angela Carter

Copyright © Angela Carter, 1979
Korean translation copyright © MUNHAKDONGNE Publishing Corp., 2010
All rights reserved.

Korean translation rights by arrangement with Rogers, Coleridge & White Ltd.
through Eric Yang Agency.

이 책의 한국어판 저작권은 에릭양 에이전시를 통해
Rogers, Coleridge & White Ltd.와 독점 계약한 (주)문학동네에 있습니다.
저작권법에 의해 한국 내에서 보호를 받는 저작물이므로 무단 전재와 무단 복제를 금합니다.

이 도서의 국립중앙도서관 출판예정도서목록(CIP)은 서지정보유통지원시스템 홈페이지(http://seoji.nl.go.kr)와
국가자료공동목록시스템(http://www.nl.go.kr/kolisnet)에서 이용하실 수 있습니다.
(CIP제어번호: CIP2010000443)

세계문학전집
030

Angela Carter : The Bloody Chamber

피로 물든 방

앤절라 카터 소설

이귀우 옮김

문학동네

차례 ▋

피로 물든 방

기억난다. 그날 밤 나는 잔뜩 흥분한 나머지 부드럽고 달콤한 황홀감에 젖어 침대차에서 잠 못 들고 누워 있었다. 달아오른 뺨을 새하얀 베갯잇에 파묻고, 기차를 끊임없이 달려 나가게 하는 거대한 피스톤이 고동치는 것처럼 내 심장도 쿵쾅거렸다. 그 기차는 파리로부터, 나의 처녀시절로부터, 엄마랑 살던 집의 하얗고 안온한 고요로부터 나를 멀리멀리 알 수 없는 결혼의 나라로 밤새도록 실어 나르고 있었다.

그리고 엄마의 모습을 짠하게 상상하던 것도 기억난다. 지금쯤 엄마는 내가 영원토록 남겨두고 떠나온 내 좁은 방에서 천천히 돌아다니시며 내가 남긴 자잘한 것들, 이제는 필요 없어서 던져버린 옷가지나 트렁크에 들어갈 자리가 없어서 못 담은 악보들, 내다 버릴 음악회

프로그램 등을 차곡차곡 포개 치우고 계시겠지. 엄마는 딸의 결혼식 날 엄마가 느끼는 시원섭섭한 마음으로 찢어진 리본이나 빛바랜 사진을 들여다보고 있을 터였다. 나는 신부로서 승리감을 느끼는 와중에 상실감의 아픔을 맛보았다. 그가 내 손가락에 금반지를 끼워주었을 때, 마치 그의 아내가 됨으로써 어떤 면에서는 더 이상 엄마의 자식이라고 할 수 없게 된 듯했다.

너 확실하니, 그가 사준 웨딩드레스가 들어 있는 어마어마한 상자가 배달되었을 때 엄마가 물었다. 그 상자는 설탕에 절인 과일을 담은 크리스마스 선물처럼 부드럽고 얇은 종이와 빨간 리본으로 포장되어 있었다. 너 정말 그 사람 사랑하는 게 확실하니? 엄마 드레스도 있었다. 물 위에 퍼진 기름처럼 흐릿한 무지갯빛이 도는 검은 실크 드레스. 부유한 차 농장주의 딸이었던 엄마가 인도차이나에서 지냈던 모험 가득한 처녀시절 이후 입어본 그 어느 옷보다 더 고급스러운 드레스였다. 독수리 같은, 불굴의 우리 엄마. 배에 가득 찬 중국 해적 무리에 대담하게 맞서고, 전염병이 창궐한 가운데도 마을 사람들을 간호해주고, 식인 호랑이를 쏴서 해치웠다고, 그것도 내 나이가 되기도 전에 자기 엄마가 그런 일들을 했다고, 내가 다닌 음악학교의 어느 누가 자랑할 수 있겠는가?

"너 정말 그 사람 사랑하는 게 확실하니?"

"그 사람과 결혼하고 싶은 것은 확실해요." 내가 말했다.

그리고 더 말하려고 하지 않았다. 엄마는 한숨을 쉬었다. 우리의 빈약한 식탁에 늘 자리했던 가난의 유령을 드디어 몰아내는 것이 못마땅한 듯했다. 왜냐면 엄마는 사랑을 위해 기꺼이, 욕먹으며, 반항적으로 가난을 택했기 때문이다. 그리고 어느 날 그녀의 용감한 군인은 전쟁에서 영영 돌아오지 않았고 부인과 자식에게 유산으로 아직도 마르지 않은 눈물과, 훈장으로 가득 찬 시가 상자와 낡은 연발 권총을 남겨주었다. 역경을 겪느라 아주 괴짜가 된 엄마는 이 권총을 언제나 손가방에 넣고 다녔다. 시장에서 집으로 돌아올 때 뒤에서 발소리가 나서 놀랄 경우에 대비한 것이냐고 엄마를 놀리기도 했다.

가끔가다 눈부신 불빛이 창문에 드리운 블라인드에 쏟아졌다. 마치 철도회사가 신부를 축하하기 위해 우리가 지나가는 모든 역을 환하게 불 밝힌 것 같았다. 내 새틴 잠옷은 방금 포장지를 풀고 꺼낸 것이었다. 그 옷은 젊은 처녀의 봉긋한 유방과 어깨에 미끄러지듯 걸쳐졌다. 잠옷은 무거운 물로 만든 의상처럼 매끄러웠고, 내가 좁은 침대에서 잠 못 이루고 뒤척일 때마다 내 허벅지 살을 고약하고 간사하게 슬쩍 건드리며 장난스럽게 애무했다. 그의 키스, 혀와 이 그리고 까칠까칠한 수염이 닿은 그의 키스는 그가 준 이 잠옷처럼이나 아주 넌지시 결혼 첫날밤을 내게 암시해주었다. 첫날밤은 선조에게 물려받은 커다란 그의 침대에 우리가 같이 누울 때까지 감질나게 미루어지리라. 바다에 둘러싸인 뾰족탑의 영지에 있는 침실. 여전히 내가 상상할 수 있는 범위를 벗어나 있는 그 땅…… 마법의 장소, 벽이 거품으로 만들어진 요정의 성, 그가 태어난 전설의 저택이다. 언젠가 내가 그 땅을 물려받을 후계자를 낳으리. 우리의 목적지, 나의 운명.

당김음으로 울리는 기적 소리 위로 그의 고르고 안정적인 숨소리가 들렸다. 남편과 나 사이를 가로막고 있는 샛문이 열려 있었다. 팔꿈치를 딛고 몸을 일으키면 검은색 사자 머리 모양을 한 그의 머리통이 보일 만한 거리였고, 그를 언제나 따라다니는 스파이시 레더 향의 강한 남자 향수 냄새가 훅 풍겼다. 구혼 기간 중 한동안 그가 엄마의 거실에 와 있다는 유일한 힌트는 그 냄새뿐이었다. 그는 몸집이 컸지만 마치 구두 밑창이 벨벳으로 된 듯, 마치 그의 발걸음이 카펫을 눈으로 바꾸어놓은 듯, 조용하게 움직였기 때문이다.

그는 내가 피아노에 빠져 혼자 앉아 있을 때 날 놀래주기를 좋아했다. 하인들에게 자기 왔다는 말을 하지 말라고 하고서는 조용히 문을 열고 내 뒤로 슬며시 와서 온실에서 기른 꽃다발이나 밤 정과 상자를 피아노 건반 위에 놓고 드뷔시 서곡에 빠져 있는 내 눈을 손으로 가리곤 했다. 그러나 언제나 스파이시 레더 향으로 그 사람이라는 것을 알아챘고 처음 놀랐던 이후에는 언제나 깜짝 놀란 척해야 했다. 그가 실망하지 않도록.

그는 나보다 나이가 많았다. 훨씬 더 많았다. 그의 검은 머리에는 은백색 새치가 있었다. 그러나 이상하게 무겁고, 거의 밀랍 같은 그의 얼굴에는 세월의 주름이 없었다. 도리어 세월이 얼굴을 완전히 매끈하게 씻어낸 것 같았다. 마치 해변의 조약돌이 계속되는 조류에 씻겨 금이 없어지는 것처럼. 그리고 가끔 그가 내 연주를 조용히 들을 때, 전혀 반짝이지 않아서 언제나 날 불편하게 하는 그의 눈에 눈꺼풀이 무겁게 덮였을 때, 그 얼굴은 내겐 마치 가면처럼 보였다. 날 만나기 전, 내가 태어나기도 전에 그가 이 세상에서 살았던 모든 삶이 진짜로 새겨져 있는 그의 진짜 얼굴은 그 가면 아래에 숨어 있는 것 같았다. 아니면 다른 데 있는 것 같았다. 나의 젊음 앞에 세월의 흔적이 없는 얼굴을 내놓으려고 그동안 갖고 살아왔던 자기 얼굴을 다른 곳에 치위둔 것 같았다.

그리고 다른 곳에서 그의 맨얼굴을 볼지도 모른다. 다른 데서. 그런데 어디에서?

아마도 지금 이 기차가 달려가고 있는 성에서, 그가 태어난 그 멋진 성에서.

내게 청혼하고 내가 "네"라고 대답했을 때도 그는 여전히 육중한 평정심을 잃지 않았다. 남자를 꽃에 비유하는 것이 이상하게 들리겠지만 그는 가끔 백합 같았다. 맞아. 백합. 만져보면 양피지처럼 두껍고 질기게 느껴지는 두툼한 흰 꽃잎 살에서 바깥쪽으로 말려 나온, 코브라 머리 모양을 한 장례식용 백합처럼 뭔가 느끼고 생각하는 것 같은 식물의 그 이상하고 섬뜩한 평온함을 지닌 백합. 내가 그와 결혼하겠다고 말했을 때 그의 얼굴에서 근육 하나도 움직이지 않았으나, 그는 꺼지는 듯한 한숨을 길게 내쉬었다. 나는 이렇게 생각했다. 아, 그가 정말 날 원하는구나! 헤아릴 수 없이 무거운 그의 욕망은 폭력성 때문이 아니라 진지함 때문에 내가 버텨낼 수 없는 강한 힘으로 느껴졌다.

그는 진홍빛 벨벳 안감을 댄 가죽 상자에 반지를 준비해 왔다. 비둘기 알만 한 크기의 빨간 오팔은 단순하지 않은 원 모양의 짙은 색 앤틱 금반지에 세팅되어 있었다. 엄마와 나와 오래 함께 살아온 유모는 반지를 곁눈질로 힐끔 보더니 "오팔은 재수가 없는데"라고 말했다. 그러나 이 오팔은 그의 어머니 반지였고 그의 할머니, 그리고 그 이전에는 증조할머니의 어머니 반지였으며 카트린 드메디시스*가 선조에게

---

* 이탈리아 메디치 가문 출신으로 프랑스 왕 앙리 2세의 비.

하사한 것으로…… 아득한 옛날부터 그 성으로 시집온 여자들은 모두 이 반지를 꼈다. 그럼 이 반지는 다른 부인들에게도 주었고 그들에게서 돌려받은 것인가요? 유모는 대놓고 물었다. 그렇지만 그녀는 속물이었다. 그녀는 이 결혼으로 내가 어린 후작부인이 되는 데 대한 믿기지 않는 기쁨을 겉으로는 흠을 잡는 척하며 숨기고 있었다. 하지만 여기 봐, 그녀는 날 툭 쳤다. 나는 어깨를 으쓱하고 토라져서 등을 돌렸다. 그가 나 이전에 다른 여자들을 사랑했다는 것을 기억하고 싶지 않았다. 그러나 한밤중에 자신감이 없어졌을 때는 그 사실이 날 자주 괴롭혔다.

난 열일곱 살이었고 세상 물정을 아무것도 몰랐다, 나의 후작은 전에 결혼했었다. 그것도 한 번 이상. 그 여자들 이후에 그가 이제 왜 나를 선택했는지 좀 어리벙벙했다. 사실, 그는 바로 전 부인을 여의고 아직 상중이 아닌가? 쯧쯧, 유모는 혀를 찼다. 엄마도 상처한 지 얼마 안 되는 남자가 딸을 빼앗아가는 것을 보고 싶어 하지 않았다. 루마니아 백작부인. 멋쟁이 귀부인. 그녀는 내가 그를 만나기 겨우 석 달 전에 죽었다. 브르타뉴에 있는 그의 집에서 일어난 보트 사고로. 시체는 발견되지 않았다. 그러나 난 유모가 자기 침대 밑 트렁크에 숨겨놓은 예전 사교계 잡지를 뒤져서 그녀의 사진을 찾아냈다. 예쁘고 재치 있고 버릇없는 인상이 같은 뾰족한 입. 그 깅력하고 시니한 배턱, 신하고 선명한 색깔의 야성적이지만 세속적인 존재로, 본래 사는 곳은 어느 실내장식가가 종려나무 화분과 꽥꽥거리는 앵무새로 가득 채워 정글같이 화려하게 꾸민 방이었음에 틀림없었다.

그 이전 부인은? 그 여자의 얼굴은 공공의 소유물이다. 누구나 그녀를 그렸지만 내가 제일 좋아하는 것은 르동의 판화로 〈밤의 가장자리를 걷는 저녁 별〉이다. 그녀의 깡마르고 묘한 우아함을 보면 아무도 그녀가 몽마르트르에 있는 카페의 술집여자였다는 것을 몰랐을 것이다. 퓌비 드 샤반*이 그녀를 보고 옷을 벗겨 납작한 가슴과 기다란 허벅지를 붓으로 그려내기 전까지는. 그러나 그녀를 망친 것은 압생트 독주였다, 아니 사람들이 그렇다고 말했다.

그의 부인들 중 첫 여자는? 그 화려한 여가수. 음악적으로 조숙했던 난 생일선물로 음악회에 가서 그녀가 이졸데 역을 맡아 노래하는 것을 들어본 적이 있다. 나의 첫 오페라. 나는 그녀가 이졸데로 노래하는 것을 들었다. 그녀는 얼마나 강렬한 열정으로 무대에서 불타올랐던가! 그걸 보고 그녀가 요절하리라는 것을 알 수 있었다. 우리는 높은 곳에 앉아 있었다. 신들이 있는 천당 가까이. 그러나 그녀는 내 눈을 거의 멀게 할 정도였다. 그때 아직 살아 계셨던(아, 참 오래전이다) 아버지는 마지막 막에서 날 달래려고 끈적거리는 내 작은 손을 잡아주셨다. 그래도 내게 들리는 것은 그녀의 멋진 목소리뿐이었다.

내가 살아온 짧은 세월 내에 세 명의 미인과 세 번 결혼했던 그는 자신의 취향이 다양하다는 것을 과시라도 하려는 듯, 나를 이 미녀들의 행렬에 초대했다. 가난한 과부의 딸이며, 풀어헤친 지 얼마 안 되어 땋았던 흔적이 아직도 남아 있는 쥐색 머리칼에 앙상한 엉덩이와 예민한 피아니스트의 손가락을 가진 나를.

그는 굉장한 부자였다. 우리 결혼식(백작부인을 여읜 지 얼마 안

---

* 프랑스의 화가.

되었기 때문에 시청에서 조촐하게 올렸다) 전날 밤 이상한 우연의 일치이지만 그는 나와 엄마를 〈트리스탄과 이졸데〉 공연에 데려갔다. 그런데 글쎄 〈사랑의 죽음〉을 들으며 마음이 너무 울컥하고 아파서 내가 그를 진심으로 사랑하는 게 틀림없다고 생각했다. 맞아, 그랬다. 그의 팔을 끼고 있으니 모든 눈이 내게 쏠렸다. 로비에서 수군거리던 사람들이 우리를 지나가게 하려고 홍해처럼 갈라졌다. 그의 손길에 내 살갗이 오그라들었다.

그토록 극렬한 열정을 담은 관능적 곡조를 처음으로 들었던 날 이후 내 형편은 얼마나 변했던가! 이제 우린 특별관람석의 빨간 벨벳 안락의자에 앉았고, 땋아 내린 가발을 쓴 하인이 휴식시간에 차가운 샴페인이 들어 있는 은제 통을 가져왔다. 잔 가장자리로 거품이 흘러내려 내 손을 적셨을 때 나는 생각했다. 내 잔이 넘치나이다. 그리고 나는 프랑스 디자이너 푸아레의 드레스를 입고 있었다. 그는 내키지 않아 하는 엄마를 설득하여 내 혼수품을 사주었다. 안 그랬다면 무엇을 입고 그에게 갔을 것인가? 두 번 기운 속옷, 빛바랜 바둑판무늬 무명옷, 모직 스커트, 헌 옷들. 그래서 오페라에는 가슴선 아래에 실크 줄이 매여 있고 하늘하늘한 흰 모슬린 드레스를 입고 갔다. 그리고 모두들 날 쳐다보았다. 그리고 그가 준 결혼 선물을.

내 목에 채워진 그의 결혼 신물. 목에 꼭 끼는 두비 녹설이로 너비가 5센티미터라서 내 목은 마치 굉장히 값나가는 잘린 목 같았다.

공포정치 이후, 혁명 집정부 초기에 단두대를 피한 귀족들이 목에 붉은 리본을 매는 아이러니한 유행이 있었다. 칼날이 베고 지나갔을 바로 그 위치에 매는 상처의 기억 같은 붉은 리본. 그리고 그의 할머니는 이 아이디어에 끌려 리본을 루비로 만들게 했다. 아주 화려한 저항의 제스처! 지금도 그 오페라의 밤이 생생하다…… 하얀 드레스, 그 옷을 입은 연약한 소녀, 그 목에 걸린 번쩍이는 진홍빛 목걸이, 동맥혈처럼 선명한 빛.

금박 거울에 비친 나를 쳐다보는 그를 바라보았다. 그는 경주마를 감정하는 전문가의 감식안, 심지어 시장에서 잘라놓은 고깃덩어리를 자세히 바라보는 가정주부의 눈을 하고 있었다. 난 그전까지 그의 그런 시선을 한 번도 보지 못했거나 알면서도 모른 척했다. 완전히 육체적인 탐욕. 그리고 그것은 그의 왼쪽 눈에 걸린 외알 안경 때문에 이상하게 확대되어 보였다. 욕정으로 날 쳐다보는 그를 보았을 때 나는 눈을 내리깔았다. 그러나 그에게서 눈을 돌리다가 거울에 비친 나 자신의 모습을 보았다. 갑자기 나는 그가 쳐다보듯이 나를 바라보았다. 내 창백한 얼굴, 내 목의 근육이 마치 가느다란 철사 줄처럼 튀어나온 것을 보았다. 그 잔인한 목걸이가 내게 얼마나 잘 어울리는가를 보았다. 그리고 순진하고 고립되어 살아왔던 내 생애 처음으로 내 안에 있는 타락의 잠재성을 느끼고는 숨이 막혔다.

그다음 날 우린 결혼했다.

기차는 속도를 줄이더니 덜컹거리며 멈추었다. 등불이 켜지고, 쇠가 덜커덩거리는 소리, 아무도 찾지 않고 알지 못하는 역의 이름을 외치는 목소리가 들렸다. 밤의 정적, 지금 그리고 이제부터 평생 잠자면서 듣게 될 그의 규칙적인 호흡소리. 나는 잠이 안 왔다. 가만히 일어나서 블라인드를 약간 올리고 나의 따뜻한 입김에 흐려진 차가운 창문에 웅크리고 기대앉아 어두운 승강장 너머 네모나게 비치는 가정집 등불 쪽을 바라보았다. 이 불빛은 이런 것들을 기대하게 했다. 따뜻함, 식구, 스토브 위의 프라이팬에서 지글거리는 소시지가 나오는 역장을 위한 저녁 식사, 색칠한 겉창문이 있는 벽돌집 침대에서 포근히 잠든 그의 자녀들…… 나는 이 기막힌 결혼을 함으로써 그 모든 자잘한 일상의 세계에서 나를 추방한 것이다.

결혼 속으로, 귀양살이로. 나는 느꼈고 알았다. 지금부터 언제나 외로울 것이라는 사실을. 그러나 그건 이미 익숙해진 빨간 오팔 반지 무게의 일부였다. 그것은 집시의 요술 구슬처럼 반짝거려서 피아노를 연주할 때면 거기에서 눈을 뗄 수가 없었다. 이 반지, 루비로 만든 시뻘건 붕대, 푸아레와 워스가 만든 명품 의상들. 그의 러시안 레더 향—이 모두가 공모하여 날 완전히 유혹했다. 그래서 나를 멀리 실어가는 것을 기쁘게 기대라도 한 듯 기차가 다시 진동하기 시작했을 때, 잼 바른 빵과 엄마의 세계가 어린애 장난감처럼 실에 끌려가듯이 지금 내게서 멀어져가는 것을 조금이라도 아쉬워했다고 말할 수는 없다.

이제 희끄무레한 새벽의 첫 햇살이 하늘에서 흘러가고 으스스하고 어슴푸레한 빛이 열차 객실에 스며들어왔다. 그의 숨소리가 바뀌는 것을 듣지는 못했지만 내 감각이 예민하고 흥분되어 있었기 때문에 그가 깨어서 나를 쳐다보고 있다는 사실을 알 수 있었다. 육중한 남자, 거대한 남자, 고대 이집트인들이 석관에 그려넣은 눈처럼 검고 움직임 없는 그의 눈이 내게 고정되어 있었다. 정적 속에서 그런 눈길을 받노라니 명치가 눌리는 듯했다. 성냥이 그어졌다. 그는 아기 팔뚝만큼 굵은 고급 시가에 불을 붙였다.

"다 왔소." 종소리처럼 울리는 목소리로 그가 말했다. 그러자 갑자기 공포의 예감이 엄습했다. 그 예감은 잠깐 동안만 지속되었다. 성냥이 확 켜지며 무슨 괴기한 카니발 가면처럼 아래서 위로 조명을 받아, 몸에서 분리되어 시트 위에 둥둥 떠 있는 것 같던 그의 하얗고 큰 얼굴이 보였던 그 찰나의 순간 동안만. 이제 불꽃은 사라지고, 시가가 타오르며 아버지를 생각나게 하는 기억 속의 향기가 객실 안을 채웠다. 아버지는 내가 어렸을 때 아바나 시가의 진한 연기 속에서 나를 안아주신 후, 내게 입 맞추고 떠나가셨고 돌아가셨다.

남편이 기차의 높은 계단에서 날 내려주자마자 나는 양수와 같은 바다의 소금 냄새를 맡았다. 11월이었다. 대서양의 강풍에 시달린 나무들은 앙상했고, 그 외로운 작은 역에는 아무도 없었고 가죽 각반을 친 그의 운전사만이 매끈한 검은 자동차 앞에서 온순하게 기다리고 있었다. 추웠다. 나는 모피 코트 자락을 여몄다. 흑백의 외투로 흰 담비와 검은 담비 털로 된 넓은 줄무늬가 있었고, 코트 칼라 위로 내 머리가 야생화 꽃받침같이 솟아올라왔다. (맹세하건대 그를 만나기 전까지는 잘난 척해본 적이 없다.) 종이 딸랑거렸다. 매여 있던 기차는 줄을 떨쳐버리고, 그와 나만 내린 외로운 간이역에 우리를 남겨놓고 가버렸다. 오, 정말 놀라웠다. 철과 증기기관의 그 강한 힘이 어떻게 오로지 그의 형편에 맞추기 위해 멈추었단 말인가. 프랑스 최고의 부자.

"마님."

운전사가 나를 훑어보았다. 기분 나쁘게 그가 나를 백작부인, 예술가의 모델, 오페라 가수와 비교하는 것인가? 난 마치 포근한 방패막이라도 되는 듯 모피 뒤로 숨었다. 남편은 내가 가죽장갑 위로 오팔

반지를 끼는 것을 좋아했다. 과시하는 연극적 수법이다. 그러나 그 뻬 딱했던 운전사는 번쩍이는 빛을 보자마자 미소를 지었다. 마치 그 반 지가 내가 주인님의 아내라는 확증이라도 되는 듯했다. 그리고 우리 는 점점 더 넓게 퍼지는 여명을 향해 달렸다. 남편이 꽃집에 나를 위 한 하늘을 주문하기라도 한 듯 하늘의 절반은 겨울 꽃다발같이 장미 의 핑크색과 참나리의 오렌지색으로 줄무늬졌다. 멋진 꿈처럼 내 주 위로 하루가 시작되고 있었다.

바다, 모래, 바다로 녹아드는 하늘―안개 낀 파스텔색의 풍경은 계 속 녹는점에 있는 것처럼 보였다. 드뷔시의 음악, 그를 위해 내가 연 주한 연습곡, 찻잔과 작은 케이크가 놓인 가운데 그를 처음 만난 공주 의 살롱에서 그날 오후 내가 연주했던 환상곡, 이 모든 것이 녹아드는 하모니를 지닌 풍경. 고아였던 난 적선받듯이 고용되어 그들의 소화 를 돕는 음악을 연주했다.

그리고 아! 그의 성. 그곳의 몽환적인 고독. 희미한 푸른색의 작은 탑들, 안마당, 쇠못 박힌 대문. 그의 성은 바다 한복판에 위치하여 다 락방 주위로 바닷새들이 울며 날고, 창문을 열면 초록빛과 자줏빛의 아득한 바다가 펼쳐지며, 하루 반나절은 조수 때문에 육지와 단절되 는 성…… 그 성, 땅에도 물에도 속하지 못하는 신비한 수륙양용의 장소, 땅과 파도의 빈대되는 물질성을 모두 갖고 있으며, 멀리서 이미 오래전에 죽은 연인을 바위에 앉아 한없이 기다리는 인어의 비애를 지닌 성. 그 아름답고 슬픈 바다요정 같은 장소여!

조수가 낮았다. 이른 아침 시간에 바닷길이 바다 위로 떠오르며 열 렸다. 천천히 열리는 물가 사이에 있는 젖은 자갈길로 차가 들어서자 그는 정열적이고 마법과도 같은 그의 반지를 낀 내 손을 잡아들고 손가락을 꼭 쥐며 굉장히 부드럽게 내 손바닥에 키스했다. 그의 얼굴은 지금까지 내가 보아온 것처럼 두껍게 얼어붙은 연못만큼이나 고요했으나, 그의 검은 수염 사이에서 언제나 기이하게 새빨갛고 벌거벗은 듯 보였던 입술은 지금 약간 입꼬리가 올라갔다. 그는 미소를 지었다. 신부를 집으로 들이며 환영하는 것이었다.

파도소리로 철썩이지 않는 방이나 복도는 없었고, 고관대작의 엄숙한 예복을 차려입고 검은 눈동자와 흰 얼굴을 한 선조들의 초상화가 벽에 줄지어 걸려 있는 방의 천장은 모두 언제나 움직이는 파도에서 반사된 빛으로 점박이 무늬가 비쳤다. 내가 그 빛나고 파도소리 나는 성의 안주인이었다. 엄마가 가진 모든 보석과 결혼반지까지도 음악학교 학비를 마련하기 위해 팔아야 했던, 보잘것없는 음악학도였던 내가 말이다.

우선 가정부와 첫 대면을 해야 하는 약간의 괴로움이 있었다. 가정부는 선장 자리에 누가 서 있는지 간에 이 놀라운 기계, 정박해 있는 성채 모양의 외양선을 매끄럽게 운영해 나가는 사람인데, 여기에서 나의 권위는 얼마나 보잘것없을까! 완벽하게 풀 먹인 그 지역 특유의 흰 세마포 머리 장식 아래 그녀는 냉담하고 창백하며 무표정하고 정이 안 가는 얼굴을 하고 있었다. 예의 바르지만 생기 없는 그녀의 환영인사는 나를 오싹하게 했다. 공상에 빠져 나는 내 지위를 너무 과대평가했던 것이다. 너무나 사랑하는 다루기 편하게 무능한 나의 유모를 어떻게 그녀 자리에 임명할 것인가 잠시 생각했다. 얕은 생각에서 나온 계획! 남편은 그녀가 자신의 유모였고, 그의 가문과 아주 강한 봉건적 관계로 맺어져 있어서 "나만큼이나 이 집안에서 중요하다오, 여보"라고 내게 말했다. 그때 그녀의 얇은 입술이 내게 거만한 미소를 살짝 지어 보였다. 내가 그의 부인인 한 그녀는 내 편일 것이다. 그것으로 만족해야 했다.

그러나 이곳에서는 만족하기 쉬울 것이었다. 그가 내 전용으로 쓰라고 내준 작은 탑의 방에서 나는 험한 대서양을 내다보며 내가 바다의 여왕이라고 상상할 수 있었다. 음악실에는 나를 위한 독일제 벡슈타인 피아노가 있었고 벽에는 또 하나의 결혼 선물이 걸려 있었다. 성세실리아가 천상의 오르간 앞에 앉아 있는 초기 플랑드르 화파의 그림이었다. 통통하고 혈색이 나쁜 뺨과 갈색 곱슬머리를 지닌 그 성녀의 새침한 매력에서 내가 바라는 나의 모습을 보았다. 예상과 달리 그가 가진 사랑에 찬 섬세함을 보고 그에게 마음이 끌렸다. 그리고 그는 나를 정교한 나선 계단으로 이끌고 올라가 침실로 데려갔다. 점잖게 물러가기 전에 가정부는 브르타뉴 방언으로 신혼부부에게 던지는 분명 어떤 외설적인 축복의 말을 하여 그를 킬킬 웃게 했다. 그 말을 나는 이해하지 못했다. 그는 미소지으며 그 말을 설명해주려 하지 않았다.

거기에는 대대로 내려온 커다란 부부용 침대가 있었는데, 그 크기는 기의 집에 있는 내 깊은 방만 했으며, 괴물 문양이 새겨진 흑단 나무에는 주홍빛으로 래커가 칠해졌고 황금빛 잎사귀가 장식되어 있었다. 그리고 침대의 얇은 흰 커튼은 해풍에 굽이치고 있었다. 우리의 침대. 그리고 그 주위를 둘러싼 수많은 거울들! 품위 있는 금빛 테로 장식되어 사방 벽에 걸려 있는 거울에는 내가 지금까지 살면서 본 것보다 더 많은 백합이 비쳤다. 그는 신부를, 어린 신부를 환영하려고 방을 백합으로 가득 채운 것이다. 거울에 비쳐 수많은 소녀들이 된 어린 신부는 모두 똑같이 멋진 감청색 맞춤복을 입고 있었다. 마님, 이건 여행용 겸 산책용입니다. 하녀가 모피 옷시중을 들었다. 이제부터는 하녀가 무엇이든 시중들 것이다.

그는 그 우아한 소녀들을 가리키며 "자 봐요"라고 말했다. "난 한 무리의 궁녀를 얻었다오."

알고 보니 나는 떨고 있었다. 호흡이 거칠었다. 나는 자존심과 수줍음 때문에 그의 눈을 마주 볼 수 없어 고개를 돌렸다. 그리고 여러 개의 거울에서 여러 명의 남편이 내게로 다가와서 천천히, 찬찬하면서도 짓궂게 내 재킷의 단추를 풀고 어깨에서 벗겨 내리는 것을 바라보았다. 됐어요! 아니야, 더! 스커트가 내려왔고 다음에는 첫 성찬식 때 입었던 드레스보다 더 비싼 살구색 세마포 블라우스가 벗겨졌다. 밖의 차가운 태양 아래 일렁이는 파도가 그의 외알 안경에 반짝였다. 그는 일부러 거칠고 천박하게 행동하는 듯 보였다. 피가 다시 내 얼굴로 몰렸다.

실은 이럴 것이라고 짐작했다. 우리가 사창가의 의식대로 신부 옷 벗기기를 정식으로 해야 한다고 생각했다. 온실 속의 화초처럼 자라긴 했지만, 내가 살아왔던 새침하지만 자유분방한 세계에서 어떻게 그의 세계에 대해 귀띔 하나 듣지 못했겠는가?

그는 날 벗겨냈다. 미식가인지라 마치 아티초크 잎을 벗겨내듯이. 그러나 세심한 기교를 그리 기대하지는 마라. 그에게 이 아티초크는 그다지 별미가 아니었고 전혀 게걸스럽게 서두르지도 않았다. 그는 낯익은 요리에 식욕도 없이 다가왔다. 그리고 빨갛게 달아올라 떨리는 알몸만 남았을 때 나는 거울에서 벨기에 화가 롭스의 에칭 그림 장면이 살아 나온 듯한 이미지를 보았다. 그 그림은 약혼식 이후 단둘이 있을 수 있게 되었을 때 그가 보여준 소장품 가운데 하나였다. 막대기 같은 팔다리에, 단추 달린 장화와 장갑 말고는 다 벗은 소녀가 마치 얼굴만이 마지막 남은 정숙함인 듯 손으로 얼굴을 가리고 있고, 외알안경을 낀 늙은 호색가가 구석구석 자세히 그녀를 뜯어보는 그림이었다. 남자는 런던제 맞춤 양복을 차려입고 있었지만 소녀는 마치 양갈비 요리처럼 알몸이었다. 그 어떤 대면보다 더 외설적이었다. 나를 헐값에 사들인 그 사람은 그렇게 포장을 풀었다. 그리고 그의 눈에 비친 나의 육체를 처음 보았던 오페라에서처럼, 나는 나 자신이 흥분한 것을 느끼고 아연실색했다.

곧장 그는 내 다리를 책 닫듯이 닫았고, 나는 미소를 의미하는 그의 드문 입술 움직임을 보았다.

아직은 아니오. 나중에. 내 사랑이여, 기다림이야말로 쾌락의 대부분이라오.

나는 떨기 시작했다. 마치 경기 전의 경주마같이. 그리고 일종의 공포도 느꼈다. 사랑을 생각하자 개인적 감정이 없는 이상한 흥분을 느꼈고, 동시에 백합과 너무나 닮은 그의 처연 살집에 대한 혐오감을 억누를 수 없었기 때문이다. 영안실에 보일 법한 그 백합들은 커다란 유리 꽃병에 담겨 내 침실에 가득 차 있었는데, 그 진한 꽃가루가 손가락에 묻으면 마치 카레 가루에 담갔던 것 같았다. 언제나 그를 연상케 하는 백합. 그것은 하얗다. 그리고 남을 더럽힌다.

쾌락주의자 인생의 한 장면은 갑자기 끝나버렸다. 가봐야 할 일이 있단다. 부동산, 회사일—신혼 때도? 그때도, 라고 내게 키스한 그 붉은 입술이 말했다. 그리고 내게 혼란스러운 감각을 남기고 나갔다. 그의 축축하고 매끄러운 수염, 뾰족한 혀끝의 감촉. 나는 기분이 상해 고풍스러운 레이스가 달린 잠옷을 두르고 하녀가 아침 식사로 가져온 핫초콜릿을 한 모금 마셨다. 그 후에는 습관처럼 내가 갈 곳은 음악실밖에 없었고 곧 피아노 앞에 자리 잡고 앉았다.

그러나 내 손끝에서는 음이 약간 맞지 않는 멜로디밖에 나오지 않았다. 조율이 안 된, 아주 약간 어긋난 음이었다. 그러나 나는 절대음감을 타고났기 때문에 더 이상 참고 칠 수가 없었다. 해풍은 피아노에 나빠, 음악 공부를 계속하려면 집에 상주하는 피아노 조율사가 있어야겠어! 약간 실망한 나머지 화가 나서 피아노 뚜껑을 닫아버렸다. 이제 뭘 하지, 남편이 와서 나를 침대에 눕힐 때까지 이 바다 빛을 받는 긴 시간을 어떻게 보내나?

그걸 생각하자 떨렸다.

그의 서재는 그가 언제나 풍기는 러시안 레더 향수 냄새의 근원지인 것 같았다. 빼곡히 꽂힌 갈색과 올리브색의 송아지 가죽으로 제본된 책들은 책등에 금박 글씨가 박혀 있었고, 8절판 책들은 밝은 주홍색 모로코가죽 제본이었다. 기대앉을 수 있는 푹신한 가죽 소파. 책탁자는 날개 편 독수리 모양으로 조각되었고, 그 위에는 어느 개인 인쇄소에서 과도하게 멋 부려 찍어낸 프랑스 작가 위스망스의 『피안』이 펼쳐져 있었다. 그 책은 미사 책처럼 색유리 장식이 박힌 청동 제본으로 되어 있었다. 바닥에 깔린 두꺼운 양탄자는 하늘의 반짝이는 파란

색과 심장의 가장 귀한 피 색깔인 빨간색으로 되어 있었는데 이란의 이스파한과 파키스탄의 보카라 제품이었다. 어두운 색깔의 벽판이 번들거렸다. 바다의 자장가 소리가 들렸고 사과나무 장작불이 있었다. 그 불꽃은 아직도 빳빳한 새 책이 진열된 유리문 책장 안의 책등에 비쳐 번쩍거렸다. 엘리파 레비*. 통 모르는 이름이다. 책 제목을 한두 개 슬쩍 보았다. 『입문』『신비를 푸는 열쇠』『판도라 상자의 비밀』, 하품이 나왔다. 난생처음 남자에게 안기는 경험을 기다리는 열일곱 처녀를 붙잡아둘 것이 여기에는 아무것도 없었다. 무엇보다 나는 선정적인 소설이 있었으면 했다. 타오르는 불 앞의 양탄자에 웅크리고 앉아서 알코올이 들어간 끈적끈적한 초콜릿을 씹어 먹으며 싸구려 소설에 빠지고 싶었다. 벨을 누르면 하녀가 초콜릿을 가져다줄 것이다.

그래도 나는 훑어보려고 무심코 책장 문을 열었다. 그리고 내 생각에, 나는 이미, 책등에 제목이 안 적혀 있는 그 얇은 책을 펼치기도 전에 손가락 끝의 따끔거림으로 그 안에서 뭘 발견할 것인지 알았다. 새로 비싸게 사들인 롭스의 그림들을 보여주었을 때 그는 자신이 그런 것의 전문가임을 암시하지 않았던가? 그러나 나는 이런 것은 예상하지 못했다. 소녀의 뺨에는 진주 같은 눈물방울이 매달려 있고 완벽하게 둥근 엉덩이 아래에 쪼갠 무화과처럼 성기가 벌어져 있는데, 아홉 개의 끈이 달린 채찍이 막 엉덩이를 내려치기 직전이었다. 한편 섬은 가면을 쓴 남자는 한 손으로 자신의 성기를 만지작거리고 있었고 그것은 다른 손에 든 언월도(偃月刀)처럼 곡선을 그리며 위로 치솟아

---

* 프랑스의 신비주의 마술가.

26

있었다. 그 그림에는 '호기심에 대한 책망'이라는 제목이 붙어 있었다. 엄마는 별나신 만큼 아주 자세하게 연인들이 하는 게 무엇인지 내게 얘기해주셨다. 난 경험은 없었지만 숙맥은 아니었다. 속표지를 보니 『터키 황제 하렘에서 율라리아의 모험』은 수집가들이 탐내는 희귀본으로 1748년 암스테르담에서 인쇄되었다. 어느 선조가 그 북부 도시에서 가져온 것인가? 아니면 늙은 주인이 자기 상품을 한번 뒤져보라는 듯 2센티미터 두께의 안경알 너머로 사람들을 쳐다보는, 파리 센 강 좌안에 있는 먼지 나는 작은 서점 중 한 곳에서 남편이 직접 산 것일까?…… 난 두려움을 예감하며 책장을 넘겼다. 인쇄는 구식이었다. 또 하나의 동판화가 있었다. '술탄 후궁들의 제물'. 나는 알 만큼 알고 있었기에 그 책을 보고 놀라서 숨이 막히지는 않았다.

그의 서재를 가득 채운 레더 향수 냄새가 독하게 진해졌다. 그림의 도살 장면 위로 그의 그림자가 드리워졌다.

"우리 꼬마 수녀님이 기도서를 찾아내셨군, 안 그래?" 그는 조롱과 즐거움이 묘하게 뒤섞인 말로 나를 다그쳤다. 그리고 내가 마음이 찔려 화나서 어쩔 줄 모르는 것을 보고 나를 크게 비웃으며 내 손에서 책을 빼앗아 소파 위에 내려놓았다.

"못된 그림들이 우리 아기에게 겁을 주었나? 사용하는 법을 배우기 전에는 아기가 어른 장난감을 가지고 놀면 안 되지, 안 그래?"

그러더니 내게 키스했다. 이번에는 거리낌이 없었다. 키스를 하며 그는 고풍스러운 레이스 속옷 아래 있는 내 젖가슴에 단호하게 손을 얹었다. 나는 침실로 가는 계단, 조각과 금박으로 장식된, 그가 잉태된 침대가 있는 곳으로 향하는 나선형 계단에서 비틀거렸다. 바보같이 말을 더듬었다. 아직 점심도 먹지 않았고 더구나 훤한 대낮인걸요……

당신이 잘 보이니 더 좋지.

그는 단두대 칼날을 면했던 한 여자가 물려준 가보인 목걸이를 하라고 했다. 떨리는 손가락으로 그 물건을 내 목에 걸어 채웠다. 그것은 얼음처럼 차가웠고 오싹했다. 그는 내 귀 뒤의 솜털에 키스하기 쉽게 내 머리카락을 말아 어깨에서 들어올렸다. 소름이 끼쳤다. 그는 불타는 루비 알에도 키스를 했다. 목걸이 알 다음에 내 입술에 키스했다. 황홀한 나머지 그는 이렇게 읊었다. "그녀의 옷 중에 남은 것은/오로지 그 딸랑거리는 목걸이뿐."*

갈매기들이 울어대며 창밖의 허공에서 공중그네를 타는 동안에 열댓 명의 남편이 열댓 명의 신부를 내리 찔렀다.

끈질기게 울려대는 전화벨 소리에 정신이 들었다. 그는 나와 싸우기라도 한 것처럼 내 옆에 참나무토막같이 쓰러져 코를 골고 있었다. 그 일방적인 싸움에서 나는 그의 죽음 같은 평정심이 벽에 던져진 도자기 꽃병처럼 산산이 부서지는 것을 보았다. 나는 그가 오르가슴의 순간에 소리 지르고 욕하는 것을 들었다. 나는 피를 흘렸다. 가면이 벗겨진 그의 얼굴을 본 것도 같고 아닌 것도 같았다. 그래도 나는 처녀성을 잃은 데 대해 한없이 심란해져 있었다.

나는 정신을 차리고, 전화를 감추고 있는 침대 옆 칠보공에 장 속으로 손을 뻗어서 송화기에 대고 말했다. 뉴욕에 있는 그의 직원이었다.

---

* 보들레르의 시 「보석」.

긴급하단다.

그를 흔들어 깨웠고, 나는 내 자리 쪽으로 돌아누워 지쳐빠진 내 몸을 팔로 감쌌다. 그의 목소리는 멀리 있는 벌 떼처럼 윙윙거렸다. 내 남편. 사랑이 넘쳐 내 침실을 백합으로 가득 채워서 마치 영안실처럼 보이게 만든 내 남편. 잠에 취한 백합들, 무거운 머리를 흔들거리며 염한 시신을 생각나게 하는 그 진하고 오만한 향기를 퍼뜨리는 백합들.

직원과 통화를 끝내고 그는 내 쪽으로 몸을 돌려 내 목을 조이는 루비 목걸이를 만지작거렸다. 그러나 이번에는 너무도 부드럽게 만져 내가 움츠러들지 않자 그는 내 가슴을 애무했다. 내 사랑, 내 귀여운 사랑, 내 아기, 아팠어? 미안해, 그렇게 성급하게 해서, 어쩔 수 없었어, 알잖아, 그대를 너무 사랑해서…… 그의 사랑 노래에 나는 눈물을 줄줄 흘렸다. 나는 마치 내게 아픔을 가한 사람만이 그 고통을 달래줄 수 있기라도 한 양 그에게 매달렸다. 한동안 그는 전에 들어보지 못한 목소리로 내게 속삭였다. 마치 바다가 부드럽게 달래주는 것 같은 목소리였다. 그러나 그는 실내복 윗도리 단추에 걸린 내 머리카락을 풀어내더니 내 뺨에 가볍게 입 맞추며 말했다. 뉴욕에 있는 직원이 매우 급한 용무로 전화를 해서 조수가 빠지는 대로 곧 떠나야 한다고. 이성을 떠나요? 프랑스를 떠나! 그리고 적어도 6주간은 떠나 있을 거요.

"하지만 우리 신혼이잖아요!"

계약이. 수백만 달러가 걸려 있는 위험과 운이 따르는 사업이 어찌 될지 모르는 상황이오. 그가 말했다. 그는 내게서 물러나 밀랍인형 같은 고요함 속으로 들어갔다. 나는 어린애에 불과해서 이해를 못한다는 것이다. 그리고 그는 입 밖에 내지는 않았지만 자존심 상한 내게 이렇게 말했다. 난 신혼을 너무 많이 지냈기 때문에 그게 전혀 시급한 일이라고는 생각하지 않아. 내가 몇 개의 보석 알과 죽은 짐승의 털가죽으로 사들인 이 애가 도망가지 않을 거라는 사실은 잘 알지. 하지만 파리 직원에게 다음 날 미국행 티켓을 예약하라는 전화를 하고 나면, 여보, 그 짧은 통화만 하면 같이 식사할 시간은 있을 거요.

나는 그것에 만족해야 했다.

개암열매와 초콜릿을 곁들인 멕시코식 꿩고기 요리, 샐러드, 희고 탐스러운 치즈, 머스캣 포도로 만든 셔벗 그리고 이탈리아산 아스티 스파클링 와인. 흥겹게 터뜨린 최상의 샴페인인 크루그 축하주. 그리고 쌉쌀한 블랙커피가 귀하고 작은 찻잔에 담겨 나왔는데 그 잔이 어찌나 얇은지 잔에 그려진 새 그림이 거무스름해졌다. 서재에서 나는 오렌지 술 쿠앵트로를 마시고 그는 코냑을 마셨다. 밤이 되어 자줏빛 커튼이 내려왔고 그는 깜빡이는 장작불 옆에 있는 가죽 안락의자에 앉아 무릎에 날 앉혔다. 그는 나를 흰 모슬린으로 만든 청순한 푸아레 슈미즈로 갈아입게 했다. 그는 그 옷을 특히 좋아하는 듯했다. 내 젖가슴이 얇은 천을 통해 비쳐 보이는데 핑크빛 눈을 뜨고 잠든 하얗고 작은 비둘기처럼 보인다고 말했다. 그러나 갈수록 아주 불편해지는데도 루비 목걸이는 벗지 못하게 했고, 파열된 지 얼마 안 돼서 아직도 우리 사이에 상처로 남아 있는 처녀성의 상징인 내 흘러내리는 머리도 묶지 못하게 했다. 그는 내가 찡그릴 때까지 내 머리카락을 손가락으로 비비 꼬았다. 내 기억에 나는 거의 말을 안 했다.

"이미 하녀가 침대 시트를 갈아놓았을 거요." 그는 말했다. "브르타뉴 전체에 당신이 숫처녀였음을 증명하기 위해 피 묻은 시트를 창밖에 내걸지는 않소. 더구나 이 개화된 시대에는. 그러나 그랬다면 관심을 가졌을 주민들에게 그런 깃발을 보여줄 수 있는 건 내 결혼생활 중 이번이 처음이라는 것을 그대에게 말해주고 싶소."

그때 나는 깜짝 놀라며 깨달았다. 그를 사로잡은 것은 바로 나의 처녀성이 틀림없다는 사실을. 그것은 피아노에서 몽환적인 음조로 연주되는 드뷔시의 〈달빛 쏟아지는 테라스〉 같은, 내 무지함의 조용한 음악이라고 그는 말했다. 그 호화로운 곳에서 내가 얼마나 불편해했는지, 지금 부드럽게 내 머리카락을 괴롭히는 이 근엄한 색마가 내게 구애하는 기간 내내 그와 함께 있는 것이 얼마나 불편했는지 여러분은 기억해야 한다. 나의 순진함이 그에게 상당한 쾌락을 주었다는 것을 알고 나니 용기가 생겼다. 용기! 언젠가 나는 타고난 귀부인 역을 할 것이다. 비록 모자란 덕분에 그렇게 될지라도.

그리고 천천히 그러나 약을 올리며, 마치 어린애에게 아주 크고 신비한 선물을 주는 듯이 그는 재킷 속에 있는 어떤 비밀 주머니에서 열쇠 꾸러미를 꺼냈다. 열쇠 또 열쇠, 집 안에 있는 모든 자물쇠의 열쇠들이라고 그는 말했다. 모든 종류의 열쇠. 검은 쇠로 만든 크고 오래된 열쇠들. 가늘고 섬세하고 바로크풍으로 화려한 열쇠들, 금고와 상자를 위한 종잇장 두께의 명품 예일 열쇠도 있었다. 그리고 그가 부재중일 때 이 모든 열쇠를 관리해야 하는 사람은 바로 나였다.

나는 그 무거운 꾸러미를 조심스럽게 바라보았다. 그 순간까지 결혼의 실제적 면모에 대해서, 거대한 저택과 거대한 부와 감옥의 간수처럼 열쇠가 주렁주렁 달린 꾸러미를 가진 거대한 남자에 대해서 한 번도 생각해본 적이 없었다. 여기 거추장스럽고 오래된 지하 감옥 열쇠들이 있었다. 와인 저장고로 바뀌긴 했지만 우린 많은 지하 감옥을 갖고 있었다. 이 성이 세워진 바위에 힘들여 파놓은 모든 깊은 구멍 속 선반에 먼지 낀 병들이 쌓여 있었다. 이 열쇠들은 주방용이고 이것은 미술관용이다. 다섯 세기에 걸쳐 욕심 많은 수집가들이 모아놓은 보물로 가득 찬 곳. 아, 내가 거기에서 몇 시간이고 있을 거라고 그는 내다보았다.

그는 상징주의 그림을 아주 좋아해서 그런 그림을 많이 모았다고 약간 탐욕스러운 기색을 보이며 말했다. 그의 첫 부인을 그린 모로의 걸작 초상화가 있었다. 그녀의 투명한 피부에 레이스 같은 쇠사슬 자국이 찍혀 있는 그 유명한 〈희생 제물〉. 내가 그 그림에 얽힌 사연을 알고 있던가? 몽마르트르의 술집에서 나오자마자 그이 앞에서 처음으로 옷을 벗었을 때 그녀가 자신도 모르게 창피함으로 붉게 달아올라 가슴과 어깨와 팔과 몸 전체가 빨개졌다는 것을 알았던가? 그는 내 옷을 처음으로 벗겼을 때 귀여운 그 여자 이야기가 생각났단다…… 벨기에 화가 앙소르, 그 위대한 앙소르, 그의 단색 유화 〈어리석은 신부들〉. 고갱의 후기 작품 두세 점, 그가 특히 좋아하던 그림은 폐가에서 황홀경에 빠진 갈색 피부의 여인을 그린 그림, 〈우리는 밤으로부터 나와서 밤으로 들어간다〉. 그리고 그가 손수 모아들인 그림 이외에도 그가 물려받은 바토, 푸생의 그림. 그리고 두 짐의 아주 특별한 프라고나르의 그림. 전하는 바에 따르면 음탕했던 한 선조가 그려달라고 부탁했는데 그 거장의 붓 앞에 몸소 자신의 두 딸과 함께 포즈를 취했단다…… 그는 갑자기 보물 목록의 나열을 멈추었다.

여보, 당신의 작고 흰 얼굴, 그는 처음으로 보는 것처럼 말했다. 오

32

직 전문가만이 알아볼 수 있지만 방탕의 징조가 있는 당신의 작고 하얀 얼굴.

불 속에서 장작이 떨어져서 불똥이 사방으로 튀었다. 내 손가락의 오팔은 초록빛 불꽃을 내뿜었다. 마치 절벽 가장자리에 서 있는 것처럼 어지러웠다. 나는 두려웠다. 그가 아니라, 그의 거대한 존재, 태어날 때부터 다른 사람들보다 더 무게를 받아 타고난 듯 육중한 그의 존재, 내가 그를 가장 사랑한다고 생각했을 때도 언제나 묘하게 날 억눌렀던 그의 존재가 두려운 것이 아니라…… 아니다. 나는 그가 두려운 것이 아니라 나 자신이 두려웠다. 빛이 비치지 않는 그의 눈 속에서 나는 다시 태어난 것 같았다. 낯선 모습으로 다시 태어난 것 같았다. 나는 그가 묘사하는 내 모습을 거의 알아볼 수 없었다. 그러나, 그러나 그의 말에 무시무시한 진실이 조금이라도 있는 것은 아닌가? 그리고 순진함 속에서 비범한 타락의 재능을 감지했기 때문에 그가 나를 택한 것이 아닌가 생각하며 그 붉은 불빛 속에서 나는 또다시 남몰래 얼굴을 붉혔다.

이것은 도자기 찬장 열쇠요. 여보, 웃지 마요. 그 찬장 안에는 왕의 몸값에 해당하는 세브르 자기와 여왕의 몸값에 해당하는 리모주 자기가 들어 있소. 그리고 5대에 걸쳐 모아온 접시가 있는 방의 열쇠로 그 방은 창살이 있고 자물쇠로 잠겨 있소.

열쇠, 열쇠, 열쇠, 나는 아이에 불과하지만 그는 사무실 열쇠를 내게 맡길 것이고, 우리가 파리로 돌아가면 내가 쓸 보석을 보관하는 금고 열쇠도 내게 맡길 거라고 했다. 그 많은 보석들! 뭐, 조제핀 왕비가 속옷을 갈아입듯 나는 귀걸이와 목걸이를 하루에 세 번씩 바꿔가며

할 수 있을 것이란다. 낄낄 웃는다는 것이 쿵쿵 울리는 소리를 내며 그가 말했다. 말할 것도 없이 그의 주식증권은 그보다 훨씬 더 값이 나가지만 내가 그것에 그만큼 관심이 있으리라고는 생각 안 한다고.

불이 밝혀진 우리 둘의 방 밖에서 갯벌 자갈돌로부터 다시 물러 나가는 조수 소리가 들려왔다. 그가 떠날 시간이 다 되었다. 열쇠고리에 있는 열쇠 중에서 하나만 아직 설명을 안 했고 그는 망설이고 있었다. 그가 다른 열쇠들에서 그것을 빼내어 주머니에 다시 넣어 갖고 갈 것이라고 난 잠시 생각했다.

"그 열쇠는 뭐예요?" 나는 따져 물었다. 그의 놀림이 날 대담하게 만들었기 때문이다. "당신 마음의 열쇠인가요? 내게 주세요."

그는 애를 태우려는 듯 내가 뻗은 손가락에 닿지 않도록 열쇠를 내 머리 위에서 달랑거렸다. 수염 속에 드러난 그의 빨간 입술이 미소지으며 옆으로 벌어졌다.

"아, 아니오." 그는 말했다. "내 마음을 여는 열쇠가 아니오. 그보다는 내 지옥의 열쇠지."

그는 그것을 열쇠고리에 남겨두고 고리를 다시 잠그고는 편종처럼 듣기 좋게 흔들었다. 그러고는 쨍그랑거리는 열쇠 꾸러미를 내 무릎에 던졌다. 얇은 모슬린 슈미즈를 통해 허벅지를 오싹하게 하는 차가운 금속의 감촉이 느껴졌다. 그는 몸을 숙여 내 이마에 수염으로 덮인 키스를 던졌다.

"남자는 누구나 부인에게 하나의 비밀, 단 하나라도, 비밀을 가져야 하오." 그는 말했다. "이거 하나 약속해주오. 우윳빛 얼굴을 한 나의 피아니스트여. 고리에 있는 열쇠를 모두 사용할 수 있지만 내가 보여준 그 마지막 작은 열쇠는 사용하지 않겠다고. 보이는 것 모두 갖고 놀아요, 보석이든 은 접시든. 원하면 주식증권으로 종이배를 만들어 나를 따라 미국으로 보내요. 다 당신 것이오. 어디든 열어봐도 좋소. 단 이 열쇠가 들어맞는 자물쇠만 빼고. 이 열쇠가 뭐냐면 서쪽 탑 아래에 있는 작은 방 열쇠요. 술 증류실 뒤에 있는 방, 어둡고 좁은 복도 끝 방으로 거미줄이 잔뜩 있어서 거기에 가보려 한다면 머리에 들러붙을 테고 겁이 날 거요. 오, 그리고 당신이 보면 그냥 재미없는 작은 방이오! 그래도 당신이 날 사랑한다면 그 방을 가만 내버려두겠다고 약속해야 하오. 그 방은 그저 개인 서재이고 숨어 있을 곳, 영국 사람들이 '사실(私室)'이라고 부르는 곳으로, 가끔, 드물기는 하지만 반드시 그런 경우가 생기는데, 결혼의 멍에가 어깨를 너무 무겁게 짓누르는 것 같을 때 내가 가는 곳이오. 이해하겠지만, 부인이 없다고 상상해보는 모처럼의 즐거움을 맛보러 그곳에 간다오."

모피를 두르고 그를 차까지 배웅했을 때 마당에는 희미한 별빛이 비쳤다. 그가 마지막으로 남긴 말은 육지에 전화해서 피아노 조율사를 직원으로 고용했고 내일 도착해서 일을 시작하리라는 것이었다. 그는 털북숭이 가슴에 나를 한번 끌어안고는 차를 타고 떠나갔다.

그날 오후 선잠을 잤더니 이제 잠이 안 왔다. 그의 선조가 물려준 침대에서 뒤치락거리다보니 다시 새벽이 되어서, 바다가 비쳐 무지갯빛으로 빛나던 여러 개의 거울이 다시 색을 잃었다. 백합 향기가 내 감각을 짓눌렀다. 남자들 피부가 그렇듯 두꺼비같이 약간 축축한 피부를 가진 한 남자와 이제부터 늘 같은 이불을 덮을 것이라는 생각이

들자, 약간 처량함이 느껴졌다. 이제 아래쪽 상처가 아물고 나니 마치 임신한 여자가 석탄이나 석회 가루, 또는 상한 음식을 먹고 싶어 못 견디듯이 그의 애무를 다시 받고 싶은 어떤 이상한 갈망이 내 마음속에 깨어났기 때문이다. 말이나 표정으로 한 것처럼 그는 육체를 통해 살과 살이 섞이는 수많은 괴이한 방식을 내게 암시해주지 않았던가? 새로 깨어난 음침한 호기심을 잠 없는 동무로 삼아 나는 넓은 침대에 누워 있었다.

나는 침대에 홀로 누워 있었다. 그리고 그를 그리워했다. 그리고 그를 역겨워했다.

그의 모든 금고에 나의 이런 곤경을 보상하기에 충분한 보석이 들어 있단 말인가? 성에서 같이 지내야 하는 이 난봉꾼의 동반자가 되는 것을 보상하기에 충분한 재화가 이 성 안에 있단 말인가? 자기가 나를 손안에 쥐고 있다는 것을 과시하기 위해 신혼 초야에 나를 두고 가버린 이 알 수 없는 남자에 대한 나의 욕망 섞인 두려움은 도대체 정확히 뭐란 말인가?

그러다가 나는 엉뚱한 상상에 괴로워서, 비꼬는 듯 내려다보는 조각된 괴물 가면 아래 침대에서 벌떡 일어나 앉았다. 그가 월스트리트로 떠난 것이 아니라, 지금까지 피아노 음계와 아르페지오만 연습해온 손가락을 가진 소녀보다 훨씬 더 그를 즐겁게 해줄 줄 알아 세속 달라붙는 여자를 감춰놓은, 아무도 모르는 곳으로 간 것은 아닐까? 그러다가 천천히 마음이 누그러져 다시 푹신한 베개들을 베고 누웠다. 방금 질투심에 놀랐을 때 약간 안도의 기색이 섞여 있음을 알았기 때문이다.

마침내 햇빛이 방을 채우고 악몽을 쫓아내자 나는 스르르 잠이 들었다. 그러나 잠들기 전 내가 마지막으로 기억한 것은 침대 옆의 커다란 백합 꽃병으로, 두꺼운 유리가 백합의 굵은 줄기를 굴절시키면서 백합 줄기들이 팔처럼, 푸르스름한 물에 잠겨 떠다니는 잘려나간 팔처럼 보인 광경이었다.

외롭게 혼자 깨어나는 신부의 아침을 달래주는 커피와 크루아상. 맛있다. 유리 접시 위 벌집 조각에 담긴 꿀도 맛있었다. 내가 게으르게 한낮에 화려한 침대에 누워 바라보는 동안 하녀는 차가운 잔에 오렌지를 쥐어짜내 향긋한 주스를 만들어주었다. 그러나 이날 아침에 스쳐가는 무엇 이상의 즐거움을 준 것은 피아노 조율사가 이미 일을 했다는 소식밖에 없었다. 하녀가 그 얘기를 했을 때 나는 침대에서 벌떡 일어나 학생복인 내 서지 스커트와 플란넬 블라우스를 입었다. 그 옷을 입으니 어떤 고급스러운 새 옷을 입었을 때보다 훨씬 더 마음이 편했다.

세 시간을 연습한 후 조율사를 불러들여 고맙다고 말했다. 그는 물론 맹인이었다. 그러나 젊었고, 부드러운 입매와 보지는 못하지만 내게로 향한 회색빛 눈을 가지고 있었다. 그는 바닷길 건넛마을 대장장이의 아들이었다. 어느 교회의 성가대원으로 마음씨 좋은 신부님이 생계를 꾸려가라고 기술을 가르쳐준 것이었다. 아주 만족합니다. 네, 이곳에서 잘 지낼 겁니다. 그리고 그는 수줍게 덧붙였다. 가끔 연주하시는 거 듣게 해주세요…… 왜냐면요, 전 음악을 좋아하거든요. 그래요. 그럼요. 나는 말했다. 물론이지요. 그는 내가 미소짓는 것을 아는 듯했다.

그를 보내고 나서 그렇게 늦게 일어났음에도 불구하고 나의 '다섯 시'는 아직 멀었다. 남편의 사려 깊은 지시대로 내 음악 연습을 방해하지 않았던 가정부는 이제 긴 오찬 메뉴를 들고 점잖게 찾아왔다. 내가 필요 없다고 하자 콧등으로 날 곁눈질했다. 내가 성의 안주인으로서 해야 할 주된 역할 중 하나가 직원들에게 할 일을 주는 것이라는 걸 즉각 알아챘다. 그래도 나는 내 주장을 굽히지 않고 만찬 때까지 기다리겠다고 했다. 비록 혼자 해야 할 식사가 걱정스러웠지만 말이다. 그리고 무엇을 준비해주기를 원하는지 그녀에게 말해야 한다는 것을 알았다. 아직 학생 수준인 내 상상력이 마구 발동했다. 크림소스를 얹은 새 요리, 아니면 윤기가 흐르는 칠면조 요리로 크리스마스 기분을 미리 내볼까? 아니, 결정했다. 아보카도와 새우, 많이 주세요. 그다음에 앙트레*는 필요 없어요. 하지만 깜짝 디저트로 냉장고에 있는 모든 아이스크림을 주세요. 그녀는 모두 다 받아 적었으나 콧방귀를 뀌었다. 내가 그녀에게 충격을 준 것이다. 입맛도 참! 난 어렸기 때문에 그녀가 떠나자 낄낄 웃었다.

그런데 이제…… 무엇을 하나? 이제.

내 혼수가 담긴 트렁크를 풀면서 한 시간은 즐겁게 보낼 수 있었을 텐데 하녀가 이미 다 해놓았다. 맞춤드레스는 드레스룸 옷장에 걸려 있고, 모자는 모양이 망가지지 않도록 나무 모자걸이에 걸어놓고, 구두는 나무 발에 걸어놓아, 이 모든 무생물이 생물의 모습을 흉내내며 날 놀리는 듯했다. 나는 꽉 차 있는 드레스룸에 머물기도 싫었고 백합

---

* 서양 요리에서 생선 요리와 로스트 사이에 나오는 요리.

향기 나는 우울한 침실에 있기도 싫었다. 시간을 어떻게 보낼 것인가?

내 욕실에서 목욕해야지! 알고 보니 수도꼭지는 황금으로 만든 작은 돌고래 모양이었고 눈동자는 터키석 조각으로 되어 있었다. 그리고 어항에는 나만큼이나 심심해 보이는 금붕어들이 흔들거리는 수초 사이로 들락날락 헤엄치고 있었다. 그가 날 두고 떠나지 않았으면 얼마나 좋았을까. 하녀하고라도 말을 나눌 수 있었다면 얼마나 좋을까. 아니면 피아노 조율사와…… 그러나 나의 새로운 지위 때문에 직원들에게 친하게 말을 건네면 안 된다는 것을 이미 알고 있었다.

가능한 한 전화를 미루고 싶었다. 저녁 식사를 다 마치면 그 이후 다가올 완전히 지루한 시간에 뭔가 기대할 것이 있게 하기 위해서였다. 그러나 7시 15분 전 어둠이 벌써 성을 둘러쌌을 때 더 이상 참을 수가 없었다. 엄마에게 전화를 걸었다. 엄마 목소리를 듣자 스스로도 깜짝 놀랄 만큼 눈물이 쏟아져 나왔다.

아니에요. 아무것도 아니에요. 엄마, 욕실 수도꼭지가 황금이야.

황금 수도꼭지라고요!

아뇨. 엄마, 그건 울 일이 아니겠지요.

전화 연결 상태가 안 좋았다. 엄마가 축하하고 물어보고 걱정하는 말을 거의 알아들을 수가 없었지만 전화기를 내려놓자 약간 기분이 나아졌다.

그래도 만찬까지는 아직 한 시간이나 남았고, 상상할 수 없을 만큼 쓸쓸할 그 나머지 저녁 시간도 통째로 남았다.

그가 서재 난로 앞 양탄자 위에 두었던 열쇠 꾸러미의 열쇠는 쇠가 따뜻해져서 만져도 차갑지 않고 거의 내 피부만큼 따뜻했다. 내가 얼마나 부주의한지, 난로 불을 살피던 하녀는 내가 쩔렁거리는 열쇠 꾸러미를 집어올리자 마치 내가 그녀에게 덫이라도 놓았다는 듯이 날 못마땅하게 쳐다보았다. 그 열쇠들은 거기에 갇힌 수인(囚人)이자 안주인인 내가 이 아름다운 감옥의 내밀한 문을 여는 열쇠였고 나는 아직 그 성을 조금도 살펴보지 못했다. 이것을 기억하자 탐험가의 흥분이 끓어올랐다.

불! 불을 더 밝혀!

스위치를 누르자 몽롱했던 서재가 눈부시게 환해졌다. 나는 미친 듯이 성을 돌아다니며 눈에 보이는 전등의 스위치란 스위치는 다 켰다. 하인들에게 그들의 숙소도 다 불을 밝히라고 명령했다. 성의 나이만큼 되는 천 개의 촛불을 꽂아 바다에 띄운 생일 케이크처럼 이 성이 빛나서 바닷가 모든 사람들이 보고 놀라도록. 불이 다 켜져서 파리 북역의 카페만큼이나 환해졌을 때 그 열쇠 꾸러미가 뜻하는 소유물의 의미가 더 이상 겁나지 않았다. 왜냐면 이제 나는 남편의 참모습을 나타내는 증거물을 찾아 그 모든 것을 뒤져보리라 결심했기 때문이다.

아무래도 그의 사무실을 먼저 봐야지.

넓디넓은 마호가니 책상, 완벽한 압지와 늘어서 있는 전화기들. 나는 보석이 들어 있는 금고를 여는 호사를 누리며 가죽 상사를 샅샅이 뒤지면서 내가 결혼을 통해 요정의 보물에 접근할 수 있게 되었다는 사실을 확인했다. 보석 세트, 팔찌, 반지들…… 내가 다이아몬드에 둘러싸여 있을 때 하녀가 노크를 하고는 들어오라고 하기도 전에 들어왔다. 약간 무례하다. 남편에게 이 일에 대해 얘기해야겠다. 그녀는 내 서지 스커트를 얕보는 눈으로 쳐다보았다. 마님, 만찬을 위해 옷을 갈아입으실는지요?

그 말을 듣고 내가 웃자 그녀는 나를 업신여기듯 얼굴을 찡그렸다. 그녀는 나보다 훨씬 더 격식을 따질 줄 알았다. 그러나 생각해보라. 그 굉장한 푸아레 드레스로 차려입고 보석과 백로 깃털 장식이 달린 터번을 머리에 쓰고 배꼽까지 진주를 드리운 채 마르크 왕이 그의 기사들을 먹였다는 거대한 식당의 커다란 식탁 머리에 혼자 앉아 있는 모습을…… 못마땅해하는 하녀의 차가운 눈길을 받자 나는 더 침착해졌다. 나는 장교의 딸답게 활발한 억양으로 말했다. 아니, 만찬용 옷은 입지 않겠어. 더구나 만찬을 먹을 만큼 배고프지도 않아. 가정부에게 내가 주문한 기숙사 음식을 취소하라고 해. 음악실에 샌드위치와 커피 한 주전자 갖다뒤줄 수 있나? 그리고 오늘 밤은 이제 그만 다들 물러가지?

네, 알겠습니다. 마님.

그녀의 풀죽은 억양으로 내가 또 한 번 그들을 실망시켰다는 것을 알았지만 개의치 않았다. 남편의 찬란한 소장품 때문에 나는 그들에게 방어력이 있었다. 그러나 반짝이는 보석들 가운데서 남편의 속마음은 찾을 수 없었다. 그녀가 나가자마자 나는 그의 책상 서랍을 조직적으로 뒤지기 시작했다.

모두 다 정리되어 있었다. 그래서 나는 아무것도 찾지 못했다. 헌 봉투 위에 아무렇게나 그린 낙서 하나 없었고, 빛바랜 여자 사진 한 장 없었다. 업무상 서신 파일, 자작 농원에서 온 청구서, 양복점에서 온 청구서, 국제 금융업자가 보낸 안내편지밖에 없었다. 아무것도 없었다. 그의 진짜 면모에 대한 증거가 하나도 없다는 점이 이상하게 보이기 시작했다. 그가 그렇게 숨기는 일에 애쓴다면 감출 것이 많다는 거야, 나는 생각했다.

그의 사무실은 유별나게 사무적인 방으로, 안쪽 마당을 향해 있었다. 암스테르담의 영세한 사업가를 파산시키면서, 아니면 아마추어 식물학자처럼 희귀 양귀비에 빠져 있다는 말을 언뜻 비친 것으로 미루어보면 라오스에서 분명히 아편과 관련된 어떤 사업을 벌이면서 (이 생각을 하자 혐오감으로 오싹해졌다), 머리를 맑게 하려고 유혹적인 바다를 등지고 싶은 듯했다. 범죄 없이 지낼 만큼 부유하지는 않은가? 아니면 범죄로 돈을 벌고 있는 건가? 아무튼 그가 뭔가 숨기는 데 아주 열심이라는 것은 충분히 알 수 있었다.

그의 책상을 샅샅이 뒤졌으니 이제 모든 편지를 발견했던 제자리로 하나하나 돌려놓는 데 맑은 정신으로 15분을 써야 할 것이다. 그렇게 내가 왔었다는 흔적을 지우는 와중에 우연히 꽉 닫힌 안쪽의 작은 서랍에 손을 뻗치다가 어딘가 숨겨진 스프링을 건드린 것이 분명했다. 그 서랍 안에서 또 하나의 비밀 서랍이 활짝 열렸던 것이다. 그리고 그 비밀 서랍에는 마침내 '개인파일'이라고 표시된 파일이 담겨 있었다.

커튼을 치지 않은 유리창에 비친 나의 모습을 빼고는 나 혼자였다.

꽃처럼 납작 눌리고 진홍 새에 디슈페이퍼처럼 얇은 그의 심장이 이 파일에 들어 있을 거라고 잠시 생각했다. 아주 얇은 파일이었다.

'라 쿠폴라'라고 찍힌 종이 냅킨에 적힌 그 감동적이고 맞춤법 틀린 메모를 발견하지 않기를, 하고 아마도 나는 바랐을 것이다. 메모는 이렇게 시작되었다. "내 사랑, 당신이 날 완전히 당신의 것으로 만드실 그 순간을 학수고대합니다." 그 여가수는 바그너의 오페라 〈트리스탄과 이졸데〉 중 〈사랑의 죽음〉의 악보 한 장을 보내며 그 위에 "그때까지……"라고 암호 같은 한마디를 써넣었다. 그러나 그 연애편지들 가운데 가장 이상한 것은 산속에 있는 마을 공동묘지 그림이 있는 엽서였다. 그림에서는 검은 옷을 입은 귀신이 열심히 무덤을 파고 있었다. 그랑기뇰*풍의 끔찍하고 선정적인 이 장면에는 이런 제목이 붙어 있었다. "전형적인 트란실바니아 풍경―자정, 만성절." 그리고 다른 쪽에는 이런 메시지가 있었다. "드라큘라 후손과의 결혼을 맞이하여― 언제나 기억하라. '사랑의 지극하고 고유한 즐거움은 악을 행하고 있다는 확신이다.' 사랑하는 C가."

농담. 최악의 농담이다. 그는 트란실바니아 지역인 루마니아의 공작부인과 결혼하지 않았던가? 그리고 그 여자의 예쁘고 발랄한 얼굴과 이름을 기억해냈다. 카밀라. 나 바로 전 이 성의 안주인은 가장 세련된 여자였던 것 같다.

나는 정신을 차리고 그 파일을 치웠다. 가족애와 음악으로 살아온 나는 이런 성인용 게임에 대한 준비가 안 되어 있었다. 그래도 이런 것들은 그의 본성을 드러내는 실마리였고, 그 이유가 충분히 드러나 있지는 않지만 적어도 그가 얼마나 사랑받았는지를 보여주었다. 그러나 나는 좀 더 알고 싶었다. 그리고 사무실 문을 닫고 잠글 때, 뭔가 더 발견할 수 있는 방법이 내게 굴러 들어왔다.

정말 굴러 들어왔다. 식기 통이 떨어지는 것같이 쨍그랑거리는 소

---

* 살인이나 강간, 유령 따위를 통해 관객에게 공포와 전율을 느끼게 하는 연극.

리와 함께. 매끄러운 예일 자물쇠를 돌리려고 하던 와중에 열쇠고리가 열려 열쇠가 마룻바닥에 우수수 떨어진 것이다. 그리고 그 열쇠 무더기 속에서 내가 가장 먼저 집어든 열쇠는 운이 좋았는지 나빴는지 남편이 들어가지 말라고 했던 바로 그 방 열쇠였다. 남편이 자기만의 방으로 남겨두어 다시 독신이 되고 싶은 마음이 생기면 간다는 그 방이었다.

그의 납덩이 같은 침묵에 대한 알 수 없는 공포가 희미하게 다시 일어나기 전에 그 방을 탐색해보자는 결정을 내렸다. 그때 내가 자기에게 정말 순종했는지 보려고 그 방에서 기다리고 있는 그를 실제로 보게 될 거라고 아마도 반쯤 기대했던 듯하다. 수수께끼처럼 자동으로 움직이는 그의 공적인 육체. 자신의 움직이는 형상은 뉴욕으로 보내고. 오르가슴의 폭풍 속에서 훔쳐본 그 얼굴을 한 진짜 남자인 그가 서쪽 탑 맨 아래 증류실 뒤에 있는 서재에 앉아서 급한 사적 용무에 몰두하고 있을 거라고 기대했다. 그러나 만약 그렇다면 그를 찾아내고 그를 진짜 알아야 하는 것이 필수적이었다. 나는 그가 나를 좋아하는 것 같다고 착각했기 때문에 내가 말을 안 들었다고 정말 화를 내리라고는 미처 생각지 못했다.

열쇠 무더기 속에서 그 금지된 열쇠를 집어들고 나머지는 바닥에 그냥 두었다.

밤이 깊었고 성은 육지에서 떨어질 수 있는 만큼 멀리 떨어져 고요한 대양 한가운데 둥둥 떠 있었다. 불을 다 켜라는 내 명령 때문에 빛의 화환처럼 떠 있었다. 그리고 전부 조용하고 모두 고요했다. 파도가 철썩이는 소리 외에는.

겁이 나지도 않았고 공포의 예감도 없었다. 나는 엄마의 집에서 그랬던 것처럼 당당하게 걸어갔다.

좁고 먼지 나는 작은 통로가 전혀 아니었다. 그는 내게 왜 거짓말을 했을까? 그러나 어두컴컴한 것은 확실했다. 어떤 이유인지 전기선이 여기까지 들어오지 않아, 나는 증류실로 돌아가서 대만찬 때 참나무 식탁을 밝히기 위해 성냥과 함께 찬장에 보관되어 있는 양초 다발을 찾아냈다. 작은 초에 성냥으로 불을 붙여 손에 들고 베네치아풍으로 보이는 두꺼운 커튼이 쳐진 복도를 마치 참회자처럼 걸어 나갔다. 촛불에 비쳐 여기서는 남자의 두상이 보이고 저기서는 찢긴 드레스 틈으로 삐져나온 여성의 풍만한 가슴이 보였다. 〈사비니 여인의 납치〉*인가? 칼집에서 빼낸 칼날과 제물로 바쳐진 말들이 어떤 처참한 신화적 소재를 생각나게 했다. 계단은 아래쪽으로 굽어 내려갔다. 두껍게 카펫이 깔린 바닥은 거의 알아챌 수 없을 정도로 약간 경사져 있었다. 벽에 두꺼운 커튼이 걸려 있어서 내 발소리와 숨소리까지 흡수해버렸다. 무슨 이유에서인지 아주 더워져서 이마에 땀방울이 송송 배어나왔다. 파도소리가 더 이상 들리지 않았다.

마치 성의 심장부에 있는 것처럼 길고 긴 나선형 계단. 이 계단을 따라가니 낮고 위가 둥글며 검은 쇠 빗장이 걸린 벌레 먹은 참나무 문이 나타났다.

그래도 아직 겁이 나지 않았다. 뒷덜미 머리카락이 쭈뼛 서지도 않았고 엄지손가락이 따끔거리지도 않았다.

---

* 프랑스 화가 니콜라 푸생의 그림.

뜨거운 나이프가 버터 속으로 들어가듯 새 자물쇠에 열쇠가 쉽게 미끄러져 들어갔다.

겁은 안 났지만 망설여졌다. 정신의 숨을 멈추었다.

'개인파일'이라고 표시된 파일에서 그의 심장이 남긴 흔적을 볼 수 있었다면 여기 지하의 비밀 방에서는 그의 영혼을 조금이나마 발견할 수 있을지 모른다. 그런 것을 발견할지 모른다는 생각과 그것이 이상할지 모른다는 생각 때문에, 잠시 꼼짝 않고 서 있다가 이미 순진함에 때가 약간 묻어서 무모해진 나는 열쇠를 돌렸다. 문이 삐걱거리며 천천히 뒤로 열렸다.

"사랑의 행위와 고문의 집행은 상당히 비슷하다."[*] 남편이 좋아하는 시인은 이렇게 읊었다. 그 유사함이 어떤 것인지 나는 신혼 초야에 좀 배웠다. 그리고 이제 내 촛불에 비친 것은 고문대의 윤곽이었다. 유모가 모아놓은 종교 서적 안에 있던 성인의 순교 장면 판화에서 본 것과 같은 거대한 바퀴형틀도 있었다. 그런데 다음 것이 한순간 보인 뒤 촛불이 꺼졌고 나는 칠흑 같은 어둠 속에 남게 되었다. 그것은 철제 틀 옆에 경첩이 달려 있고 내가 알기로는 안쪽에 철침들이 박혀 있으며 '철의 여인'이라고 불리는 기구였다.

완전히 캄캄했다. 그리고 내 주위에는 사지를 절단하는 기구들이 있었다.

그때까지 이 철없는 아이는 자신이 인도차이나의 황인종 무법자들

---

[*] 보들레르.

46

을 물리친 어머니에게서 배짱과 의지를 물려받았음을 모르고 있었다. 엄마의 기백이 나를 그 무시무시한 장소로 가게 했고 최악의 상황을 발견하는 것에 냉철한 황홀을 느끼게 했다. 호주머니에서 성냥을 더 들어 찾았다. 그 빛이 얼마나 희미하고 가련한지! 그러나 신성모독에다가, 껴안으면 죽게 되어 있는 연인들의 기상천외한 암흑의 밤을 위해 고안된 방을 보기에는 충분했다. 오, 충분하고도 남았다.

이 황량한 고문실의 벽은 맨 바윗돌이었고, 마치 겁에 질려 진땀을 흘리듯 번득였다. 방 네 구석에는 아주 오래된, 아마 고대 에트루리아 시대의 것 같은 유골 단지가 있었고, 향로가 흑단으로 만든 삼발이 위에 놓여 있었는데 그가 켜놓고 간 향불 때문에 방이 제사 냄새로 꽉 차 있었다. 바퀴형틀과 고문대와 철의 여인은 마치 사원의 물건들처럼 웅장하게 전시되어 있어서, 나는 다음과 같은 생각으로 위안을 받았고 나 자신을 설득했다. 그의 변태적 취미로 만든 작은 박물관을 단지 우연히 보게 된 것이고, 그는 오로지 명상을 위해 이 무시무시한 물품들을 갖다놓은 것이라고.

그러나 방 한가운데 있는 덮개 없는 영구차. 그것은 르네상스 시대의 기술로 만든 불운하고 불길한 상여로, 길고 하얀 양초들에 둘러싸여 있었으며 발치에는 그가 내 침실에 채운 것과 똑같은 백합 한 다발이 칙칙한 주홍색 유약을 바른 1미터 정도 높이의 항아리에 담겨 있었다. 나는 그 뚜껑 없는 관을 감히 들여다볼 마음이 전혀 없었고 더 자세하게 누가 들어 있는지 볼 생각도 없었다. 그러나 그래야 한다는 것을 알았다.

그녀가 누워 있는 관 둘레의 양초에 불을 붙이려고 성냥을 그을 때

마다 그가 갈망하던 내 순진함의 옷이 내게서 벗겨져나가는 것 같았다.

자신이 독살한 사람들의 시체를 덮을 때 이탈리아의 군주들이 사용하던 아주 귀하고 값비싼 얇은 세마포 아래 오페라 가수는 완전한 나체로 누워 있었다. 나는 그녀의 하얀 가슴을 아주 살짝 만졌다. 서늘했다. 그가 방부 처리를 한 것이다. 목에 그녀를 목 조른 자의 손가락 자국이 희미하게 보였다. 양초의 싸늘하고 구슬픈 불꽃이 그녀의 닫힌 하얀 눈꺼풀 위에서 깜박였다. 제일 끔찍한 것은 죽은 입술이 미소를 짓고 있는 것이었다.

열린 관 너머로 어둠 가운데서 허옇게 번득이는 빛. 점점 짙어지는 어둠에 눈이 적응하면서 마침내 그것이, 아 끔찍해, 해골임을 알게 되었다. 맞다. 해골이다. 이제는 살이 완전히 사라져서, 그 앙상한 해골이 한때 생명으로 화려하게 덮여 있었을 것 같지 않았다. 이 해골은 보이지 않는 줄에 매달려 몸체 없이 고요하고 묵직한 공기 중에 떠올라 있는 듯 보였고, 흰 장미 화관이 씌어 있었으며 그의 신부라는 마지막 표시로 레이스 면사포를 쓰고 있었다.

그러나 그 해골은 여전히 아름다웠고, 그 평면 구성만으로도 한때 그 위에 있던 얼굴을 너무나 당당하게 만들었기에 보자마자 그녀라는 사실을 알았다. 반이 기장자리를 걸어가는 저녁별. 한 발짝 살못 내딛어서, 오, 그의 아내라는 운명으로 자매가 된 여자들 중 두번째인 가여운 소녀여, 한 발짝 잘못 내딛어서 당신은 어둠의 심연으로 떨어졌군요.

그러면 최근에 죽은 루마니아 백작부인은 어디 있는가? 자신은 그의 학살을 피할 수 있을 거라고 생각했을 것이다. 그녀는 여기, 내가 가차 없는 숙명의 실타래에 끌려 성안을 지나 당도한 이곳에 있는 것이 틀림없었다. 그러나 처음에는 그녀의 흔적이 보이지 않았다. 그런데 어떤 이유에서인지, 내가 나타나서 공기가 달라진 때문인지 철의 여인의 금속 철판이 으스스하게 윙 하고 울렸다. 그 안에 있는 사람이 기를 쓰고 나오려는 것인가 상상도 해봤지만 점점 강해지는 히스테리 가운데서도 나는 그녀가 그 안에 안치되어 있다면 이미 죽었으리라는 것을 알았다.

떨리는 손가락으로 그 세워져 있는 관의 뚜껑을 약간 열었다. 그 안에는 고통으로 입을 벌린 채 굳은 얼굴이 있었다. 나는 맥을 못 추고 아직까지 손에 들고 있던 열쇠를 떨어뜨렸다. 열쇠는 그녀의 피가 고여 있는 웅덩이로 떨어졌다.

그녀는 한 개가 아니라 백여 개의 쇠못에 박혀 있었다. 흡혈귀 나라의 후예인 그녀는 아주 최근에 죽은 듯 피투성이였다…… 오 하느님! 그가 상처한 것은 아주 최근의 일이네? 이 끔찍한 방에 둔 지 얼마나 된 것일까? 파리의 화창한 빛 속에서 내게 구혼하던 기간 내내 여기 두었을까?

나는 그녀의 관을 가만히 닫고 울음을 터뜨리며 흐느꼈다. 그에게 희생된 다른 여자들에 대한 연민과 나도 그중 하나라는 사실이 주는 끔찍한 두려움 때문이었다.

다른 곳으로 통하는 문에서 바람이 한줄기 들어온 듯 촛불들이 확 타올랐다. 내 손의 빨간 오팔에 그 빛이 비쳐 불길한 빛으로 한 번 번쩍 빛났다. 마치 신의 눈이, 그의 눈이 나를 보고 있다고 알려주는 것 같았다. 이런 운명과 나를 맞바꾼 반지를 보고 처음 든 생각은 이 운명을 어떻게 피할까 하는 것이었다.

정신을 차리고 상여 주위의 촛불을 손가락으로 잡아 끄고 작은 초를 집은 다음, 몸을 떨면서도 주위를 돌아보며 내가 왔던 흔적을 하나도 남기지 않았는지 확인했다.

나는 피 웅덩이에서 열쇠를 집어 피를 손에 묻히지 않으려고 손수건으로 감쌌다. 그리고 그 방에서 나와 문을 쾅 닫고 도망쳤다.

문이 지옥의 문처럼 심하게 울리며 쿵 하고 닫혔다.

침실로는 숨을 수 없었다. 깊이를 알 수 없는 그의 거울 뒤쪽 수은막에 포착된 그의 존재가 이 방에 기억으로 남아 있기 때문이다. 비록 성 세실리아의 그림을 약간 두려운 눈으로 바라보았지만 음악실이 가장 안전한 장소 같았다. 그녀는 어떻게 순교를 당했을까? 내 마음은 요동쳤다. 도망칠 계획들이 뒤죽박죽 부딪혔다…… 바닷길에 물이 빠지는 순간 육지로 갈 것이다. 걷고, 뛰고, 비틀대며. 나는 가죽옷 입은 운전사도 예절 바른 가정부도 믿지 않았다. 그리고 창백한 유령 같은 하녀들 누구에게도 속마음을 털어놓을 수 없었다. 그들은 모두 그의 앞잡이기 때문이다. 일단 마을에 가면 곧바로 경찰서의 자비에 내 몸을 맡길 것이다.

그러나 그들이라고 해서 내가 믿을 수 있을까? 성곽 둘레의 못이 바로 대서양인 그의 집안은 이 해안가를 8세기 동안이나 지배했다. 경찰도 변호사도 판사까지도 주인인 그의 말이라면 반드시 복종해야 하기 때문에 그의 악행을 모두 눈감아주고 그를 위해 일하지 않을까?

이 외진 해안가에서, 파리에서 온 하얀 얼굴의 소녀가 달려와 그들에게 피와 공포와 어둠 속에서 웅얼거리는 괴물에 대해 무서운 이야기를 한다면 어느 누가 그녀를 믿을 것인가? 아니, 그들은 그 말이 사실임을 금방 알 것이다. 그러나 모두 명예를 지키느라고 내가 더 이상 말하지 못하게 할 것이다.

도움이라면. 엄마. 나는 전화기로 달려갔다. 그러나 역시 전화는 불통이었다.

그의 부인들처럼 죽어 있었다.

별빛 하나 없는 짙은 어둠이 아직 창문에 번득였다. 어둠이 들어오지 못하게 내 방의 램프는 모두 불타고 있었다. 불빛에 가려져 있지만 그래도 어둠은 내게 침입하여 내 옆에 있는 것 같았다. 밤은 내 피부 속으로 스며들어올 수 있는 투과성 물질 같았다. 나는 오래전 드레스덴에서 위선적이리만치 순진하게 보이는 꽃으로 만든 작은 고급 시계를 바라보았다. 시곗바늘은 내가 그의 개인 도살장에 처음 내려간 이후 한 시간도 채 움직이지 않았다. 시간도 그의 하인이었다. 시간은 나를 이곳에, 그가 절망적인 아침에 떠오르는 검은 태양처럼 내게 되돌아올 때까지 계속될 어둠 속에 나를 가두어둘 것이다.

그래도 시간은 아직 내 친구가 될지 모른다. 이 시각, 바로 이 시각에 그는 뉴욕을 향해 떠났기 때문이다.

몇 분 후면 남편이 프랑스를 떠날 것이라 생각하니 심란함이 어느 정도 가라앉았다. 이성적으로 생각해보면 아무것도 두려울 것이 없었다. 그를 신대륙으로 데려갈 물결은 이 성에 갇힌 나를 풀어줄 것이다. 분명 나는 하인들을 쉽게 피할 수 있을 것이다. 누구든지 기차역에서 차표를 살 수 있다. 그래도 나는 아직 불안에 가득 차 있었다. 피아노 뚜껑을 열었다. 아마도 나만의 마술이 이제 나를 도와 위험에서 나를 지켜줄 오각별 모양의 부적을 음악으로 창조할 수 있을 것이다. 내 음악이 처음에 그를 사로잡았다면 그로부터 도망갈 힘도 내게 주지 않을까?

기계적으로 피아노를 치기 시작했지만 내 손가락은 뻣뻣하고 떨렸다. 처음엔 체르니 연습곡밖에 칠 수가 없었다. 그러나 연주 동작 자체가 마음을 달래주었고, 위안을 얻으려고, 그 숭고한 수학성이 지닌 조화로운 합리성을 맛보려고, 그의 악보를 뒤져서 바흐의 〈평균율 클라비어 곡집〉을 찾아냈다. 나는 치유를 위해 바흐의 평균율 곡을 모조리 연주하기 시작했다. 그리고 한 번의 실수도 없이 모두 다 친다면 아침에 나는 다시 처녀가 되어 있을 것이라고 스스로에게 말했다.

지팡이가 쾅 떨어지는 소리.

그의 은 손잡이 지팡이다! 그게 아니면 무엇이겠는가? 교활하고 간사하게 그가 돌아온 것이다. 문밖에서 날 기다리고 있었구나!

나는 벌떡 일어났다. 공포가 내게 힘을 주었다. 나는 반항적으로 고개를 뒤로 젖혔다.

"들어오세요!" 단호하고 명료한 내 목소리에 나도 놀랐다.

문이 천천히 겁먹은 듯 열렸다. 그리고 보인 것은 육중하고 가망 없는 남편의 덩치가 아니라 왜소하고 구부정한 피아노 조율사의 몸이었다. 용감한 엄마의 딸인 내가 악마를 보고 무서워하는 정도보다 훨씬 더 그가 나를 무서워하는 것 같았다. 고문실에 있을 때는 절대로 다시는 웃을 수 없을 것 같았다. 그런데 지금 마음이 놓이니 저절로 웃음이 나왔다. 그리고 잠시 망설인 후 그 소년의 얼굴도 누그러졌고 부끄러운 듯 약간 미소를 지었다. 그의 눈은 비록 멀었으나 매우 다정하게 보였다.

"죄송합니다." 장이브는 말했다. "한밤중에 방문 앞에 웅크리고 있었으니 마님께서 절 해고하실 만하다는 것을 압니다…… 그러나 마님께서 이리저리 걸어다니시는 소리를 들었습니다. 전 서쪽 탑 아래쪽에 있는 방에서 자거든요. 마님께서 주무실 수 없어 아마도 피아노를 치며 불면의 시간을 보내시고 있다는 생각이 딱 들었습니다. 그래서 그렇게 하지 않을 수가 없었습니다. 게다가 발부리에 걸렸어요, 이게."

그는 내가 남편의 사무실 문 앞에 떨어뜨린 열쇠 꾸러미를 보여주었다. 열쇠 중에서 하나가 사라진 열쇠고리. 나는 그걸 받아들고 어디에 둘까 이리저리 찾아보다가 열쇠를 감추면 내가 보호를 받을 것 같아서 피아노 의자에 두기로 했다. 그는 여전히 내게 미소를 지으며 서있었다. 일상적 대화를 하는 것도 얼마나 힘든가.

"완벽해요." 내가 말했다. "피아노요. 완벽하게 조율되었어요."

그러나 당황한 그는 마치 자신이 실례하게 된 원인을 완전히 설명해야만 내가 용서해주기라도 할 것처럼 말을 길게 늘어놓았다.

"오늘 오후에 연주하시는 것을 듣고 그런 터치는 처음 듣는다고 생각했어요. 놀라운 테크닉. 거장의 연주를 듣다니 제게는 큰 기쁨이었습니다! 그래서 지금도 방문 앞에 살금살금 다가와서, 마님, 조그만 개처럼 겸손하게 열쇠구멍에 귀를 대고 듣고 또 들었지요. 그러다가 잠시 실수로 지팡이를 바닥에 떨어뜨려 들킨 것입니다."

그는 정말 마음을 울리는 순진한 미소를 지었다.

"조율이 완벽해요." 나는 되풀이해 말했다. 그 말을 하고 나니 놀랍게도 다른 말은 할 게 없었다. "음이 잘 맞아…… 완벽하게…… 조율이 되어서"라는 말을 되풀이할 수밖에 없었다. 머리가 지끈거렸다. 그의 사랑스럽고 눈먼 인간적인 모습을 보니 가슴속 어딘가가 찌르는 듯이 아팠다. 그의 모습이 흐려졌고, 방이 빙빙 돌았다. 그 피로 물든 방에서, 끔찍한 것을 발견하고도 괜찮았던 나를 기절시킨 것은 그의 부드러운 모습이었다.

정신을 차리고 보니 나는 피아노 조율사의 팔에 안겨 있었고, 그는 피아노 의자의 새틴 쿠션을 내 머리 밑에 받쳐주고 있었다.

"스트레스를 많이 받으시나봐요." 그는 말했다. "신부가 신혼 초에 그렇게 마음 고생하면 안 되지요."

그의 말소리는 시골의 리듬, 바다 조수의 리듬을 띠고 있었다.

"이 성에 시집오는 여자는 모두 아예 상복 차림으로 와야 하고 신부님을 대동하고 관을 갖고 와야 해요"라고 나는 말했다.

"무슨 말씀이세요?"

침묵하기에는 이미 너무 늦었다. 그리고 만약 그 역시 남편의 꼭두각시라 해도 적어도 내게는 친절했다. 그래서 모두 다 얘기했다. 열쇠, 금지령, 피의 반창, 그 방, 고문대, 해골, 시세틀, 피.

"믿을 수가 없네요." 어리둥절해하며 그가 말했다. "그분은…… 아주 부자고 명문 태생인데요."

"여기 증거가 있어요." 그렇게 말하며 나는 손수건 속의 그 운명적인 열쇠를 실크 깔개 위에 떨어뜨렸다.

"오, 하느님." 그가 말했다. "피 냄새가 나는군요."

그는 내 손을 잡았다. 팔로 나를 꼭 안았다. 그는 아이에 지나지 않았지만 그의 몸에서 강한 기운이 내게로 흘러들어오는 게 느껴졌다.

"우리는 해변 위아래에서 온갖 이상한 이야기를 수군거린답니다." 그는 말했다. "옛날에 어느 후작이 육지에서 어린 소녀들을 사냥했답니다. 여우 사냥하듯이 개들을 데리고 추적했대요. 우리 할아버지가 그분 할아버지에게서 들은 이야기인데, 후작이 자기 말안장 가방에서 머리통을 꺼내 말편자를 박고 있던 대장장이에게 보여주었더랍니다. '기욤, 짙은 갈색머리 족속의 멋진 표본이지, 응?' 그건 대장장이 부인의 머리였대요."

그러나 좀 더 민주화된 이 시대에 내 남편은 살롱에서 사냥하려고 멀리 파리까지 가야 한다. 장이브는 내가 몸서리치는 것을 금방 알아챘다.

"오, 마님! 난 이 모든 게 노파들의 실없는 이야기, 바보들이 지껄이는 소리, 나쁜 아이들에게 겁줘서 말 잘 듣게 하려고 하는 무서운 이야기인 줄 알았어요! 외지인인 당신이 이곳의 옛 이름이 '살인의 성'이라는 것을 어떻게 알았겠어요?"

정말 내가 어떻게 알았겠는가? 그래도 마음속에서는 이 성의 주인이 내게는 죽음이라는 것을 언제나 알고 있었다.

"들어보세요!" 내 친구가 갑자기 말했다. "바다가 음조를 바꿨어요. 이제 아침이 다 된 게 분명해요. 물이 빠지고 있어요."

그가 날 부축하여 일으켰다. 나는 창문에서 눈을 들어 여명의 희미한 빛에 촉촉하게 젖어 번들거리는 돌이 있는 바닷길을 따라 육지 쪽을 바라보았고, 거의 상상 불가능한 공포심, 여러분에게 말로 전달할 수 없을 만큼 강렬한 공포심에 싸여, 저 멀리, 아직 멀지만 흐르는 안개 속에 터널을 뚫고 매 순간 엄연하게 다가오는 거대한 검은 자동차의 두 개의 헤드라이트를 보았다.

남편이 정말 돌아왔다. 이번에는 환상이 아니다.

"열쇠요!" 장이브가 말했다. "고리의 다른 열쇠들 속에 다시 넣어야 해요. 아무 일도 안 일어난 것처럼요."

그러나 그 열쇠에는 아직 젖은 피가 엉겨 붙어 있었고, 나는 세면실로 가서 열쇠를 뜨거운 물 꼭지 아래 들이댔다. 선홍빛 물이 세면대로 소용돌이치며 내려갔지만 마치 열쇠 자체가 상처 입은 듯 핏자국이 지워지지 않았다. 돌고래 수도꼭지의 새파란 눈이 경멸하듯이 내게 윙크했다. 남편이 내 행동을 훤히 내다보고 있음을 아는 것이다! 핏자국을 손톱 손질용 솔로 문질러보았지만 소용없었다. 나는 차가 닫힌 대문을 향해 소리 없이 굴러오는 광경을 생각했다. 그런데 문지르면 문지를수록 열쇠 얼룩은 진해졌다.

대문의 벨이 울릴 것이다. 문지기 아들은 졸린 눈으로 조각보 이불을 젖히고 하품하면서 셔츠를 머리에 뒤집어써서 입고 나막신에 발을 들이밀 것이다…… 주인님을 위해 천천히, 천천히 문을 열어라. 되도록 천천히

그러나 아직도 핏자국은 심술궂게 쳐다보는 돌고래의 입에서 흘러나오는 수돗물을 조롱했다.

"시간이 없어요." 장이브가 말했다. "주인님이 오셨어요. 저는 알 수 있죠. 전 여기 같이 있어야겠어요."

"안 돼요!" 나는 말했다. "이제 제발 방으로 돌아가요."

그는 망설였다. 나는 목소리에 날을 세웠다. 남편을 혼자 맞이해야 한다는 것을 알았기 때문이다.

"날 내버려두고 가요."

그가 가자마자 나는 열쇠를 숨겨놓고 침실로 갔다. 바닷길에는 아무것도 없었다. 장이브 말이 맞았다. 남편은 벌써 성에 들어왔다. 나는 커튼을 내리고 옷을 다 벗고 이불로 몸을 감쌌다. 그때 강한 러시안 레더 향으로 남편이 다시 내 곁에 있다는 것을 확인시켜주었다.

"여보!"

그는 가장 위험하고 음탕한 부드러움으로 내 눈에 키스했고 나는 방금 깬 신부 흉내를 내며 팔로 그를 와락 껴안았다. 내가 순종하는 척하면 목숨을 구할 수 있을 것 같았기에.

"리오의 다 실바가 선수를 쳤어." 그는 찡그리며 말했다. "뉴욕 직원이 르아브르에 전보를 쳐서 헛걸음을 면하게 해주었소. 그러니 중단되었던 즐거움을 계속합시다. 여보."

나는 그 말을 한마디도 믿지 않았다. 나는 내가 그가 원하는 대로 행동했다는 것을 알았다. 그렇게 만들려고 날 사들인 것 아닌가? 나는 속임수에 걸려 그가 없는 사이에 그 무한한 어둠의 원천을 찾도록 강요당했고, 이제 그 악행 앞에서 살아난 그의 숨겨진 실체와 맞닥뜨리게 되었으니, 이 새로운 지식에 대한 대가를 치러야 한다. 판도라 상자의 비밀, 그러나 그는 스스로 내게 상자를 주었으며 내가 분명 비밀을 알게 되리라는 사실을 알고서 준 것이다. 모든 움직임이 그 사람만큼이나 가혹하고 전지전능한 운명에 지배되는 그런 게임을 한 것이다. 왜냐면 그 운명이 바로 그이기 때문이다. 그리고 나는 졌다. 그가 날 끌어들인 순진과 악덕의 속임수에서 졌다. 희생자가 사형집행인에게 패배하듯이 패했다.

시트 아래에서 그의 손이 내 젖가슴을 스쳤다. 나는 신경을 잔뜩 썼지만 그의 내밀한 손길에 움찔할 수밖에 없었다. 몸을 뚫는 철의 여인의 포옹과 지하실에 죽어 있는 그의 연인들을 생각나게 했기 때문이다. 내가 멈칫하는 것을 보고 그의 눈빛이 달라졌으나 욕망은 줄어들지 않았다. 그의 혀가 이미 젖어 있는 붉은 입술을 훑었다. 그는 알 수 없는 표정으로 조용히 내게서 물러나더니 상의를 벗었다. 부유한 자본가가 그러듯이 조끼에서 금시계를 꺼내어 화장대 위에 놓고, 쩔렁거리는 동전을 긁어모아 꺼내고, 이제 (오, 하느님) 요란하게 주머니를 여기저기 더듬으며, 놀라서 입을 내밀고 없어진 물건을 찾기 시작했다. 그리고 무시무시한 승리의 미소를 지으며 나를 향해 돌아섰다.

"그래, 바로 그거야! 내가 열쇠를 당신에게 주고 갔지!"

"열쇠요? 아, 그럼요. 여기 베개 밑에 있어요. 잠깐만요. 아니, 아! 여기 없네…… 자, 내가 어디에 두었더라? 생각해보니 당신이 없을 때 피아노 치며 시간을 보내고 있었어요. 맞아요! 음악실이에요!"

그는 고풍스러운 레이스가 달린 내 잠옷을 퉁명스럽게 침대 위에 던졌다.

"가서 가져와요."

"지금요? 당장에요? 여보, 아침까지 기다리면 안 돼요?"

나는 억지로 유혹적으로 행동했다. 나는 거울에 비친 나의 모습, 창백하고 발에 밟히기를 구걸하는 풀처럼 고분고분한 나를 보았다. 열두 개의 거울에 비친 열두 명의 연약하고 애걸하는 소녀들을 보았고, 거의 넘어올 것 같은 그도 보았다. 그가 나와 함께 침대에 누우면 그때 그의 목을 조를 생각이었다.

그러나 그는 반쯤 호통을 쳤다. "아니. 기다릴 수 없어. 지금 당장."

새벽의 섬뜩한 빛이 방을 채웠다. 이 지긋지긋한 곳에서 새벽을 맞은 게 어제 하루뿐이란 말인가? 꼼짝없이 음악실에 가서 피아노 의자에 둔 열쇠를 가지고 와야 했다. 그가 너무 자세하게 검사하지 않기를, 제발 그의 눈이 잘 안 보이기를, 갑자기 눈이 멀어버리기를 기도하는 수밖에 없었다.

발걸음을 뗄 때마다 이상한 악기처럼 쩔렁거리는 열쇠 꾸러미를 들고 침실로 돌아왔을 때 그는 새하얀 셔츠를 입은 채 손으로 머리를 감싸고 침대에 앉아 있었다.

내게는 그가 절망에 빠진 듯 보였다.

이상하다. 내 얼굴을 내 흰옷보다 더 하얗게 만든 그에 대한 공포심에도 불구하고 그 순간 그에게서 절대적 절망의 악취가 독하고 끔찍하게 난다고 느껴졌다. 마치 그를 둘러싼 백합이 일제히 썩기 시작한 것 같았고, 그가 뿌린 향수의 러시안 레더 향이 원재료인 동물의 생가죽과 분비물로 되돌아가는 것 같았다. 땅속으로 꺼지는 것같이 무거운 그의 존재가 그 방에 엄청난 압박을 가하고 있어서 우리가 마치 해안을 내려지는 파도 아래 깊은 바다 밑바닥으로 곤두박질친 것처럼 피가 내 귀를 쾅쾅 울렸다.

나는 열쇠와 함께 내 목숨을 손에 들고 이제 곧 손톱이 잘 다듬어진 그의 손가락 사이에 놓을 것이다. 그 피로 물든 방에 있는 증거를 보면 내가 자비를 기대할 수 없다는 것이 명백했다. 그러나 그가 머리를 들어 날 알아보지 못하는 듯 콩깍지가 씌인 초점 없는 눈으로 날 노려보았을 때 그 사람에게 공포에 질린 연민을 느꼈다. 그 남자는 너무도 이상하고 비밀스러운 곳에 살아서 그를 따라올 정도로 그를 사랑했다면 나는 죽어야 한다.

그 괴물의 지독한 외로움!

외알 안경이 그의 얼굴에서 떨어져 있었다. 심란하여 손으로 머리를 쓸어 넘긴 듯 그의 곱슬머리는 헝클어져 있었다. 그가 냉정을 잃고 이제 억누른 흥분으로 가득 차 있는 것을 나는 보았다. 그가 벌인 사랑과 죽음의 게임에서 따낸 점수패를 받으려고 내민 손은 조금 떨렸고, 나를 향한 얼굴에는 우울한 광란이 담겨 있었다. 그 얼굴에는 지독한, 맞다, 지독한 수치심뿐 아니라 내가 죄를 지었다는 것을 천천히 확인하면서 느끼는 끔찍하고 죄스러운 기쁨이 섞여 있었다.

비밀을 폭로하는 열쇠의 얼룩은 카드의 눈부신 하트 모양으로 변해 있었다. 그는 고리에서 그 열쇠를 꺼내 한동안 홀로 곰곰이 생각하며 바라보았다.

"이것은 상상을 초월하는 영역으로 인도하는 열쇠지." 그가 말했다. 그의 목소리는 낮았고, 거기에는 연주될 때 신과 대화하는 것 같은 웅장한 성당의 오르간 음색이 들어 있었다.

나는 흐느끼지 않을 수 없었다.

"오, 내 사랑. 내게 하얀 음악의 선물을 가져온 내 귀여운 사랑." 그는 거의 슬퍼하듯이 말했다. "내 귀여운 사랑. 내가 햇빛을 얼마나 싫어하는지 모를 거요."

그러고 나서 그는 날카롭게 명령했다. "무릎 꿇어."

나는 그 앞에 무릎을 꿇었고 그는 열쇠를 내 이마에 가볍게 대고 잠시 있었다. 약간 따끔거리는 것이 느껴졌고 나도 모르게 거울에 비친 나를 보니 하트 모양의 얼룩이 내 눈썹 사이의 이마에 옮겨져 있었다. 인도 브라만 여성의 카스트 표시처럼. 아니면 카인의 표시처럼. 그리고 열쇠는 막 깎아 만든 것같이 반짝반짝 빛났다. 그는 그것을 다시 고리에 넣으면서 내가 청혼을 받아들였을 때와 똑같이 깊은 한숨을 내뱉었다.

"아르페지오를 연주하는 나의 처녀여, 순교를 준비하라."

"어떻게 하실 건데요?" 내가 말했다.

"참수." 그는 거의 관능적으로 속삭였다. "가서 목욕하고, 〈트리스탄과 이졸데〉를 들으러 갈 때 입었던 드레스를 입고 너의 최후를 예고해주는 목걸이를 해. 난 무기고로 가서 증조할아버지의 의례용 칼의 날을 세워야지."

"하인들은요?"

"우리의 마지막 의식은 절대적으로 비공개야. 이미 휴가를 줘 내보냈어. 창밖을 보면 육지로 가는 그들이 보일 거요."

이제 아침이 다 되어 창백한 햇빛이 비쳤다. 날씨는 어중간한 잿빛이었고 바다는 기름 같고 불길해 보였다. 죽기에는 음울한 날이었다. 바닷길을 보니 이 거대한 성에서 일하는 모든 하녀와 허드레꾼, 심부름꾼과 냄비 닦는 사람, 몸종, 세탁부, 하인들이 대부분은 걸어서, 몇 사람은 자전거를 타고 줄지어 가고 있었다. 얼굴이 안 보이는 가정부는 커다란 바구니를 들고 터벅터벅 걸어가고 있었는데 내 짐작에 식료품실에서 빼낼 수 있던 것은 모두 그 안에 담았을 터였다. 후작이 운전기사에게 차를 하루 빌려준 모양으로, 자동차는 맨 뒤에서 장엄한 속도로 따르고 있었다. 마치 그 행렬이 장례 행렬이고 차에는 육지로 가서 묻힐 내 관이 이미 실려가고 있는 듯했다.

그러나 나는 브르타뉴 어느 지역의 흙도 마치 최후의 연인이라도 되는 양 나를 덮지는 못하리라는 사실을 알고 있었다. 나는 다른 운명을 지녔던 것이다.

"난 모두에게 우리의 결혼을 축하하는 의미로 하루 휴가를 주었지." 그가 말했다. 그리고 미소지었다.

멀어져가는 무리를 아무리 눈이 빠져라 쳐다봐도 최근에 고용된 하인, 바로 전날 아침에 고용된 장이브의 모습은 없었다.

"자, 이제 가. 목욕하고 옷을 차려입어. 목욕재계하고 예복을 입는 거야. 그다음에 제물을 바쳐야지. 내가 전화로 부를 때까지 음악실에서 대기해. 여보, 그건 안 돼." 내가 움직이기 시작하자 그는 전화선이 끊긴 것을 기억하고 미소지었다. "성 내부에서는 얼마든지 전화할 수 있지만 외부 전화는 안 돼, 절대로."

나는 열쇠를 문질렀던 것처럼 손톱용 솔로 이마를 문질렀다. 그러나 무슨 짓을 해도 이 붉은 점 역시 사라지지 않아서, 곧 죽겠지만 그때까지 이 점이 박혀 있으리라는 것을 알았다. 그러고 나서 드레스룸으로 가 하얀 모슬린 드레스, 사형 집행의 희생자 의상, 〈사랑의 죽음〉을 들을 때 입으라고 그가 사준 옷을 입었다. 축 처진 갈색 머릿단을 빗어 넘긴 거울 속 열두 명의 젊은 여자. 이제 곧 한 명도 안 남겠지. 내 주위를 둘러싼 백합들은 이제 시들어가는 냄새를 내뿜었다. 꽃은 죽음의 천사들이 부는 트럼펫같이 보였다.

화장대 위에 이제 막 공격하려고 똬리를 튼 뱀처럼 루비 목걸이가 놓여 있었다.

이미 심장이 차가워져 초주검이 된 나는 음악실로 가는 나선형 계단을 내려갔다. 그러나 그곳에서 나는 버림받은 게 아니라는 사실을 알게 되었다.

"제가 당신에게 좀 위안이 될 거예요." 그 소년은 말했다. "별로 쓸모는 없지만요."

내가 바다의 냄새, 태곳적부터 있어 위안을 주는 바다의 냄새를 가능한 한 오래 맡을 수 있도록 우리는 피아노 의자를 열린 창문 앞에 밀어다놓았다. 그 바다는 조만간 모든 것을 깨끗하게 청소하고 오래된 뼈를 하얗게 문지르고 모든 얼룩을 씻어낼 것이다. 제일 뒤에 섰던 어린 하녀가 바닷길을 종종 걸어간 지도 오래되었고 이제 나처럼 운명지어진 대로 움직이는 조수가 밀려들어와 오래된 바위에 잔물결이 찰싹거렸다.

"당신은 이런 벌을 받을 만큼 잘못하지 않았어요." 그는 말했다.

"받을 만하다 아니다 누가 말할 수 있나요?" 내가 말했다. "난 아무 짓도 안 했지만, 그게 날 처형할 충분한 이유가 되는지 모르죠."

"당신은 그에게 복종하지 않았어요." 그가 말했다. "그에게는 그것이 당신을 처벌할 충분한 이유가 되겠지요."

"나는 그가 예측한 대로 했을 뿐이에요."

"이브처럼." 그가 말했다.

전화가 명령하듯 날카롭게 울렸다. 울리게 내버려둬. 그러나 내 연인이 날 일으켜 세웠다. 전화를 받아야 한다는 것을 알았다. 전화기가 흙덩이처럼 무겁게 느껴졌다.

"마당으로. 지금 당장."

내 연인은 내게 키스하고 손을 잡았다. 그는 내가 청하면 나와 함께 갈 것이다. 용기. 용기를 생각하자 엄마가 떠올랐다. 그때 연인의 얼굴 근육 하나가 꿈틀하는 것이 보였다.

"말발굽 소리!" 그가 말했다.

나는 최후의 필사적인 시선을 창문으로 던졌고, 기적처럼 말과 기수가 현기증 나는 속도로 바닷길을 따라 달려오는 것을 보았다. 이제 말발굽 뒤쪽까지 파도가 밀려오는데도 말이다. 기수는 힘차게 빨리 달리려고 검은 스커트를 허리춤에 말아넣은 채 미망인의 상복을 입고 미친 듯이 달리는 훌륭한 여자 기수였다.

전화가 다시 울렸다.

"아침 내내 기다려야 하나?"

매순간 엄마가 가까이 다가오고 있었다.

"너무 늦게 도착할 거예요." 장이브가 이렇게 말했다. 그러나 그는 분명 늦겠지만 안 그럴 수도 있다는 희망의 기색을 억누르지 못했다.

세번째로 고집스럽게 울리는 전화.

"성녀 세실리아여, 내가 천국으로 올라가서 네리고 내려와야 하나? 이 사악한 여자여, 나로 하여금 신혼 침대를 더럽히는 죄를 더하게 하려는 건가?"

그러니 나는 안마당으로 가야 한다. 남편은 런던제 맞춤바지에 턴불앤아서의 명품 와이셔츠를 입고, 권총으로 자살하기 전에 공화국에 항복한다는 표시로 나폴레옹 1세에게 바친 증조부의 칼을 손에 들고 참수대 옆에서 기다리고 있었다. 칼집에서 뺀 무거운 칼은 11월 그날 아침처럼 잿빛이었는데 갓 만들어진 것처럼 날카로웠고 살기가 있었다.

나와 같이 온 사람을 보더니 남편이 말했다. "장님이 장님을 인도하는 건가, 응? 그러나 아무리 여자에게 푹 빠진 애송이라 해도 이 계집이 내 반지를 받았을 때 자신의 욕심을 정말 깨닫지 못했다고 생각하나? 반지를 도로 줘, 이 창녀야."

오팔의 불같은 빛은 이미 다 스러졌다. 난 기꺼이 손가락에서 그것을 뺐고, 반지가 없으니 그 슬픈 장소에서도 내 마음은 그만큼 더 가벼워졌다. 남편은 그것을 소중하게 받아서 새끼손가락 끝에 꼈다. 더 이상은 들어가지 않으니까.

"이 반지를 약혼자 열두 명에게 더 쓸 수 있지." 그는 말했다. "여자여, 참수대로 가라. 안 돼, 그 소년은 두고 가. 그 녀석은 내 아내를 명예롭게 처형하는 이 칼보다 덜 귀한 도구로 나중에 처리할 거야. 죽음으로 둘이 갈라질까봐 두려워하지 말라고."

천천히, 천천히, 한 발 한 발 나는 자갈길을 걸어갔다. 처형을 지연시키면 지연시킬수록 복수의 천사에게 급습할 시간을 더 주게 될 것이다……

"늑장 부리지 마, 이 여자야. 식사를 늦게 해 바친다고 내가 입맛을 잃을 거라고 생각해? 아니지. 난 더 배고플 것이고 매 순간 더 사나워지고 더 잔인해져…… 이리 뛰어와, 뛰어! 내 시체 전시실에 너의 아름다운 몸통을 놓을 자리를 마련해두었지!"

그는 칼을 들어 허공을 빛나는 조각들로 잘라냈다. 그러나 나는 아직 머뭇거렸다. 비록 조금 전에 생긴 희망이 약해지기 시작했지만. 지금까지 엄마가 여기 안 오셨다는 것은 말이 바닷길에서 걸려 넘어져 바다로 빠진 것임에 틀림없어…… 오직 한 가지 사실만이 날 기쁘게 해주었다. 내가 죽는 모습을 내 연인이 못 본다는 것.

남편은 나의 낙인찍힌 이마를 돌 위에 올려놓고 전에 한 번 그랬던 것처럼 내 머리카락을 감아 목에서 들어올렸다.

"참 예쁜 목이야." 진정으로 생각에 잠긴 듯 부드럽게 들리는 목소리로 그가 말했다. "어린 식물의 줄기 같은 목."

그가 내 뒷목에 키스할 때 그의 부드러운 수염이 스치는 것과 축축한 입술이 닿는 것이 느껴졌다. 그리고 다시 한 번 나는 내가 걸친 의상 중에서 목걸이만 남겨야 했다. 그 날카로운 칼날이 내 드레스를 두 조각냈고 옷은 땅에 떨어졌다. 참수대의 틈새에서 자라는 작은 초록 이끼가 내가 온 세상에서 바라보는 마지막 광경이 될 터였다.

그 무거운 칼이 휙 하는 소리.

그리고—대문을 때리고 두드리는 커다란 소리. 종이 딸랑거리는 소리, 말이 미친 듯이 힝힝 우는 소리! 그곳의 사악한 침묵은 한순간에 박살났다. 칼날은 내려오지 않았고 목걸이는 끊어지지 않았으며 내 머리통은 굴러떨어지지 않았다. 그 아수는 내려지려다 한순간 멈칫했는데, 놀라서 망설이는 그 순간에 내가 튀어 일어나 내 연인을 도우려고 달려갔기 때문이다. 그는 안 보이는 눈으로 엄마를 가로막고 있는 커다란 빗장과 씨름하고 있었다.

후작은 완전히 얼어붙어 어쩔 줄 모르고 멍하게 서 있었다. 마치 그가 〈트리스탄과 이졸데〉 오페라를 열두 번 보았는데 열세번째는 트리스탄이 살아나 마지막 장면에서 관에서 뛰쳐나와 베르디의 유쾌한 아리아를 끼워넣어 이렇게 노래하는 것을 보는 듯했다. 즉, 지나간 일은 지나간 일이고 쏟아진 우유를 두고 울어봤자 아무에게도 도움이 안 되며 자신으로 말할 것 같으면 앞으로 오래오래 행복하게 살 작정이라고. 입을 떡 벌리고 눈이 휘둥그레져서 마침내 무능해진 그 꼭두각시 조종자는 인형들이 줄을 끊고 튀어나가 태초부터 자신이 지정해준 의례절차를 버리고 스스로 살아가려 하는 것을 보았다. 기가 막힌 왕은 자기 노리개들이 반항하는 모습을 목격한다.

엄마처럼 거센 사람은 본 적이 없을 것이다. 모자가 바람에 실려 바다로 날아가서 엄마의 머리카락은 마치 흰 갈기털 같았고, 검은 망사 스타킹을 신은 다리는 허벅지까지 드러나고, 스커트 자락은 허리춤에 찔러넣고, 한 손은 뒷다리로 일어서는 말의 고삐를 잡고 다른 한 손은 아버지의 권총을 잡고 있었으며, 엄마 뒤에는 거칠고 무정한 바다의 파도가 맹렬하게 정의가 행해지고 있는 장면을 목격하고 있는 것 같았다. 엄마가 메두사라도 되는지 남편은 여전히 칼을 머리 위로 들어올린 채 꼼작도 않고 서 있었다. 이 모습이 흡사 박람회 같은 데서 유리 상자 속에 태엽장치로 재현해놓은 푸른 수염 같았다.

그리고 나서 일어난 일은 한 호기심 많은 아이가 구멍에 동전을 집어넣어 모든 것을 작동시킨 것 같았다. 그 육중하고 수염 난 인물이 크게 고함을 질렀고 분노로 소리쳤으며 마치 죽음이 아니면 영광이라는 식으로 그 명예로운 칼을 휘두르며 우리 세 명 모두를 향해 달려들었다.

열여덟 살 생일날 엄마는 하노이 북쪽 산에 있는 마을을 습격한 식인 호랑이를 처치한 적이 있었다. 지금 엄마는 조금도 망설이지 않고 아버지의 권총을 들어 겨냥한 다음 흠잡을 데 없는 단 한 방의 총알로 내 남편의 머리에 구멍을 냈다.

우리는 조용히 살고 있다. 셋이서. 나는 물론 막대한 부를 물려받았다. 하지만 우리는 거의 대부분을 여러 자선단체에 나누어주었다. 그 성은 이제 맹인들을 위한 학교이다. 그래도 거기 사는 아이들이 피로 물든 방으로 더 이상 돌아오지 않는 남편을 찾아 울며 헤매는 어떤 슬픈 유령도 만나지 않기를 기원한다. 그 방에 있던 것들은 묻히거나 태워졌으며 문은 봉쇄되었다.

나는 여기 파리 외곽에 작은 음악학교를 시작하기에 충분한 재산을 가질 권리는 있다고 느꼈고, 우리는 꽤 잘 지내고 있다. 물론 특등석에 앉는 것은 아니지만 가끔 오페라에 갈 형편도 된다. 우리를 두고 많이들 수군거리고 소문도 돌지만 우리 셋은 진실을 알기 때문에 수다 따위에 절대 상처받지 않는다. 나는 단지 그날 밤 내 전화를 받고 나서 당장 기차역으로 달려가게 한 엄마의 ─뭐라고 불러야 하나?─ 모성적 텔레파시를 찬양할 뿐이다. 난 한 번도 네가 우는 것을 들어본 적이 없었어, 엄마는 이렇게 설명했다. 네가 행복할 때는 안 울었지. 도대체 누가 황금 수도꼭지 때문에 울겠니?

내가 탔던 밤기차에서 엄마도 나처럼 침대칸에서 잠 못 들고 누워 있었다. 그 외로운 간이역에서 택시를 찾지 못하자 엄마는 어리벙벙해하는 농부에게서 농사용 말을 빌렸다. 밀려들어오는 조수가 나를 엄마에게서 영원히 떼어놓기 전에 내게 가야 한다는 어떤 마음속의 절박감을 느꼈기 때문이다. 고향에 홀로 남은 불쌍한 유모는 분이 치밀어(뭐라고? 대감 마님의 신혼을 방해해?) 곧 죽었다. 유모는 자신이 키운 귀여운 소녀가 후작부인이 되었다는 것을 내심 너무나 기뻐했었다. 그런데 지금 여기 나는 조금도 더 부유해지지 않고, 열일곱 살의 나이에 아주 수상쩍은 상황에서 남편을 잃고 나서 피아노 조율사와 가정을 꾸미느라 바쁘게 지내고 있다. 불쌍해라! 유모는 가엾게도 환멸에 찬 상태에서 죽었다! 그러나 엄마는 나만큼이나 그를 사랑한다고 나는 믿는다.

아무리 화장하고 분을 발라도 아무리 두껍고 하얗게 발라도 내 이마의 붉은 표는 가릴 수 없다. 그가 이것을 볼 수 없어서 다행이라고 생각한다. 그가 날 싫어할까봐 그런 것이 아니라(그는 마음으로 날 선명하게 보기 때문에), 내가 창피해하지 않아도 되기 때문이다.

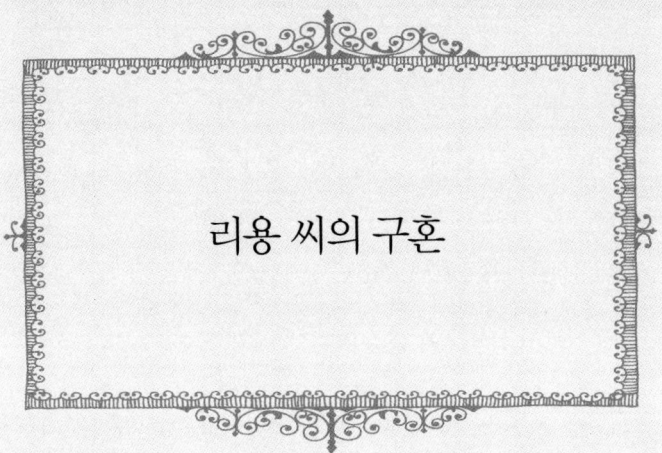

리용 씨의 구혼

그녀의 부엌 창문 밖, 눈 그 자체에 빛이 들어 있는 듯 울타리가 반짝거렸다. 날이 저물며 하늘이 어둑해져도 겨울 풍경에는 섬뜩하게 비친 창백한 빛이 여전히 남아 있었고, 부드러운 눈송이는 아직도 휘날려 내려왔다. 피부가 눈처럼 속에서부터 빛을 발해서 온통 눈으로 만들어졌나 싶은 그 예쁜 소녀는 초라한 부엌에서 하던 일을 멈추고 시골길을 내다본다. 하루 종일 그 길에는 아무것도 지나가지 않았고, 신부 혼숫감인 비단 한 필이 펼쳐진 것처럼 새하얗고 얼룩 하나 없었다.

아버지는 밤이 되기 전에 돌아오신다고 하셨는데.

눈 때문에 전화선이 다 끊겼어. 최고로 좋은 뉴스가 있다 하더라도 전화하실 수 없었을 거야.

도로 사정이 안 좋아. 안전하게 돌아오시면 좋으련만.

그러나 바큇자국 틈에 빠진 낡은 자동차는 꼼짝도 하지 않았다. 엔진은 헛돌다 덜커덩거리더니 죽어버렸고 집은 한참 멀었다. 한 번 망하더니 또 망했다. 바로 그날 아침 변호사에게 들은 것처럼, 재산을 되찾으려고 오래 질질 끌며 노력했건만 결국 주머니를 다 털어도 집에 돌아갈 가솔린 값밖에 남지 않았다. 귀염둥이 딸 뷰티가 갖고 싶다고 했던 흰 장미 한 송이 사다줄 돈도 없었다. 판결이 어떻게 나든, 다시 아빠가 아무리 부자가 된다 하더라도 딸이 원하는 것은 그 선물 하나였다. 바란 게 고것밖에 없는데 그것조차 해줄 수가 없었다. 그의 기를 마지막으로 완전히 꺾어버린 고장 난 차에 대고 욕을 퍼붓고 나서 그가 할 수 있는 것은 낡은 양가죽 코트를 단단히 둘러 입고서 그 고철 덩어리를 버리고 도움을 청하러 눈 쌓인 도로를 걸어 내려가는 것밖에 없었다.

철제 장식 대문 뒤 현관까지 펼쳐진 눈 덮인 짧은 차도는 은근히 화려했고 그 뒤로는 이탈리아식 팔라디오풍 저택의 완벽한 축소판이 있었는데, 눈이 가득 쌓인 고풍스러운 사이프러스 나무 숲 뒤에 수줍게 숨어 있는 듯했다. 거의 밤이 되었다. 감미롭고 우수 어린 우아함을 자아내며 은거해 있는 듯한 그 집은 빈집 같았지만 위층 창문에 깜박이는 등불이 있었다. 그 빛은 너무 희미한 나머지 그렇게 펑펑 휘몰아치는 눈발을 뚫고 벽이 빛날 수 있다면 그 별빛이 비친 게 아닌가 싶을 정도였다. 꽁꽁 언 몸으로 대문 빗장을 밀어 열고 들어오면서 그는 시든 가시덩굴에 아직도 달려 있는 빛바랜 넝마 조각 같은 흰 장미를 보고 가슴이 아팠다.

대문이 그의 뒤에서 쾅 하고 닫혔다. 너무 큰 소리로 닫혔다. 일순간 쾅 하고 메아리친 그 소리는 최종적이고 단호하고 불길했다. 이제 막 닫힌 대문이 마치 정원 안에 있는 모든 것을 추운 담장 밖 세상으로부터 차단한 듯했다. 그리고 멀리서, 얼마나 멀리인지는 알 수 없었지만, 세상에서 가장 이상한 소리가 들렸다. 아주 큰 포효, 맹수가 으르렁거리는 소리 같았다.

그래도 도움이 절실했기 때문에 겁도 먹지 않고 마호가니 문에 바짝 다가갔다. 코에 동그란 고리가 붙어 있는 사자 머리 모양의 쇠고리가 문에 달려 있었다. 손을 갖다대려고 보니 그 사자 머리는 그가 처음에 생각했던 것처럼 동으로 만든 것이 아니라 순금으로 되어 있었다. 그런데 문을 두드리기도 전에 기름칠 잘된 문이 조용히 안쪽으로 열렸다. 안을 보니 하얀 홀에 거대한 샹들리에를 장식한 촛불들이, 여기저기 서 있는 커다란 크리스털 꽃병에 꽂힌 무수히 많은 꽃들 위로 온화한 빛을 비추고 있어서 마치 봄 전체가 향기로운 깊은 숨결과 함께 그를 그 따뜻함 속으로 끌어들인 것 같았다. 그러나 홀에는 아무도 보이지 않았다.

조용히 열렸던 것처럼 문이 조용히 뒤에서 닫혔다. 현실 같지 않은 분위기가 쫙 깔려 있어서 그가 알던 세상의 법칙이 반드시 적용되지는 않을 수도 있는 특수한 곳에 왔다는 사실을 깨달았지만, 이번에는 겁이 나지 않았다. 아주 부자인 사람은 매우 유별난 경우가 많은데 그 집은 굉장히 부유한 사람의 집인 것이 분명했기 때문이다. 그러나 실제로 아무도 코트 벗는 걸 도와주러 오지 않자 그는 옷을 스스로 벗었다. 그러자 샹들리에의 수정 알들이 즐겁게 싱글싱글 웃기라도 하는 듯 약간 딸랑거렸고, 옷장 문이 저절로 열렸다. 그런데 옷장 안에는 옷이 한 벌도 없었다. 그의 양반 지주가 입는 양가죽 코트를 맞아줄 시골 별장의 정원용 방수 외투조차 없었다. 그러나 다시 홀로 나왔을 때 드디어 그를 기다려 맞아주는 것을 발견했다. 그것은 다름이 아니라 길쭉한 터키 양탄자 위에 먹이를 앞에 놓고 뭔가 아는 듯 머리를 갸웃 기울이며 웅크리고 앉아 있는 밤색과 흰색의 얼룩이 개 킹 찰스 스패니얼이었다. 그 개가 목줄 대신 다이아몬드 목걸이를 한 것이 아직 보지 못한 집주인이 부자이고 괴짜라는 사실을 말해주는 또 하나의 증거로 보였고 안도감이 느껴졌다.

그 개는 반기며 일어났고 재빨리 그를 인도하여 (얼마나 재미있는가!) 벽을 가죽으로 장식한 일층의 자그마하고 안락한 서재로 데려갔다. 거기에는 활활 타는 장작불 앞에 낮은 탁자가 놓여 있었다. 탁자 위에는 은쟁반이 있었는데, 거기에 있는 위스키 병 목에는 "날 마시세요!"라는 설명이 적힌 은 꼬리표가 붙어 있었고, 은 접시 뚜껑에는 "날 잡수세요!"라고 간청하는 구절이 유려한 필체로 새겨져 있었다. 접시에는 아직도 피가 약간 배어나오는 두툼한 로스트비프로 만든 샌드위치가 담겨 있었다. 위스키는 소다를 섞어 마셨고, 샌드위치는 사려 깊게도 돌그릇에 담아놓은 고급 머스터드를 발라 먹었다. 그가 먹는 것을 확인한 스패니얼은 제 볼일을 보러 종종거리며 가버렸다.

뷰티의 아버지는 커튼이 드리워진 구석에서 전화기뿐 아니라 24시간 구조 업무를 선전하는 정비소 카드를 발견하고는 완전히 맘을 놓았다. 두어 번 전화를 걸어보고 그는 감사하게도 큰 문제는 없다는 것을 확인했다. 단지 자동차가 낡았고 날씨가 추웠기 때문이라는…… 마을 정비소에서 한 시간 후에 차를 찾아갈 수 있을까요? 그리고 그가 어느 집에서 전화를 거는지 설명해주자마자 정비사는 공손하게 어조를 바꿔 800미터밖에 안 된다며 마을로 오는 길을 알려주었다.

현재 부재중이지만 친절한 집주인에게로 청구서가 갈 것이라는 말을 듣고 그는 잠시 당황했으나, 돈 한 푼 없는 상태라서 마음이 놓였다. 물어볼 필요도 없다고 정비사는 안심시켜주었다. 집주인은 늘 그렇게 했다는 것이다.

위스키 한 잔을 더 마시며 뷰티에게 전화를 걸어 늦을 거라고 말해주려 했지만 연결이 안 되었다. 전화선이 아직 불통이었다. 기적적으로 폭풍이 가시고 달이 떠올라서 벨벳 커튼 사이로 내다보면 은을 박은 상아로 만든 것 같은 바깥 풍경이 보였지만 말이다. 그때 스패니얼이 그의 모자를 조심스럽게 입에 물고 꼬리를 예쁘게 흔들며 다시 나타나, 마치 그에게 갈 시간이 되었다고 말을 하는 듯했다. 그 마술 같은 환대는 끝났다고 말이다.

뒤에서 대문이 닫힐 때 보니 사자의 눈은 마노(瑪瑙)로 만든 것이었다.

장미 나무에 눈이 위험스럽게 많이 엉겨 붙어 있었다. 대문으로 가는 길에 줄기 하나가 그의 몸에 스치자 차가운 눈 한 뭉치가 부드럽게 땅에 쿵 떨어졌는데, 그 아래 마치 기적적으로 보존되어 있었던 듯 마지막 완벽한 장미 한 송이가 드러났다. 온통 새하얀 이 겨울에 살아 있는 마지막 장미일지 모르는 그 장미가 풍기는 너무나 진하고 우아한 향기는 얼어붙은 대기 속에 아름다운 덜시머* 소리처럼 울려 퍼지

---

* 타현 악기의 하나. 사다리꼴 상자에 쳐진 금속 현을 두 개의 막대기로 두드려 연주한다.

는 것 같았다.

그렇게 신비하고 그렇게 친절한 집주인이 뷰티에게 줄 선물에 야박하게 굴겠는가?

이제 멀리서가 아니라 마호가니 대문만큼 바로 가까이에서 웅장하고 분노에 찬 포효가 들렸다. 정원도 두려워서 숨을 죽인 듯했다. 그래도 딸을 사랑했기 때문에 뷰티의 아버지는 장미를 훔쳤다.

그러자 집 안의 모든 창문은 맹렬한 빛으로 휘황하게 불이 켜졌고 사자 떼의 울음소리가 푸가처럼 울리는 가운데 집주인이 나타났다.

거대한 덩치에는 언제나 위엄이, 강한 자기주장이 있으며, 우리 같은 사람들보다 존재감이 더 크다. 지금 뷰티의 아버지 앞에 버티고 선 존재는 당황한 그에겐 그 저택보다 더 커 보였다. 육중하지만 날쌨다. 달빛은 그 거대한 머리의 헝클어진 머리털 위에서, 마노처럼 푸른 그의 눈에서, 커다란 발을 뒤덮은 황금빛 털 위에서 반짝거렸다. 커다란 그 앞발로 그의 양 어깨를 움켜쥐고, 마치 성난 어린애가 인형을 잡고 흔들듯이 그를 흔들자 발톱이 양가죽 코트를 뚫고 들어왔다.

이 사자 모양의 유령은 뷰티의 아버지를 이빨이 맞부딪힐 때까지 흔들더니 바닥에 던져 무릎 꿇고 쓰러지게 만들었다. 그동안 스패니얼은 열린 문에서 달려 나의 정신없이 짖어대며 그들 주위를 맴돌았다. 마치 주먹 싸움이 일어난 디너파티의 여주인 같았다.

"좋은 친구여……" 뷰티의 아버지가 더듬거리며 말했다. 그러나 이것은 다시 한 번 으르렁 소리를 불러일으킬 뿐이었다.

"좋은 친구라고? 난 좋은 친구가 아니오! 난 야수니까 야수라고 부르시오. 난 당신을 도둑이라고 부를 테니."

"야수여, 그대의 정원에서 도둑질한 것을 용서해주시오."

사자의 머리, 사자의 갈기털과 강한 앞발을 가진 그가 성난 사자처럼 뒷다리를 딛고 일어났다. 그는 칙칙한 빨간색 비단으로 만든 스모킹 재킷을 입고 있었고, 아름다운 집과 그 주위를 둘러싼 낮은 언덕을 소유한 집주인이었다.

"딸에게 주려고 그랬소." 뷰티의 아버지가 말했다. "이 세상에서 그 아이가 원한 것은 오로지 완벽한 흰 장미 한 송이였다오."

야수는 그가 지갑에서 꺼낸 사진 한 장을 거칠게 잡아채가서 자세히 들여다보았다. 처음에는 퉁명스럽게 보더니, 이내 이상한 경탄의 눈으로, 거의 짐작이 간다는 표정으로 보았다. 사진기는 그녀가 가끔 보이는 절대적 부드러움과 엄숙함을 잘 포착했다. 그녀의 눈은 마치 껍데기를 뚫고 들어와 상대방의 영혼을 간파하는 것 같았다. 그가 다시 사진을 돌려줄 때는 사진이 발톱에 긁히지 않도록 아주 조심스럽게 다루었다.

"그러면 장미를 딸에게 갖다주시오. 대신 딸을 만찬에 데려와야 하오." 그가 으르렁거렸다. 달리 뭘 하겠는가?

그녀를 기다리는 존재가 어떤 특징을 갖고 있는지 아버지가 이미 얘기해주었지만, 그를 보았을 때 두려움에 본능적으로 떨리는 것을 억제할 수가 없었다. 사자는 사자이고, 사람은 사람이기 때문이다. 그리고 우리보다 사자가 훨씬 더 아름답지만 다른 차원의 아름다움이며, 게다가 우리를 존경하지도 않는다. 왜 존경하겠는가? 그러나 야생의 존재들은 우리가 그들을 무서워하는 것보다 훨씬 더 우리를 무서워하며 그것은 이성적인 두려움이다. 그리고 그의 마노 같은 초록 눈, 마치 보이는 것들에 실망하여 거의 멀어버린 것 같은 그의 눈에 깃든 슬픔이 그녀의 마음을 움직였다.

그는 조각처럼 테이블 상석에 가만히 앉아 있었다. 식당은 앤 여왕 양식이었고 태피스트리들이 걸려 있는 보석처럼 아름다운 곳이었다. 음식은 훌륭했지만, 알코올램프로 따뜻하게 보온되는 향 좋은 수프 빼고는 차가웠다. 차가운 새고기 요리, 차가운 수플레, 치즈. 그는 뷰티 아버지에게 뷔페에 차려놓은 음식을 가져다 먹으라고 했지만 자신은 아무것도 먹지 않았다. 그녀가 이미 짐작했던 것을 그는 마지못해 인정했다. 그는 하인이 옆에 있는 것을 싫어한다는 것이다. 그녀가 생각하기에 인간이 계속 옆에 있으면 자신이 인간과 다르다는 게 너무 뼈아프게 생각나기 때문인 듯했다. 그러나 스패니얼은 식사 시간 내내 그의 발밑에 앉아 있었고, 가끔 모든 게 잘되어가는지 일어나서 돌아보았다.

그는 너무 이상해. 그녀는 그가 자기와 당혹스러울 정도로 다른 것을 참을 수 없었다. 그걸 보면 숨이 막혔다. 그의 집 안에 있으니 마치 집이 물 밑에 있는 것처럼 무겁고 소리 없는 압박감에 눌리는 것 같았다. 의자 팔걸이에 놓여 있는 그의 기다란 잎발을 보자 '서 두 개의 앞발은 연약한 초식동물에게는 죽음이구나'라는 생각이 들었다. 자기 자신이 바로 그런 동물, 제물로 바쳐질 흠 없는 '미스 어린 양'이라고 느껴졌다.

그래도 아버지가 원했기 때문에 계속 앉아서 미소짓고 있었다. 그리고 법정 판결에 아버지가 항소하는 것을 도와주겠다고 야수가 그녀에게 말했을 때는 입과 눈으로 모두 미소를 지었다. 하지만 그들이 브랜디를 마시고 있을 때 그가 희미하게 그르렁거리는 소리로 약간 수줍게 그리고 거절당할까봐 두려워하며, 아버지는 런던으로 돌아가서 법적 공격을 위한 곤봉을 다시 집어들고 그녀는 편하게 그와 여기 머물라고 말했을 때는 억지 미소를 지었다. 억지 미소가 나온 것은, 그가 그 말을 하자마자 일이 그렇게 될 것이며, 어떤 마술 같은 상호적 저울에 의하면 자신이 야수의 집에 머무는 것이 아버지가 얻는 행운의 대가라는 것을 두려움에 떨며 알게 되었기 때문이다.

그녀에게 의지가 없다고 생각하지 마라. 단지 그녀는 유별난 의무감을 느꼈으며, 그녀가 지극히 사랑하는 아버지를 위해서라면 기꺼이 세상 끝까지 갈 태세였을 따름이다.

그녀의 침실에는 훌륭한 유리 침대가 있었다. 목욕탕에는 양털처럼 두꺼운 수건과 상쾌한 향수가 들어 있는 유리병들이 있었다. 그리고 그녀가 혼자 쓰는 작은 거실은 극락조와 중국인들이 그려진 고풍스러운 벽지로 도배를 했고, 귀한 서적과 그림, 보이지 않는 정원사들이 야수의 온실에서 기른 꽃들이 많이 있었다. 이튿날 아침 아버지는 그녀에게 작별 키스를 하고 일이 잘될 거라는 새로운 희망을 품고 떠나갔다. 그녀는 기뻐했지만 그래도 가난한 자신의 누추한 집이 그리웠다. 익숙하지 않은 주위의 화려함은 가져봤자 즐겁지 못해서 속상했고, 그는 하루 종일 만날 수도 없었다. 이상하게도 처지가 바뀌어 마치 그가 그녀를 두려워하는 것 같았다. 그래도 스패니얼은 친구가 되어주려고 그녀에게 와서 옆에 앉아 있었다. 오늘 스패니얼은 터키옥으로 만든, 목에 딱 붙는 예쁜 목걸이를 하고 있었다.

그녀의 식사는 누가 준비할까? 야수의 외로움. 거실의 마호가니 찬장에 있는 식품 운반용 승강기로 운반되어 오는 음식 쟁반 외에는 그녀가 머무는 동안 다른 사람이 있다는 증거는 하나도 없었다. 저녁 식사는 에그 베네딕트와 구운 송아지고기였다. 식사를 하는 동안 그녀는 장미목으로 만든 회전 서가에서 찾아낸 책을 뒤적여보았다. 그 서가에는 흰 고양이로 변한 공주들과 요정이었던 새들의 이야기가 들어 있는 우아한 궁정풍의 프랑스 동화 전집이 있었다. 그러고는 후식으로 나온 탐스러운 머스캣 포도송이에서 잔가지 하나를 따다보니 하품이 나왔다. 그녀는 심심했다. 그때 스패니얼이 부드러운 주둥이로 그녀의 스커트 자락을 물고 부드럽지만 단호하게 잡아당겼다. 그녀는 종종거리며 앞서 가는 개를 따라 서재로 갔다. 아버지가 대접을 받았던 곳인데, 내색은 전혀 안 했지만 실망스럽게도 거기에는 집주인이 난로 앞에 앉아 있었다. 그의 팔꿈치 옆에는 커피 쟁반이 있었고, 그녀가 커피를 따라주어야 했다.

메아리 가득한 동굴에서 울려 나오는 것 같은 그의 목소리. 모호하고 부드럽게 울리는 그의 으르렁 소리. 단조롭게 하루를 혼자 보내고 나서, 기대한 오르간의 화음이 불러일으키는, 공포심을 사나내노목 만들어진 기구 같은 목소리를 지닌 자와 어떻게 대화를 나눌 수 있는가? 그녀는 매혹되어 거의 경외감에 차서 그의 갈기털 황금빛 가장자리에 불빛이 비치는 것을 쳐다보았다. 그는 마치 후광을 입은 듯 빛을 발했다. 그녀는 「요한계시록」에 나오는 최초의 거대한 야수가 생각났

82

다. 성경에 앞발을 올리고 있는 날개 달린 사자, 성 마르코. 잡담이 그녀의 입에서 사라졌다. 가장 기분 좋을 때에도 잡담은 뷰티의 특기가 아니었고, 별로 해본 적도 없었다.

그러나 그는 마치 한 알의 진주알*을 깎아 만든 듯 보이는 이 소녀를 두려워하는 듯이 머뭇거리며 아버지의 재판에 대해서, 돌아가신 어머니에 대해서, 그렇게 부유했던 그들이 왜 이렇게 가난해졌는지에 대해서 물었다. 그는 야생의 동물이 가진 부끄러움을 이기려고 애썼고, 그래서 그녀도 자신의 수줍음을 이기려고 애쓴 나머지 곧 그녀는 마치 그를 평생 알고 지낸 것처럼 수다를 떨게 되었다. 난로 위에 있는 금빛 시계의 작은 큐피드가 작은 탬버린을 열두 번 치는 것을 보고 그녀는 깜짝 놀랐다.

"이렇게 밤이 깊었네요. 주무시고 싶을 거예요." 그가 말했다.

그 말에 둘은 모두 침묵에 빠졌다. 이 이상한 말동무들은 한겨울 깊은 밤중에 단둘이 그 방에 같이 있다는 것을 깨닫고 어색함에 어쩔 줄 모르는 듯했다. 그녀가 일어나려고 하는 찰나 그는 그녀의 발아래 몸을 던지더니 그 무릎에 머리를 파묻었다. 그녀는 꼼짝 않고 가만히 있었다. 그의 뜨거운 입김이 손가락에 느껴졌고 살갗에 스치는 뻣뻣한 수염, 거칠게 핥는 혓바닥이 느껴졌다. 그리고 물밀듯 밀려오는 동정심과 함께 이해가 되었다. 그는 지금 내 양손에 키스를 하고 있을 뿐이야.

그는 머리를 들고 알 수 없는 녹색 눈으로 그녀를 바라보았다. 그

---

* 「요한계시록」 21: 21. "그 열두 문은 열두 진주니 각 문마다 한 개의 진주로 되어 있고……" 본문에서 진주는 뷰티의 순수함을 나타낸다.

눈 속에서 그녀는 자신의 얼굴이 마치 봉오리처럼 작게 두 번 비쳐 있는 것을 보았다. 그러고는 그가 아무 말 없이 방에서 튀어 나갔는데, 그가 네 발로 기어가는 것을 보고 그녀는 말할 수 없을 정도로 놀랐다.

다음 날, 아직도 눈이 쌓여 있는 언덕들은 야수의 으르렁거리는 소리로 하루 종일 메아리쳐 울렸다. 주인님은 사냥을 가셨나요? 뷰티는 스패니얼에게 물었다. 그러나 스패니얼은 기분 나쁜 듯이 으르렁거렸다. 마치 대답할 수 있다 하더라도 하지 않겠다고 말하는 듯했다.

뷰티는 방에서 독서를 하거나 어떤 때는 수를 약간 놓거나 하면서 지냈다. 그녀를 위해 알록달록한 비단실 상자와 수틀이 마련되어 있었다. 아니면 그녀는 따뜻하게 입고 나가 스패니얼이 뒤따라오는 가운데 울타리가 쳐 있는 정원에서 앙상한 장미나무 사이를 거닐거나, 낙엽도 좀 치우고 정리도 했다. 한가롭게 쉬는 시간, 휴가였다. 그 밝고 슬프고 아름다운 곳의 매력이 그녀를 감쌌고, 예상 외로 그녀는 그곳에서 행복하다는 것을 깨달았다. 야수와 밤마다 만나는 것에 대해 더 이상 조금의 걱정도 하지 않았다. 세상의 모든 자연 규칙이 이곳에서는 멈추어 있었다. 여기서는 보이지 않는 사람들이 그녀를 따뜻하게 시중들어주었고, 갈색 눈동자의 개가 참을성 있게 지켜보는 가운데 사자와 새끼를 나누곤 했다. 달과 달이 빌려온 빛에 대해, 별에 대해 그리고 별이 무엇으로 만들어졌는지에 대해, 기후가 여러 가지로 변하는 것에 대해. 그래도 그의 기묘한 모습은 여전히 그녀를 떨게 했다. 그리고 밤마다 작별할 때 그가 힘없이 그녀 앞에 쓰러져 손에 키스할 때면 그가 닿는 것에 움찔하며 불안하게 몸을 뒤로 빼려고 했다.

전화기가 울렸다. 그녀에게 온 전화다. 아버지. 그런 좋은 소식이!

야수는 앞발에 커다란 머리를 파묻었다. 내게 돌아올 거죠? 당신이 없으면 여기는 외로울 거예요.

그가 자기를 그렇게 좋아한다는 것에 그녀는 거의 눈물이 날 정도로 감동했다. 그의 덥수룩한 갈기 머리에 키스를 해주고 싶은 마음이 들었지만, 그에게 손을 내밀었음에도 도저히 스스로 그를 만질 수는 없었다. 그녀와 너무 달랐기 때문이다. 그러나 이렇게 말했다. 네, 돌아올 거예요. 곧, 겨울이 가기 전에. 그때 택시가 와서 그녀를 싣고 가버렸다.

런던에서는 날씨의 지배를 받지 않는다. 모여 사는 사람들의 온기가 눈을 녹여버려 쌓이지 않는다. 그리고 아버지는 이제 예전만큼 부유해졌다. 그 털 많은 친구의 변호사들이 일을 매우 잘 처리하여 그의 신용이 좋아졌기 때문에 그들에게 최고의 수익만 돌아왔던 것이다. 눈부신 호텔, 오페라, 연극. 귀염둥이 딸에게 사준 많은 새 옷들 덕에 그녀는 아버지의 팔을 끼고 파티나 리셉션, 레스토랑에 갈 수 있었다. 어머니가 그녀를 낳다가 죽기 전에 아버지가 파산했기 때문에 그녀로서는 생전 처음 경험해보는 생활이었다.

이 새로 얻은 재산이 모두 야수에게서 나왔으며, 부녀가 자주 그에 대해 얘기를 하곤 했지만, 그들은 그의 집에 걸려 있는 영원한 마술에서 너무나 멀리 떨어져 있었기 때문에 그 집은 눈부시고 한계가 있는 꿈처럼 보였다. 그리고 야수도 너무 괴기하고 너무 자비로워서 그들에게 미소를 보내고 떠나가게 해준 일종의 행운의 신령 같아 보였다.

그가 주었던 한 송이 흰 장미에 대한 보답으로 그녀는 꽃을, 흰 장미 꽃다발을 보냈다. 그리고 꽃집을 나서면서 갑자기 완전한 해방감을 느꼈다. 마치 알 수 없는 위험에서 막 벗어난 것처럼, 어떤 변화의 가능성에 가까이 갔다가 마침내 그대로 남아 있게 된 것처럼 느꼈다. 그래도 이런 유쾌함과 함께 쓸쓸한 허전함도 느꼈다. 하지만 아버지가 호텔에서 기다리고 있었다. 그들은 그녀의 모피 옷을 사러 나갈 즐거운 계획을 세웠고 그녀는 여느 소녀와 다름없이 그런 즐거움을 갈망했다.

꽃집의 꽃은 일 년 내내 똑같아서 진열창만 봐서는 겨울이 다 갔다는 것을 알아챌 수 없었다.

연극 관람 후 저녁 식사를 하고 늦게 돌아와서 그녀는 거울 앞에서 귀고리를 뺐다. 뷰티. 그녀는 만족스럽게 자신에게 미소를 지었다. 사춘기가 다 끝나는 시점에 그녀는 하고 싶은 대로 다 하는 법을 배우고 있었고, 그녀의 유백색 피부는 최고급 생활과 사교적인 찬사로 조금 통통해졌다. 어떤 내적 경향이 사람됨을 드러내주는 그녀 입가의 선을 바꾸기 시작했고, 일이 마음대로 안 될 때면 그녀의 다정함과 신중함이 약간 까다로워지기도 했다. 그녀의 풋풋함이 사라졌다고 말할 수는 없지만 요즘 너무 자주 거울을 보고 미소를 지었는데, 거울이 돌려보내는 미소 띤 얼굴은 야수의 녹색 눈에 비친 그 얼굴과 똑같지는 않았다. 그녀의 얼굴에는 아름다움 대신에 버릇없고 우아하고 값비싼 고양이들이 특징적으로 보여주는 오만한 귀여움이 굳어지고 있었다.

열린 창문으로 가까운 공원의 부드러운 봄바람이 불어 들어왔다.

왜 이것 때문에 울고 싶어졌는지 그녀는 알 수 없었다.

방문에서 갑자기 발톱으로 긁는 듯 긴급하게 긁어대는 소리가 들려왔다.

그녀가 거울 앞에서 멍하게 서 있던 상태는 끝이 났다. 갑자기 그녀는 모든 것을 완벽하게 기억했다. 봄이 이미 왔는데 약속을 저버린 것이다. 이제 야수가 몸소 그녀를 찾아왔구나! 처음에 그녀는 그가 화를 낼까봐 두려웠지만, 곧 알 수 없는 기쁨에 차서 달려가 문을 열었다. 그러나 그것은 갈색과 흰색의 얼룩이 스패니얼이었으며, 소녀의 품에 달려들어 낑낑거리고 안도하며 부산스럽게 멍멍 짖고 낮게 웅얼거렸다.

그런데 극락조가 벽지에서 졸고 있는 방에서 그녀의 수틀 옆에 앉아 있던 그 잘 빗질되고 보석 장식을 한 개는 어디 갔단 말인가? 개의 북슬북슬한 귀 가장자리에는 진흙이 들러붙었고 털은 지저분하고 엉켜 있었다. 먼 거리를 걸어온 개처럼 깡마른 모습이어서 만약 개가 아니었다면 눈물을 흘렸을지도 모른다.

정신없이 반가운 첫인사가 끝난 다음, 개는 뷰티가 먹이와 물을 가져오도록 시킬 때까지 기다리지 않았다. 그녀의 시폰 이브닝드레스 자락을 물고 낑낑거리며 잡아끌었다. 머리를 뒤로 젖히며 크게 짖었고 또 잡아끌며 낑낑거렸다.

석 달 전 런던으로 올 때 출발했던 역으로 그녀를 데려다줄 야간 완행열차가 있었다. 뷰티는 아버지에게 메모를 써놓고 어깨에 코트를 둘렀다. 빨리, 빨리 하고 그 스패니얼이 소리 없이 재촉했다. 그래서 뷰티는 야수가 죽어간다는 것을 깨달았다.

새벽이 오기 전의 깊은 어둠 속에서 역장이 그녀를 위해 졸고 있던 운전사를 깨웠다. 가능한 한 빨리.

그의 정원은 아직도 12월에 사로잡혀 있는 것 같았다. 땅은 쇳덩이처럼 딱딱했고 어두운 사이프러스 나무 숲은 차가운 바람에 슬프게 바스락거리며 흔들렸다. 그리고 마치 올해에는 피지 않을 것처럼 장미나무에는 파란 새싹이 돋지 않았다. 어느 창문에도 불이 켜져 있지 않았고, 다만 꼭대기 다락 창문에 아주 희미하게 발그레한 불빛이, 꺼지기 직전의 희미한 흔적만 보였다.

그 불쌍한 녀석은 피곤했기 때문에 그녀의 팔에 안겨 잠시 잠들었었다. 그러나 이제 그 스패니얼이 슬퍼서 어쩔 줄 몰라하자 뷰티는 마음이 더 다급해졌고, 현관문에 달린 황금 고리가 검은 천으로 두툼하게 싸여 있는 것을 보니 양심이 찔렸다.

현관문은 예전처럼 조용하게 열리지 않았다. 경첩이 슬프게 삐걱거렸고 이번에는 그 안에 칠흑 같은 어둠밖에 없었다. 뷰티는 자신의 황금 라이터를 켰다. 샹들리에의 양초 심지는 촛농에 잠겨버렸고 크리스털 장식들은 얼기설기 휘날리는 거미줄에 감겨 있었다. 유리 꽃병의 꽃들은 말라 죽었다. 그녀가 가버린 이후로 아무도 꽃을 갈아줄 기운이 나지 않았던 것 같았다. 온통 먼지투성이었고 추웠다. 집 안에는 고갈과 절망의 분위기, 아니 그보다 더한 일종의 물질에 대한 환멸이 있었다. 마치 싸구려 마술 속임수에 의해 그 화려함이 유지되고 있었는데, 이제는 관중을 끌어모으는 데 실패한 마술사가 다른 곳에서 한번 해보려고 떠나버린 것 같았다.

뷰티는 길을 밝혀줄 촛불 하나를 찾아들고 충성스러운 스패니얼을 따라서 계단을 올라, 서재를 지나, 그녀의 방을 지나, 텅 비어 울리는 집 안을 지나, 넘어지고 빨리 가느라 드레스 자락이 걸려 찢기면서 생쥐와 거미 들이 차지해버린 작은 비상계단으로 올라갔다.

이 얼마나 소박한 침실인가! 지붕이 기울어진 다락방은 야수가 하인들을 고용한다면 하녀에게나 줄 법한 방이었다. 야간등이 하나 켜 있는 벽난로, 커튼 없는 창문, 카펫 없는 맨바닥, 그리고 그가 누워 있는 좁은 철제 침대. 그는 불쌍하게 말라서 그 덩치가 낡은 조각이불 아래 있는지 거의 표시도 나지 않았고, 갈기 머리털에는 회색 쥐가 살고 있었으며 눈은 감겨 있었다. 그의 옷을 걸쳐놓은 막대 등받이 의자 위에는 그녀가 그에게 보냈던 장미가 세면대용 물병에 찔러 넣어져 있었지만 모두 말라버렸다.

스패니얼은 침대에 뛰어 올라가 조용히 울며 얇은 이불을 들추고 들어갔다.

"오, 야수여!" 뷰티가 말했다. "내가 돌아왔어요."

눈꺼풀이 깜박였다. 그 전에는 그의 녹색 눈에 사람의 눈처럼 눈꺼풀이 있다는 것을 왜 한 번도 눈치채지 못했을까? 거기에 비친 자신의 얼굴만 보았기 때문에 그랬던 것일까?

"뷰티, 난 죽어가고 있소." 그는 예전의 그르렁거리는 목소리가 갈라진 쉰 소리로 속삭였다. "당신이 떠난 후로 난 아팠다오. 사냥도 갈 수 없었고 온순한 짐승들을 죽일 마음도 없었고 먹을 수도 없었소. 난 아프고 분명히 죽을 것이오. 그러나 당신이 내게 작별인사를 하러 왔으니 행복하게 죽을 수 있겠군요."

그녀는 철제 침대가 삐걱거릴 정도로 그에게 몸을 던졌다. 그리고 그의 불쌍한 앞발에 키스를 퍼부었다.

"야수여, 죽으면 안 돼요. 날 받아들인다면 당신을 절대 떠나지 않겠어요."

그녀의 입술이 닿자 고기를 움켜쥐던 그의 발톱은 살 뒤로 움츠러들었으며, 언제나 불끈 쥐고 있던 주먹이 마침내 힘들게 망설이며 손가락을 펴기 시작했다. 그녀의 눈물이 눈송이처럼 그의 얼굴에 떨어졌고, 그 아래 부드럽게 모습이 변하며 가죽 사이로 뼈가 보이고 넓고 누런 이마 사이로 살이 나타나기 시작했다. 그녀의 팔에 안긴 것은 이제 더 이상 사자가 아니라 남자였다. 덥수룩한 머리털과 은퇴한 권투 선수의 코처럼 부러진 코 때문에 이상하게도 그는 야수 중에서 가장 잘생긴 영웅을 어렴풋이 닮은 듯 보였다.

"저기," 리용 씨가 말했다. "뷰티, 당신이 나와 같이 먹는다면 오늘은 아침을 좀 먹을 수 있을 것 같소."

리용 부부는 정원을 거닌다. 그 늙은 스패니얼은 풀밭 위로 떨어지는 꽃잎들 속에서 졸고 있다.

타이거의 신부

아버지는 야수와의 카드 게임에서 나를 잃었다.

북쪽 지방에서 온 여행자들이 레몬 나무가 자라는 아름다운 고장에 도착하면 걸리게 되는 특별한 광기가 있다. 우리는 추운 나라에서 왔다. 고향에서는 자연과 싸워야 하는데 이곳에서는 아, 사자가 어린양과 함께 뛰노는 축복받은 곳에 왔다는 생각이 든다. 모든 것이 꽃을 피우고, 감미로운 공기를 뒤흔드는 거센 바람도 없다. 태양이 과일을 퍼부어준다. 달콤한 남부의 치명적으로 관능적인 나태함은 굶주린 뇌를 타락시킨다. "쾌락! 더 많은 쾌락을!" 그러나 이제 눈이 내리고 이를 피할 수 없다. 눈은 마치 우리의 마차를 뒤따라 달려온 것처럼 러시아에서 우리를 따라왔고, 이 어둡고 비정한 도시에서 마침내 우리를 따라잡아 유리창에 달라붙어서는 끝없이 쾌락을 기대하는 아버지를 비웃는데, 아버지 이마의 핏줄은 튀어나와 불끈거리고 카드 패를 돌리는 손은 덜덜 떨고 있다.

양초에서 내 맨어깨로 뜨겁고 매캐한 촛농 방울이 떨어졌다. 나는 상황에 몰려 말없이 바보짓을 관망하게 되는 여자 특유의 분노에 찬 냉소로 바라보고 있었고, 절망감 때문에 '그라파'라는 독주를 마시고 또 마셔서 취한 아버지는 내게 물려줄 유산의 마지막 부스러기를 빼앗기고 있었다. 러시아를 떠날 때 우리는 비옥한 흑토, 곰과 야생 멧돼지가 사는 푸른 숲, 농노들, 옥수수 밭, 농가 마당, 내 사랑하는 말들, 시원한 여름의 백야와, 북극광의 불꽃놀이인 오로라를 소유하고 있었다. 그 모든 소유물이 아버지에게는 부담스러웠던 것이 틀림없다. 알거지가 되면서 마치 기쁨에 겨운 듯 웃는 것을 보면. 야수에게 모든 것을 바치려고 저렇게 열심인 것을 보면.

이 도시에 오는 사람들은 누구나 그 대귀족과 카드 게임을 해야 하는데, 찾아오는 사람은 거의 없었다. 밀라노에서 사람들은 우리에게 경고를 하지 않았다. 만약 했다 하더라도 우리는 그 사람들의 말을 알아듣지 못했을 것이다. 내 이탈리아어는 서툴렀고 나는 그 지방 사투리를 알아들을 수 없었다. 사실 나는 200년이나 뒤처진 이 외딴 시골 지방을 아이러니하게도 카지노가 없다는 이유로 좋게 얘기했다. 12월이 한적한 곳에 머무는 값이 가히 외의 키드 게임인 줄은 진허 플랐다.

밤이 늦었다. 이곳의 축축한 냉기는 돌에, 뼈에, 스펀지 같은 허파꽈리 속에 스며들었고, 오한과 함께 거실에 슬며시 들어왔으며, 그곳으로 그는 비밀리에 게임을 하러 왔다. 그의 시종이 우리 숙소로 가져온 초청장을 누가 거부할 수 있겠는가? 나의 방탕한 아버지는 절대

거절 못 한다. 테이블 위 거울을 통해 아버지의 광란과 나의 무표정, 스러져가는 양초들, 비워져가는 술병들, 올라갔다 내려갔다 하는 카드의 화려한 흐름, 가끔 펼친 손에서 시선이 빗나가 내게로 향하는 그 노란 눈만 빼고 야수의 얼굴을 모두 감춘 고요한 가면이 보였다.

우리 주인집 여자는 뒷발로 일어선 호랑이 모양의 커다란 문장이 찍힌 봉투를 아주 조심스럽게 매만지며 "야수다!"라고 말했다. 얼굴 표정은 두려움 반 경탄 반이었다. 그곳의 주인을 왜 '야수'라고 부르는지 나는 물어보지 못했다. 그 가문의 문장과 관련이 있나? 그녀의 사투리는 그 지역 특유의 걸걸하고 기관지염에 걸린 것 같은 발음 때문에 너무 불분명해서 하나도 알아들을 수가 없었다. 그녀가 나를 보았을 때 "미녀!"라고 했던 그 한마디를 제외하고는.

윤기 흐르는 밤색 곱슬머리와 장밋빛 뺨을 가진 나는 걸음마를 뗄 때부터 언제나 예쁜 아이였다. 그리고 크리스마스에 태어났기 때문에 영국인 유모는 나를 그녀의 '크리스마스 장미'라고 불렀다. 농민들은 "모친의 생전 모습 그대로야"라고 말하면서 고인을 기리는 성호를 그었다. 어머니는 오랫동안 피어나지는 못하셨다. 지참금이 없어서 무능하기 그지없는 러시아 귀족의 자손과 결혼한 어머니는 남편의 노름질과 계집질과 그의 고뇌에 찬 참회에 지쳐서 일찍 돌아가셨다. 그런데 야수는 도착해서 하인이 검은 코트에서 눈을 털어냈을 때 구식이지만 흠 잡을 데 없는 코트 단춧구멍에서 장미를 꺼내어 내게 주었다. 제철이 아닌 흰 장미꽃은 자연스럽지 않았고, 아버지가 재난으로 가득 찬 생애를 멋있게 마감하는 지금, 나의 불안한 손가락은 흰 장미 꽃잎을 하나하나 뜯어내고 있다.

이곳은 우울하고 내성적인 지역이다. 해도 안 뜨고 특징도 없는 경치, 안개를 뿜어내는 음울한 강물, 몽땅하게 웅크린 버드나무들. 그리고 잔인한 도시이다. 공개 처형 장소로 딱 맞을 법한 엄숙한 광장은 불길한 교회 창고의 불쑥 튀어나온 그늘 아래 있다. 그들은 우리에 가둔 죄수들을 도시 성벽에 매달곤 했다. 그들은 자연스레 불친절해졌으며, 미간은 너무 좁았고 입술은 얇았다. 음식은 형편없어서 기름투성이 파스타와 삶은 쇠고기에 쌉쌀한 풀로 만든 소스를 뿌린 요리를 먹었다. 그 지역에는 장례식 같은 정적이 감돌았고 주민들은 추위를 막느라 움츠리고 몰려 있었기 때문에 얼굴을 거의 볼 수가 없었다. 그들은 거짓말하고 사기를 쳤다. 여관주인이든 마부든 누구나 그랬다. 세상에, 그들이 얼마나 우리를 알겨먹었는지!

위험한 남부, 그곳에는 겨울이 없다고 생각할 테지만 그건 당신이 겨울을 데려간다는 사실을 잊어버린 것이다.

각하의 혼미한 향수 때문에 내 분별력은 점점 더 흐려졌다. 그 작은 방 안에서 게다가 그렇게 가까이에서 진동하는 사향 냄새는 너무도 강했다. 향수로 목욕을 하고 셔츠와 속옷도 거기에 담그는 것이 틀림없다. 무슨 악취가 나기에 그렇게 향수로 덮어야 할까?

그렇게 거대하면서도 이차원적으로 보이는 사람은 처음이었다. 디자인을 볼 때 스스로 은둔생활을 시작하기 전 이주 예진에 산 깃 같은 구식 연미복을 입은 그에게 야수의 기묘한 우아함이 있긴 했지만 말이다. 그는 유행에 따를 필요를 느끼지 못하는 것이었다. 그의 전체적 외형은 미련스러운 거인 쪽에 가깝게 어색하고 엉성해 보였다. 그리고 스스로 자기를 억누르는 것 같은 이상한 분위기가 있어서 마치 네 발로 기어가는 편이 훨씬 더 나은데 똑바로 서 있느라 분투하는 것 같았다. 인간이 신같이 되기를 바라는 열망을 그는 슬프게도 비틀어 보여주었다. 불쌍한 친구, 멀리에서 볼 때만 야수가 보통 남자와 별로 다르지 않다고 생각할 것이다. 그러나 그는 남성의 얼굴이 아주 아름답게 그려진 가면을 쓰고 있을 뿐이다. 아, 정말 아름다운 얼굴이다. 그러나 너무도 균형이 잘 잡힌 모습이라서 완전히 인간의 얼굴이라고 할 수 없었다. 가면 반쪽은 다른 쪽과 정확히 좌우대칭이어서 너무 완벽하고 기괴했다. 또 그는 가발을 썼다. 목덜미에 리본이 묶여 있는 가발은 옛날 초상화에서나 볼 법한 것이었다. 진주 한 알이 박힌 얌전한 실크 목도리가 목을 가리고 있다. 그리고 엷은 색 양가죽 장갑은 그렇게 크고 헐렁한데도 손을 다 가리지 못하는 것 같았다.

그는 축제 때 볼 수 있는 종이 풀 반죽과 인조털로 만든 인물이다. 그래도 카드 게임에는 귀신같은 솜씨를 갖고 있다.

그가 손 위로 고개를 숙이고 있기 때문에 가면 안에서 나오는 목소리는 아주 멀리서 울리는 소리 같다. 그리고 말할 때 으르렁거리며 더듬기 때문에 그의 말은 그것을 알아듣는 시종만이 통역해줄 수 있다. 마치 주인은 어색하게 움직이는 인형이고 하인은 복화술사인 듯이.

심지는 녹은 촛농 속으로 가라앉았고 양초는 녹아내렸다. 내 장미 꽃잎이 다 떨어졌을 때쯤 아버지에게도 남은 것이 아무것도 없었다.

"딸밖에는."

도박은 병이다. 아버지는 나를 사랑한다고 말했지만 딸을 카드 게임에 걸었다. 아버지는 카드를 부채처럼 펼쳤다. 거울을 통해 나는 아버지의 눈이 광기 어린 희망에 번쩍 빛나는 것을 보았다. 칼라는 풀어

헤쳐졌고 헝클어진 머리카락은 곤두서서, 방탕의 마지막 단계에 도달한 사람의 고뇌가 보였다. 낡은 벽에서 외풍이 불어나와 내게 파고들었고 러시아에서 가장 추웠던 밤들보다 더 추웠다.

퀸, 킹, 에이스. 거울로 그 카드들이 보였다. 오, 물론 아버지는 나를 잃지 않으리라 생각했다는 걸 안다. 오히려 잃었던 모든 것이 나와 함께 따라올 것이며 우리 가족의 흩어진 재산을 한 방에 다시 되찾을 거라고 생각했을 터이다. 그와 더불어 도시 외곽에 있는 야수 집안 대대로 내려오는 대저택과, 그의 막대한 수입과 강변에 있는 토지, 집세 수입, 보물 상자, 이탈리아 화가 만테냐의 그림들, 줄리오 로마노의 그림들, 첼리니의 황금 소금그릇들, 토지증서들…… 이 도시 자체를 얻게 되지 않겠는가.

아버지가 내 몸값을 왕의 몸값보다 적게 매겼다고 생각해서는 안 된다. 그러나 왕의 몸값보다 더 높이 친 것도 아니다.

거실은 지독하게 추웠다. 가혹한 땅 북부의 딸인 나에게는 내 몸이 아니라 아버지의 영혼이 위험에 처한 것으로 보였다.

물론 나의 아버지는 기적을 믿었다. 어느 도박꾼이 안 믿겠는가? 바로 이와 같은 기적을 찾아 곰과 별똥별의 땅에서 떠나온 것이 아닌가?

그렇게 우리는 위기에 처해 있었다.

야수가 크게 짖어댔다. 남은 세 장의 에이스 카드를 다 내놓았다.

이제 무심한 하인들은 바퀴라도 달린 것처럼 앞으로 스르르 미끄러져 나와서 양초를 하나씩 껐다. 그들만 보면 어떤 중요한 일도 일어나지 않은 것 같다. 그들은 약간 짜증내며 하품을 했다. 벌써 아침이 다

되었는데 우리 때문에 잠자리에 들지 못했던 것이다. 야수의 하인이 그에게 외투를 갖다주었다. 이렇게들 떠날 준비를 하는 가운데 아버지는 자신을 배반한 카드패들을 노려보며 앉아 있었다.

야수의 하인은 시종인 자신이 내일 열시에 나와 내 짐을 모시러 와서 야수의 대저택으로 안내하겠노라고 시원스럽게 알려줬다. "이해하시겠습니까?" 나는 너무 놀란 나머지 '이해하지' 못했다. 그는 찬찬하게 내가 해야 할 일을 반복해서 말했다. 그는 이상하게 바짝 마른 날렵하고 왜소한 남자였는데, 기묘하고 뾰족한 구두를 신고 경련과도 같은 불규칙한 리듬으로 팔자걸음으로 걸었다.

불처럼 시뻘겋던 아버지는 이제 유리창에 엉겨 붙은 눈처럼 하얘졌다. 눈에 눈물이 그렁그렁했고 금방이라도 울 것 같았다.

"'저속한 야만인처럼.'" 아버지가 말했다. 그는 미사여구를 좋아했다. "'저속한 야만인처럼 진주를 던져 내버리는 사람 / 온 백성과도 바꿀 수 없는 귀한 진주를……'* 그 사람처럼 난 내 진주를 잃어버렸네, 값을 매길 수 없을 만큼 귀한 내 진주를."

그 말에 야수가 갑자기 으르렁거림과 포효 중간쯤 되는 무서운 소리를 질렀다. 촛불이 너울거렸다. 점잔 빼며 착한 척하는 그 재빠른 시종은 눈도 깜빡 안 하고 이렇게 통역해주었다. "주인님은 보물을 하찮게 여긴다면 빼앗길 것을 예측해야 한다고 말씀하시는 겁니다."

그는 주인이 하지 못하는 인사와 미소를 우리에게 보냈고, 그들은 가버렸다.

---

* 「오셀로」 5막 2장.

나는 내리는 눈을 지켜보았다. 새벽이 오기 바로 직전, 눈이 그칠 때까지. 된서리가 내렸고 아침이 되자 쇠 같은 빛이 났다.

오래된 디자인이지만 우아한 야수의 마차는 영구차처럼 검은색이었으며 기세 좋은 거세마가 끌고 있었는데, 말이 콧김을 내뿜으며 생기에 차서 단단한 눈길을 콰콰 밟아대는 모습은 온 세상이 나처럼 얼음 속에 갇혀버린 것이 아니라는 희망을 주었다. 나는 말이 인간보다 낫다는 걸리버의 견해 쪽으로 언제나 약간 기울어 있었고, 그날 기회가 주어졌다면 그 말과 함께 말의 왕국으로 기쁘게 떠났을 것이다.

시종은 산뜻한 검은색과 금색의 제복을 입고 마부석에 앉아서 하고많은 것 중에서 주인이 보낸 지긋지긋한 흰 장미 다발을 들고 있었다. 마치 꽃 선물을 주면 여자가 어떤 모욕이라도 달게 받기라도 할 것처럼. 그는 초자연적으로 날렵하게 뛰어내려서 내키지 않아 하는 내 손에 공손하게 꽃을 쥐여주었다. 눈물범벅의 아버지는 내가 아버지를 용서한다는 표시로 장미 한 송이를 달란다. 꽃 한 가지를 꺾을 때 가시가 손가락을 찔러서 아버지는 온통 피 묻은 장미꽃을 받게 되었다.

시종은 이상하게 알랑거리지 않으면서도 고분고분한 태도로 나를 담요로 감싸주려고 내 발치에서 몸을 숙였다. 그러나 자기 신분을 잊고 하얀 가발 밑을 민첩한 집게손가락으로 바삐 긁으면서 우리 유모가 '구시 눈총'이라고 부를 만한 음흉하면서도 비꼬는 듯한 눈길을 내게 던졌고, 거기에는 아주 약간의 경멸이 섞여 있었다. 동정심은? 동정심은 없었다. 그의 눈은 촉촉한 갈색이었고 얼굴은 겉늙은 아기처럼 순진하고도 교활한 구석이 있었다. 그는 주인의 수확물을 챙기는 내내 계속 작은 소리로 중얼중얼하는 기분 나쁜 버릇이 있었다. 나는 아버지가 손 흔드는 것을 보지 않으려고 커튼을 내렸다. 내 원망의 마음은 깨진 유리조각처럼 날카로웠던 것이다.

야수에게 넘겨지다니! 그런데 그의 '야수성'이란 정확히 어떤 것일까 궁금했다. 나의 영국인 유모는 내게 겁을 줘 말을 잘 듣게 하려고 자신이 어렸을 때 런던에서 본 호랑이 인간에 대해 얘기해준 적이 있다. 나는 망나니 꼬맹이였고 얼굴을 찡그리거나 잼 한 숟가락으로 말 잘 듣게 다스릴 수 있는 아이가 아니었기 때문이다. 예쁜아, 보모들을 계속 괴롭히면 호랑이 인간이 와서 널 잡아갈 거야. 사람들이 저 동인도 제도의 수마트라에서 데려왔단다. 다리는 온통 털투성이이고 머리 아래만 사람을 닮았지. 유모는 그렇게 말했다.

그런데 야수는 언제나 가면을 쓰고 있다. 그건 내 얼굴과 비슷해 보이니 그 사람 얼굴일 리가 없다.

그 호랑이 인간은 털북숭이인데도 선한 기독교인처럼 맥주잔을 손에 들고 마실 수 있단다. 유모의 키가 나만 하고 말도 잘 못하고 아장아장 걸었을 때 호랑이 인간이 그렇게 하는 것을 보지 않았던가. 바로 그 조지 술집 간판 아래, 어퍼 무어 필즈의 계단 옆에서 말이다. 그때 유모는 북해 건너편에 있는 예전의 런던을 그리워하며 한숨짓곤 했다. 그런데 꼬마 아가씨가 착하게 삶은 근대뿌리를 먹지 않으면, 호랑이 인간이 네 아빠 코트처럼 모피를 덧댄 까만 코트를 입고서 바람같이 질주하는 마왕의 말을 빌려 타고 밤새 달려 곧장 아기 방에 와서……

그래, 예쁜아. 꿀떡 삼켜!

재미있고도 무서워서 얼마나 낄낄대고 웃었던가. 한편으로는 유모의 말을 믿었고 다른 한편으로는 유모가 나를 놀린다는 것을 알았다.

또 유모에게 말해서는 안 되는 일이 있다는 것도 알았다. 지금은 빼앗긴 옛 농장 마당에서 낄낄거리던 하녀들이 황소가 암소에게 무슨 짓을 하는지 그 비밀을 내게 알려주었고, 그곳에서 짐마차꾼 딸의 이야기도 들었다. 쉿, 쉿, 유모에게 우리가 말했다고 고자질하지 마. 언청이에다 사팔뜨기이고 지독하게 못생긴 짐마차꾼 딸을 누가 건드리겠어? 그런데 창피하게도 배가 남산만 해져서 마부들이 못되게 놀려댔고 곰의 아들을 낳았다고 수군댔어. 털가죽과 이빨을 갖고 태어난 걸 보면 그 말이 맞지. 그런데 그 아이가 장성하자 목동 일을 잘했어, 결혼은 안 했지만. 마을 밖 오두막에서 혼자 살았는데 바람도 자기가 원하는 방향으로 불게 할 수 있었고 어떤 알이 수탉이 될 것인지 암탉이 될 것인지 구별해내는 재주가 있었어.

떠돌이 농부들이 언젠가 아버지에게 양쪽으로 10센티미터짜리 뿔이 길게 붙어 있는 해골을 가져왔는데, 삽질을 하다가 그것을 발견했던 밭에 신부님과 같이 갈 때까지는 다시 돌아가려고 하지 않았지. 그 해골이 **사람**의 턱뼈를 갖고 있었거든, 안 그래?

아낙네들 이야기, 애들 겁주려는 이야기! 어렸을 때 미신 같은 이상한 이야기들을 듣고 왜 내심 간질간질 즐겼는지 나는 내 아동기가 끝나던 날에 알았다. 이제 내 몸뚱이가 나의 유일한 자산이며 오늘 내 처음의 투자를 하게 될 것이다.

도시를 멀리 떠나 이제 우리는 넓고 평평한 눈벌판을 지나고 있었다. 그곳에는 가지 잘린 버드나무들이 얼어붙은 냇물에 털이 난 머리를 흔들고 있었다. 안개 때문에 앞이 잘 안 보였고 하늘도 낮아져서 우리 머리 바로 몇 센티미터 위에 있는 것처럼 보였다. 아무리 둘러보아도 살아 있는 것은 하나도 없었다. 모든 과일 열매가 냉해에 망가져 버린 이 가짜 에덴에서 죽음의 계절은 얼마나 빈약하고 얼마나 헐벗었는가! 그리고 나의 연약한 장미꽃 다발은 이미 시들었다. 나는 마차 문을 열고 서리에 굳어 골이 파인 진흙땅에 죽어버린 꽃다발을 내던 졌다. 갑자기 날카로운 찬바람이 불어와 쌀알 같은 눈가루가 내 얼굴을 때렸다. 내 앞에 그의 대저택이 드러날 정도로 안개가 걷혔다. 거의 버려진 듯이 보이는 붉은 벽돌로 된 건물 정면이었다. 사람 잡는 거대한 집, 과대망상의 성채 같은 그의 대저택.

그것은 그 자체로 하나의 세상이었으나 죽어버린, 못쓰게 된 세상이었다. 야수가 돈으로 사들인 것은 사치품이 아니라 고독이었다.

작은 검정색 말이 무늬가 새겨진 청동 문들을 천천히 멋있게 지나갔다. 헛간 문처럼 어떤 날씨에도 열려 있는 문들이었다. 시종은 내가 마차에서 내리는 것을 도와준 뒤, 흠집 난 타일이 깔린 거대한 홀로 데려갔는데 그 안은 마구간의 온기와 냄새, 건초에서 나는 달콤한 냄새와 말똥의 독한 냄새가 섞여 있었다. 높은 지붕 아래에서 말들의 힝힝거리는 소리와 부드러운 말발굽 소리가 울려 나왔다. 지붕의 서까래에는 지난여름에 지은 제비집이 다닥다닥 붙어 있었고, 여러 개의 어린 주둥이가 새집에서 올라오더니 귀를 쫑긋하고 우리를 향했다. 야수는 말들이 식당을 사용하도록 했다. 벽에는 알맞게도 과일과 꽃이 가지에서 같이 자라는 숲속에 말과 개와 사람들이 있는 풍경을 담은 프레스코화가 그려져 있었다.

시종이 공손하게 내 소매를 잡아당겼다. 각하가 기다리고 있단다.

열린 문과 부서진 창문 들로부터 바람이 사방에서 들어왔다. 우리는 대리석 계단을 타박타박 오르고 또 올라갔다. 아치와 열린 문 사이로 둥근 천장의 방들이 마치 차곡차곡 겹쳐진 중국 상자들처럼 연달아 열려서 끝없이 복잡한 이곳의 내부로 연결된 것이 보였다. 그와 나와 바람 외에는 움직이는 것이 없었다. 모든 가구는 먼지막이 덮개에 덮여 있었고 샹들리에는 헝겊에 싸여 묶여 있었으며, 액자들은 주인이 그 그림들을 쳐다보기 싫어하는 듯 고리에서 내려져 뒤집힌 채 벽에 기대어 있었다. 대저택은 어수선했다. 마치 주인이 이사 가기 직전이거나 아직 제대로 이사 들어오지 못한 것 같았다. 야수는 사람이 살지 않는 곳에 살기를 택한 것이다.

시종은 표정이 풍부한 갈색 눈으로 내게 안심하라는 눈길을 던졌는데, 너무도 이상한 거만함이 깃들어 있어서 위로가 되지 못했다. 그는 나직하게 혼잣말을 하며 구부정한 다리로 내 앞에서 성큼성큼 걸어갔다. 나는 고개를 높이 쳐들고 따라갔지만 나의 자존심에도 불구하고 마음이 무거웠다.

각하는 자신의 요새를 집의 높은 곳에 두고 있었다. 작고 답답하고 어두운 방이다. 그는 낮에도 겉창을 닫아걸고 있다. 거기에 도착했을 때 나는 숨이 가빴고 그가 나를 침묵으로 맞기에 나도 침묵으로 답했다. 미소짓지 않을 테다. 그는 미소를 지을 줄 모른다.

거의 방해받지 않고 혼자 지내는 야수는 터키풍 옷을 입고 있다. 흐린 자줏빛의 헐렁한 가운은 목둘레에 금박 수가 놓여 있고 어깨로부터 내려와 발등을 덮고 있다. 그가 앉아 있는 의자 다리는 멋진 발굽 모양이었다. 그의 손은 풍성한 소매 속에 숨겨져 있다. 인공적으로 잘생긴 그의 얼굴이 나는 끔찍하다. 작은 벽난로의 작은 불. 휘몰아치는 바람에 겉창이 덜걱거린다.

시종이 헛기침했다. 주인님이 바라는 바를 내게 전달하는 어려운 임무가 그에게 떨어진 것이다.

"주인님께서는······"

벽난로 안에서 나뭇가지가 떨어졌다. 그것은 그 무서운 침묵 속에서 굉장히 큰 소리를 냈다. 시종은 움찔했다. 하려던 말을 잃어버린 그는 처음부터 다시 시작했다.

"주인님께서 원하시는 것은 한 가지밖에 없습니다."

지난밤 각하에게 푹 배어 있던 강하고 진하며 야생적인 냄새가 온통 주위를 감싸고 있고, 그 냄새는 귀한 중국 향로에서 피어오르는 연기를 따라 위로 올라간다.

"주인님은 단지······"

이제 나의 무표정 앞에서 시종은 떨었고, 그의 비꼬던 자세는 간 데 없었다. 주인님의 소원이 아무리 사소한 것이라 하더라도 하인의 입에서 나오기에는 견딜 수 없을 만큼 무례한 것이었고, 중간에서 말을 전해야 하는 역할이 그에게는 분명 매우 곤혹스러운 일이었기 때문이다. 그는 침을 꿀꺽 삼키고는, 마침내 말을 쉬지 않고 용케 줄줄 쏟아냈다.

"주인님의 유일한 소원은 옷을 입지 않은 아름다운 아가씨의 알몸을 보는 것입니다. 단 한 번이면 되고 그 이후에는 손 하나 안 대고 부친에게 돌려보낼 것이며, 부친께서 카드 게임으로 주인님께 잃은 액수만큼의 은행 정기 지급 명령서와 함께, 모피나 보석이나 말 같은 고급 선물이 어느 정도 덧붙여질 것입니다."

나는 계속 서 있었다. 이 면담 동안 내 눈은 가면 속 그의 눈을 마주 보고 있었는데 이제 그가 눈길을 피했다. 양심은 있어서 대변인이 대신 전했음에도 불구하고 자신의 요구를 창피해하는 것 같았다. 격하게, 아주 격하게 시종은 흰 장갑 낀 손을 쥐어틀었다.

"나체라……"

나는 내 귀를 의심했다. 나는 큰 소리로 요란하게 웃었다. 숙녀는 그렇게 웃는 법이 아니야!라고 유모는 날 꾸짖곤 했다. 그래도 나는 그렇게 했고 지금도 그렇게 웃는다. 내가 무자비하게 웃어 젖히자 시종은 깜짝 놀라 뒤로 물러나며 손가락을 뽑아내기라도 하려는 듯 손을 덜덜 떨면서 나를 타이르고 말없이 애원하려 했다. 그 사람 때문에라도 가능한 한 매끈한 이탈리아 표준어로 대답을 해야 할 의무가 내게 있는 듯 느껴졌다.

"각하, 창문 없는 방에 날 들여보내시면 치마를 허리까지 올리고 원하시는 대로 하게 해드리겠다고 약속하지요. 그러나 제 얼굴 위에 헝겊을 덮어 얼굴을 가려야 하는데, 가볍게 덮어서 숨이 막히지 않게 해야 합니다. 허리 위는 완전히 가려져야 하고 불이 켜지면 안 됩니다. 각하, 그 방에 한 번, 단 한 번만 오실 수 있습니다. 그 후에 곧장 저를 마차에 태워 시내로 보내서 광장 교회 앞에 내려주세요. 돈을 주시고 싶다면 감사히 받겠습니다. 그러나 보통 그런 경우 여느 여자에게 주시는 만큼의 액수만 주세요. 선물은 주지 않으시겠다면 그건 각하의 권리입니다."

내가 야수의 급소를 찔렀음을 알고 얼마나 기뻤던가! 잠시 뜸을 들인 후 가면 아래 눈초리에서 눈물 한 방울이 맺혀서 반짝였던 것이다.

눈물! 부끄러움의 눈물방울이기를 바랐다. 눈물방울은 분칠한 광대뼈 위에서 한순간 떨리더니 뺨 위로 흘러내려 타일 바닥에 갑자기 톡 하고 떨어졌다.

혼자 중얼거리며 혀를 차던 시종은 서둘러 나를 방 밖으로 데리고 나왔다. 주인님의 향수 냄새는 연자줏빛 연기처럼 우리를 따라 복도로 흘러나왔고 빙빙 도는 바람을 타고 흩어졌다.

내게 독방이 마련되었다. 궁전 한가운데 창문도 없고 꽉 막혀 빛도 들어오지 않는 정말 독방이었다. 시종은 등잔불을 하나 켜주었다. 좁은 침대, 과일과 꽃이 새겨진 컴컴한 벽장이 어둠 속에서 드러나 눈에 들어왔다.

"홑이불을 꼬아 올가미를 만들어 목을 매달 거예요." 내가 말했다.

"오, 안 돼요." 시종이 그 큰 눈을 갑자기 침울한 듯 내게 돌리며 말했다. "오, 안 그러시겠죠. 당신은 현숙한 아가씨잖아요."

그런데 이 남자, 우스꽝스럽고 살살거리는 이 남자는 내 침실에서 뭘 하고 있는 거야? 내가 야수의 변덕에, 아니면 야수가 내 변덕에 굴복할 때까지 내 간수라도 될 참인가? 내가 시녀도 못 거느릴 정도로 몰락했단 말인가? 내 마음속의 요청을 알아채기라도 한 듯 시종은 손뼉을 쳤다.

"아가씨의 외로움을 덜어드리기 위해⋯⋯"

벽장 문 뒤에서 두드리는 소리와 달가닥거리는 소리. 문이 열리며 오페레타에 나오는 시녀가 미끄러져 나온다. 윤기 흐르는 밤색 곱슬머리와 발그레한 뺨, 이리저리 굴리는 파란 눈. 작은 납작 모자와 흰 스타킹과 프릴 달린 페티코트를 입은 그 여자를 알아보는 데 약간 시간이 걸린다. 한 손에는 거울을, 다른 손에는 분첩을 들었고 심장이 있어야 할 곳에는 뮤직 박스가 들어 있다. 그녀는 작은 바퀴로 내게 굴러오면서 딸랑거린다.

"이곳에 사람은 아무도 살지 않아요." 시종이 말했다.

시녀는 멈추어 절을 했다. 몸통 옆 솔기가 갈라진 틈으로 열쇠 손잡이가 튀어나와 있다. 그녀는 뛰어난 기계장치였다. 줄과 도르래를 세상에서 가장 섬세하게 균형 잡아 만든 기계.

"우리는 하인 없이 지냅니다." 시종이 말했다. "그 대신 효용성과 안락을 위해 모조 하인들을 두고 있지요. 대부분의 신사들처럼 우리도 이게 불편하지 않아요."

나의 태엽 감는 쌍둥이는 내 앞에 멈추어 배 안에서 18세기 미뉴에트를 울려내며 내게 카네이션 같은 환한 미소를 보냈다. 찰칵, 찰칵—그녀가 손을 들어 분홍 분가루로 내 뺨을 바삐 두드리는 바람에 기침이 났다. 그러고 나서 그녀는 내게 작은 거울을 들이댄다.

거울에서 내 얼굴이 아니라 아버지의 얼굴이 보였다. 빚을 갚는 대가로 내가 야수의 궁전에 도착했을 때 아버지의 얼굴을 갖게 된 것 같았다. 아니, 자기기만에 빠진 바보, 아직도 울고 계신 거예요? 게다가 술에 취하셨군요. 아버지는 술을 단숨에 들이켜더니 술잔을 내던져버렸다.

내가 깜짝 놀라는 것을 보고 시종은 내게서 거울을 빼앗더니 입김을 불고는 장갑 낀 손을 주먹 쥐어 문질러 닦은 후 내게 다시 돌려주었다. 이제 보이는 것은 내 얼굴, 잠을 못 자 초췌하고 시녀가 연지를 발라줘야 할 만큼 창백한 내 얼굴이었다.

묵직한 문에서 열쇠 돌리는 소리가 났고 시종의 발소리가 돌계단으로 종종 사라져갔다. 그동안 나의 시녀는 허공에 계속 분첩을 두드려댔고 땡땡거리는 곡조를 울려냈다. 하지만 무한정 그러지는 못했다. 얼마 안 되어 분을 바르는 데 점점 더 힘이 없어지고, 금속으로 만든 심장도 피로한 듯 속도가 줄었고, 뮤직 박스는 느려져서 곡조에 안 맞게 음이 흩어지며 빗방울처럼 하나하나 툭툭 떨어졌고, 마침내 그녀는 마치 잠에 빠진 듯 더 이상 움직이지 않았다. 그녀가 잠에 빠지자 나도 그렇게 하는 수밖에 없었다. 나는 넘어지듯이 좁은 침대에 쓰러졌다.

시간이 흘러갔지만 얼마나 흘렀는지는 모른다. 시종이 롤빵과 꿀을 들고 와서 날 깨웠다. 나는 쟁반을 가져가라고 손짓했지만 그는 등잔 옆에 단호하게 내려놓고서 쟁반에서 작고 도톨도톨한 가죽 상자를 집어들고 내게 내밀었다.

나는 고개를 돌려 외면했다.

"오, 아가씨!" 마음이 상해서 그의 높은 목소리가 갈라졌다! 그는 능숙하게 금 걸쇠를 열었다. 주홍빛 벨벳 받침 위에 다이아몬드 귀고리가 하나 있었다. 눈물방울처럼 동그란 다이아몬드.

나는 상자 뚜껑을 탁 닫고 방구석으로 던져버렸다. 이 갑작스럽고 강렬한 행동이 인형의 기계장치를 건드렸음에 틀림없다. 그녀는 날 꾸짖듯 팔을 움찔했고 가보트 춤곡을 뽕 울려냈다. 그러고는 다시 조용해졌다.

"좋아요." 난처해진 시종이 말했다. 그리고 주인을 다시 방문할 시간이라고 알려주었다. 그는 내가 세수하거나 머리 빗도록 놔두지 않았다. 궁전 안에는 자연광이 너무 없어서 낮인지 밤인지 분간할 수 없었다.

야수는 지난번 보았을 때 있던 자리에서 꼼짝도 하지 않은 것처럼 보였다. 그 커다란 의자에 앉아서 손을 소매에 넣고 있었고, 묵직한 방 공기는 전혀 움직이지 않았다. 내가 한 시간, 하룻밤, 혹은 한 달을 잤는지 알 수는 없으나 그의 조각 같은 고요함과 숨 막히는 분위기는 그대로였다. 향로에서 향이 피어올라 여전히 같은 모양으로 올라갔다. 난롯불도 똑같이 타고 있었다.

당신을 위해 옷을 벗어드릴까요? 발레 댄서처럼? 내게 원하는 건 그게 다인가요?

"아직 어느 남자도 보지 못한 젊은 아가씨의 살결⋯⋯" 시종이 더 듬거리며 말했다.

아버지의 농장에서 일하던 모든 청년들과 건초더미에서 뒹굴었더라면 좋았을걸. 그러면 이 수치스러운 흥정을 할 자격이 안 되었을 텐데. 그 사람이 너무 사소한 것을 원한다는 것이 들어줄 수 없는 이유였다. 야수가 날 이해하도록 설명할 필요도 없었다.

그의 다른 쪽 눈에서 눈물이 흘러나왔다. 그러더니 그가 움직였다. 리본 묶은 가발이 달린, 종이로 된 카니발 얼굴을 팔 비슷한 것에 파묻었다. 그리고 손 비슷한 것을 소매에서 꺼냈고, 나는 털이 숭숭한 그의 발바닥과 날카로운 발톱을 보았다.

떨어진 눈물방울이 털에 맺혀 반짝였다. 그리고 그 발이 방문 앞에서 왔다 갔다 하는 소리를 내 방 안에서 몇 시간이나 듣는다.

시종이 은빛 쟁반을 들고 다시 왔을 때 나는 이 세상에서 가장 훌륭한 등급의 다이아몬드 귀고리 한 쌍을 갖게 되었다. 나는 첫번째 귀고리가 떨어져 있는 방구석으로 나머지도 던져버렸다. 시종은 기분이 상해 유감인 듯 중얼거렸지만 야수에게 또 가자고 하지는 않았다. 그 대신 비위를 맞추듯이 미소를 지으며 털어놓았다. "주인님께서 말씀하시기를, 아가씨께 말 타러 가자고 청하랍니다."

"이건 또 뭐예요?"

그는 부지런히 말 달리는 모습을 흉내내더니, 놀랍게도 곡조도 없이 웅얼거렸다. "달려라! 달려라! 우리 사냥 가자."

"난 도망갈 거예요. 시내로 달려갈 거예요."

"오, 안 돼요. 당신은 현숙한 아가씨 아닌가요?"

그가 손뼉을 치자 나의 시녀는 철컥거리고 땡땡 소리를 내며 살아난 듯했다. 그녀는 자신이 나왔던 옷장 안으로 인조 팔을 뻗어 내 승마복을 끄집어냈다. 하고 많은 것 중에서 하필이면. 바로 내 승마복, 나는 이것을 우리가 아주 오래전에 잃은 페테르부르크 교외에 있는 시골 저택의 다락 트렁크에 남겨놓고 왔다. 그건 잔인한 남쪽 지방으로 오는 이 허황된 여행을 시작하기 훨씬 전이었다. 예전 유모가 만들어준 바로 그 승마복이거나, 아니면 오른쪽 소매 단추가 떨어지고 핀으로 찔러놓은 터진 소맷단까지 완벽하게 흉내내어 만든 모조품. 나는 해진 옷감을 손으로 뒤집어보며 단서를 찾아보았다. 궁전을 가로질러 달려 나가는 바람 때문에 문틀에서 문이 흔들렸다. 북풍이 내 옷을 바람에 실어 유럽을 건너 내게 보낸 걸까? 고향에서는 곰의 아들이 바람을 원하는 방향으로 보냈다. 어떤 마술의 민주주의가 이 궁전과 저 전나무 숲을 공통으로 지배하고 있는 걸까? 아니면 아버지가 귀에 못 박히도록 하신 말씀의 증거로 이것을 받아들여야 하나? 돈이 충분하면 뭐든지 가능하다는 그 말의 증거로?

"달려라." 시종은 눈을 반짝이며 말했다. 그는 내가 당황하면서도 즐거워하는 것에 분명히 매혹당한 것 같았다. 태엽 장치 시녀는 내게 재킷을 내밀었고 마지못한 듯이 나는 그 옷을 껴입었다. 속으로는 바깥으로 나간다는 것, 비록 이런 사람들과 나가는 것이지만 이 죽을 것 같은 궁전에서 나가는 것이 좋아서 거의 미칠 지경이었다.

홀의 문이 열리자 밝은 햇빛이 들어왔다. 알고 보니 아침이었다. 안장을 얹고 재갈을 채워 묶여 있는 말들은 우리를 기다리며 성급한 발굽으로 타일 바닥을 불꽃 튀게 차고 있었다. 반면 마구간에 있는 말들은 지푸라기 속에서 빈둥거리며 소리 없는 말들의 언어로 서로 대화를 나누고 있었다. 추위를 막으려고 깃털을 부풀린 비둘기 한두 마리가 옥수수 알갱이를 쪼며 종종 걸어 다니고 있었다. 나를 여기로 데려왔던 작은 검정색 거세마는 쟁쟁한 울음소리로 나를 맞아주었는데, 그 소리는 마치 공명 상자에서처럼 이 안개 낀 지붕 아래에서 울려 퍼졌다. 나는 그 말이 내가 탈 말이라는 것을 알았다.

나는 언제나 말을 아주 좋아했다. 동물 중에서 제일 고상하며, 그 현명한 눈망울에 어려 있는 상처 받은 감성, 극도로 긴장한 뒷다리의 에너지를 제어할 수 있는 그 이성적인 통제력. 나는 그 빛나는 검정색 친구를 어르면서 인사를 했고 말은 부드러운 입술로 내 이마에 입 맞추며 인사를 받아주었다. 벽에 그려진 말발굽 아래 실물처럼 그려져 있는 풀잎을 뜯으려 하는 작고 텁수룩한 당나귀가 한 마리 있었다. 시종은 마치 서커스처럼 당나귀의 안장을 밟고 멋지게 뛰어 올랐다. 그리고 야수가 검은 모피 단이 달린 외투를 입고 나와 침침한 회색 말에 올라탔다. 그는 타고난 기수가 아니었다. 마치 파선한 배의 선원이 돛대에 매달리듯이 그는 말의 갈기에 매달렸다.

그날 아침은 추웠지만 눈을 찌르는 날카로운 겨울 햇빛으로 눈부셨다. 주변에 우리와 같이 가는 것 같은 바람이 불어댔다. 마치 가면을 쓴 그 말 없는 거인이 외투 속에 바람을 넣어 다니면서 원할 때 꺼내놓는 것 같았다. 바람이 말의 갈기는 흔들었지만 저지대의 안개는 걷어내지 않았기 때문이다.

슬픈 갈색과 묵색의 황량한 겨울 풍경이 우리 주위를 둘러쌌고, 늪지대는 넓은 강물 쪽으로 지루하게 뻗어 있었다. 뎅강 잘린 버드나무들. 이따금 새가 내리 덮치며 어울리지 않는 소리를 질렀다.

아주 강하고 이상한 느낌이 천천히 나를 사로잡기 시작했다. 나는 내 동반자 두 사람이 보통 사람들과 아무래도 다르다는 것을 알고 있었다. 원숭이같이 생긴 시종과 그가 대변하는 주인. 그는 발톱 달린 앞발이 있었고, 묶어놓은 손수건에서 바람을 꺼내 핀란드 국경까지 보내는 마녀들과 한통속이었다. 아버지가 인간적인 경솔함 때문에 나를 야수에게 넘겨줄 때까지 내가 따라 살아왔던 이치와는 다른 이치에 따라 이들이 산다는 것을 나는 알았다. 이것을 생각하면 여전히 조금은 무서웠다. 그러나 많이 무섭지는 않았다고 할까…… 나는 젊은 여자이며 처녀였다. 남자들은 자신들이 비이성적이면서도 자신들과 똑같지 않은 존재들에게 이성이 없다고 주장하듯 내게도 이성이 없다고 주장했다. 만약 내 주위의 황량한 황야에서 한 사람의 영혼도 볼 수 없다면, 그렇다면 우리 여섯(말이나 말 탄 자들이나 양쪽 다)은 우리 사이에도 영혼이 하나도 없다고 자랑할 수 있을 것이다. 왜냐면 이 세상 최고의 종교들은 모두, 선하신 주님이 에덴동산의 문을 열고 이브와 그 친구들을 내쫓으셨을 때, 야수나 여자들에게는 그 연약하고 말랑한 영혼을 주시지 않았다고 명확하게 단언하기 때문이다. 그러니 내가 강으로 난 갈대밭을 달려가면서 속으로 형이상학적 사색에 몰두했다고 말할 수는 없지만, 나는 분명히 나의 상황에 대해 깊이 생각했다는 것을 알아달라. 내가 어떻게 사고팔렸으며, 이 손에서 저 손으로 넘어갔던가를. 나를 위해 뺨에 분을 발라주던 그 태엽 소녀. 남자들 사이에서 나는 인형 만든 사람이 그 인형에게 준 것과 같은 종류의 흉내내는 삶밖에 배당받지 못한 게 아닐까?

그러나 흐린 색깔의 말을 타는 스타일이 마치 쿠빌라이 칸의 표범들이 말 등에 올라타고 사냥에 나가는 모습을 생각나게 하는 이 발톱 달린 마법사의 참모습에 대해서는 아무것도 알 수 없었다.

우리는 건너편이 보이지 않을 정도로 폭넓은 강의 강둑에 도달했다. 겨울의 날씨로 고요해서 거의 흐르지 않는 것처럼 보였다. 말들은 고개를 내리고 물을 마셨다. 시종은 말을 하려는 듯 헛기침을 했다. 우리는 완전히 은밀한 곳에, 겨울의 황량한 골풀 숲과 갈대 울타리 너머에 있었다.

"만약 주인님께 옷 벗은 모습을 보여주지 않는다면……"

나는 나도 모르게 머리를 흔들었다.

"……그러면 당신이 우리 주인님의 벗은 모습을 볼 준비를 해야 합니다."

강물은 소리를 죽이며 자갈돌 위에 부서졌다. 나는 평정심을 잃어버렸다. 갑자기 공황 직전의 상태에 빠졌다. 나는 그가 무엇이든 간에 그의 모습을 볼 자신이 없었다. 말은 물이 뚝뚝 떨어지는 주둥이를 쳐들고 나를 뚫어지게 바라보았다. 마치 나를 재촉하는 것 같았다. 강물이 내 발밑에서 다시 부서졌다. 나는 집에서 멀리 떨어져 있었다.

"그렇게 하셔야 합니다." 시종이 말했다.

내가 거절할까봐 그 사람이 어찌나 겁을 먹고 있는지를 보고 나는 고개를 끄덕였다.

갑자기 바람이 거세게 불어 갈대가 몸을 숙였고 이와 함께 그를 가리고 있는 강한 냄새가 확 불어왔다. 시종은 주인님이 가면을 벗을 때 내게서 그를 가리려고 주인의 망토를 쳐들고 있었다. 말들이 움직였다.

호랑이는 결코 양과 함께 뛰놀지 않을 것이다. 호랑이는 상호 동등한 협정이 아니면 인정하지 않는다. 양이 호랑이와 같이 달리는 법을 배워야 한다.

거대한 고양잇과의 황갈색 형체, 그 가죽에는 타버린 나무 빛깔의 무늬가 기하학적으로 박혀 있었다. 그의 둥그렇고 육중한 머리통은 너무 끔찍해서 감추어야 한다. 근육은 얼마나 섬세하고 그 발소리는 얼마나 깊숙한가. 그의 두 눈동자는 쌍둥이 태양인 듯 다 휩쓸어버릴 것처럼 맹렬하다.

마치 큰 상처를 받은 것처럼 내 가슴이 찢어지는 느낌이었다.

시종은 여자가 주인님의 실체를 인정한 이상 이제 주인님을 다시 가리려는 듯이 앞으로 걸어 나왔다. 그러나 나는 "안 돼요"라고 말했다. 호랑이는 문장 그림 속의 짐승인 양 가만히 앉아 있었다. 내게 해를 끼치지 않기 위해 자신의 야수성과 협정을 맺었기 때문이다. 그는 언젠가 내가 페테르부르크에 있는 황제 동물원에서 본 가엾고 비실비실한 호랑이들에 비추어 상상했던 것보다 훨씬 더 컸다. 그 호랑이들은 먼 이국땅 우리에 갇혀 시들어가느라 황금빛 눈동자가 흐려져 있었다. 그의 모습 가운데 사람 같은 구석은 하나도 없었다.

나는 떨며 내 재킷 단추를 풀었다. 그에게 아무런 해를 끼치지 않겠다는 것을 보여주려고. 그러나 나는 손놀림이 서툴렀고 얼굴이 약간 붉어졌다. 어떤 남자도 내 알몸을 본 적이 없고 나는 콧대 높은 여자였기 때문이다. 손가락이 잘 안 움직였던 것은 부끄러움이 아니라 자존심 때문이었다. 그리고 그의 앞에 서 있는 이 연약하고 작은 인간의 육체가 그 자체로는 여성에 대한 그의 기대를 만족시킬 만큼 멋있지 않을까봐 약간 걱정도 되었다. 그가 무한정 기다리는 동안 기대감이 한없이 커졌을 수도 있었다. 바람은 골풀 사이에서 달가닥거렸고 강물에서 졸졸거리며 소용돌이쳤다.

나는 엄숙하게 침묵하고 있는 그에게 내 하얀 속살과 붉은 젖꼭지를 보여주었다. 말들도 나를 보려고 고개를 돌렸다. 마치 그들도 여성의 육체가 어떻게 생겼는지 점잖게 궁금해하는 것 같았다. 곧이어 야수는 거대한 머리를 숙였다. 시종이 그만하라는 손짓을 했다. 바람도 잦아들어 모든 것이 다시 고요해졌다.

그러고 나서 그들은 같이 물러갔다. 시종은 당나귀를 타고, 호랑이는 사냥개처럼 그 앞에서 달려갔다. 나는 잠시 강가를 거닐었다. 태어나서 처음으로 내가 자유롭다고 느꼈다. 그때 겨울 해가 기울기 시작했고 어둑해지는 하늘에서 눈송이가 내려왔다. 말들이 있는 곳으로

116

되돌아와보니 야수는 다시 외투를 입고 가면을 쓰고 회색 말을 타고 있었고 어디를 보나 다시 남자로 보였다. 시종은 멋진 물새를 잡아 손끝에 매달아 들고 있었고, 안장 뒤에는 사냥한 어린 수노루가 걸쳐져 있었다. 난 묵묵히 검은 말에 올라탔고 우리는 궁전으로 돌아왔다. 눈은 우리가 남긴 발자국이 사라질 정도로 점점 더 세게 내렸다.

시종은 나를 독방으로 돌려보내는 대신에 구식이기는 하지만 우아하게 꾸민 규방으로 안내했다. 그곳에는 빛바랜 분홍색 실크로 만든 소파, 요술쟁이의 보물 같은 동양풍 카펫, 조각한 컷글라스가 딸랑거리는 샹들리에가 있었다. 뿔 모양 촛대에 꽂혀 있는 양초들은 내 다이아몬드 귀고리의 프리즘 중심으로부터 무지개를 비추어냈고, 귀고리가 놓여 있는 새 화장대에는 친절한 시녀가 분첩과 거울을 들고 서 있었다. 그 장신구를 귀에 달려고 시녀 손에서 거울을 건네받았다. 그러나 거울이 또 마술을 부리는 중이었는지 거울에서 내 얼굴이 아니라 아버지 얼굴이 보였다. 처음에는 아버지가 내게 미소를 짓는 줄 알았다. 다시 보니 아버지는 순전히 혼자 만족해서 미소를 짓고 있는 것이었다.

아버지는 우리가 머물던 곳의 거실, 게임에서 나를 잃은 바로 그 테이블에 앉아 있었다. 그런데 지금은 어마어마하게 쌓인 지폐를 세느라 바빴다. 아버지 형편은 이미 바뀌어 있었다. 깨끗하게 면도하고 이발도 말끔히 하고 멋진 새 양복도 입고 있었다. 얼음 통 옆에 차가운 스파클링 와인 한 잔이 손에 닿기 쉽게 놓여 있었다. 야수가 내 가슴을 본 대가로 곧장 현금을 지불한 것이, 그것도 단번에 전액을 지불한 것이 분명했다. 마치 볼만한 구경거리가 아니었다면 보여준 죄로 죽을 수도 있었을 것처럼 말이다. 그리고 어딘가 가려는지 아버지의 트렁크가 꾸려져 있는 것이 보였다. 그리 쉽게 날 여기 두고 갈 수가 있단 말인가?

테이블 위에 돈과 함께 명필로 쓰인 메모가 놓여 있었다. 꽤 확실하게 읽을 수가 있었다. "아가씨께서 곧 도착할 것입니다." 돈의 힘을 빌려 재빨리 어떤 매춘부와 잠시 만나기로 흥정한 것일까? 그건 전혀 아니었다. 그 순간 시종이 문을 노크하고 들어와서 알리기를 언제라도 이 궁전을 떠날 수 있다고 했기 때문이다. 그의 팔 위에는 멋진 검은담비 코트가 걸쳐져 있었다. 내게 주는 작은 팁, 야수의 아침 선물, 이 옷에 나를 싸서 떠나보내려는 것이다.

다시 거울을 보자 아버지는 사라지고 보이는 것이라고는 창백하고 눈이 퀭하여 내가 알아볼 수 없었던 여자뿐이었다. 시종이 마차를 언제 준비해드려야 하느냐며 공손하게 물었다. 마치 내가 전리품을 갖고 기회가 나는 대로 떠날 것이라는 걸 의심치 않는다는 듯이 말했다. 더 이상 나와 얼굴이 닮지 않은 시녀는 계속 밝게 미소짓고 있었다. 그녀에게 내 옷을 입히고 태엽을 감아서 아버지의 딸 역할을 하도록 돌려보내리라.

"혼자 있고 싶어요." 난 시종에게 말했다.

이제 그는 문을 잠글 필요가 없었다. 나는 귀에 귀고리를 걸었다. 아주 무거웠다. 그러고 나서 승마복을 벗어 바닥에 그대로 놓았다. 그러나 속치마에 이르자 팔이 축 처졌다. 나는 알몸이 되는 데 낯설었다. 내 맨살에 너무 익숙하지 않아서 옷을 모조리 벗는다는 것은 가죽을 벗기는 것과 마찬가지였다. 내가 야수에게 줄 준비가 되어 있는 것에

118

비해 야수가 너무 작은 것을 원했다고 생각했다. 그러나 우리가 맨 처음 무화과 잎사귀로 아래를 감추고 나서부터는 인간이 나체가 된다는 것은 자연스럽지 않다. 그는 끔찍한 것을 원한 것이다. 나는 마치 내 속가죽이 벗겨지는 듯한 지독한 아픔을 느꼈다. 그 미소짓는 소녀는 사람 흉내내는 것을 멈춘 줄도 모르고 가만히 서서 내가 계약대로 차갑고 새하얀 고깃덩이로 벗겨져가는 것을 바라보고 있었다. 그리고 만약 그녀가 날 보지 않는다면 그만큼 더 시장 바닥 같은 곳이 된다. 시장에서의 눈들은 당신의 존재를 전혀 고려하지 않기 때문이다.

북부 지방을 떠난 이후, 평생 동안 나는 그녀의 눈처럼 무관심한 눈길 아래서 살아온 것 같았다.

그리고 나는 주춤하면서 완전히 나체가 되었다. 그가 준 완벽한 눈물 모양의 귀고리만 빼놓고는.

나는 복도에 몰아치는 살을 에는 바람을 피하기 위해 그에게 돌려주어야 할 모피 코트 속에 웅크렸다. 시종이 안내해주지 않아도 그의 방으로 가는 길을 알고 있었다.

망설이며 문을 두드렸는데 아무 반응이 없었다.

그때 바람이 시종을 복도로 휙 날려 보내왔다. 그는 한 사람이 나체로 다니면 모두 나체로 다녀야 한다고 마음먹은 것 같았다. 그가 제복을 벗자 내가 추측한 대로 섬세한 존재인 그의 모습이 드러났다. 고운 이끼 같은 솜털로 덮여 있으며 갈색 손가락은 가죽처럼 유연하고 거무스름한 입을 한 그는 세상에서 가장 부드러운 존재였다. 내가 오페라에라도 가는 양 모피 코트와 보석으로 치장한 것을 보고 뭐라고 중얼거리더니 아주 친절하게 격식을 차려 내 어깨에서 검은담비 코트를 벗겨냈다. 그러자 담비 코트는 찍찍거리는 한 무리의 까만 쥐로 변해 단단한 작은 발로 곧장 계단을 우르르 달려 내려가 사라져버렸다.

시종은 절을 하며 나를 야수의 방 안으로 안내했다.

자줏빛 실내 가운과 가면, 가발은 의자 위에 놓여 있었고, 양쪽 팔걸이에 장갑이 끼여 있었다. 그의 겉모습인 빈 껍질이 대기 상태였지만 그는 그것을 놔두고 쓰지 않았다. 털과 오줌 냄새가 진동했고 향로는 부서져 바닥에 조각나 있었다. 반쯤 타다 만 향은 불 꺼진 재 속에 흩어져 있었다. 녹아내린 촛농으로 벽난로에 붙어 있는 촛불은 호랑이의 눈동자에 두 개의 좁다란 불꽃을 비추었다.

그는 앞으로 갔다 뒤로 갔다, 뒤로 갔다 앞으로 갔다 하며 서성거렸다. 긁어 먹고 피 묻은 뼈 사이에 갇힌 그가 구석구석 서성거릴 때 그의 무거운 꼬리는 꿈틀거렸다.

그는 널 삼켜버릴 거야.

어린 시절의 공포가 살과 근육으로 실체화되었다. 공포 중에서 가장 최초의 그리고 가장 오래된 공포는 삼켜질 거라는 공포이다. 야수와 그가 먹고 버린 뼈 무더기, 그리고 하얗게 떨며 알몸으로 나를 바침으로써 평화로운 왕국으로 가는 열쇠를 그에게 바치려는 양 다가가는 나, 그 왕국에서는 그의 식욕이 내 죽음이 될 필요는 없다.

그는 돌처럼 가만히 있었다. 내가 그를 겁내는 것보다 그가 나를 훨씬 더 무서워하고 있었다.

나는 젖은 짚 위에 쭈그리고 앉아 손을 내밀었다. 나는 이제 그의 황금빛 눈이 내뿜는 힘의 구역 안에 들어와 있었다. 그는 목 깊이 으르렁거리고, 머리를 수그리고, 앞발로 주저앉아 으르렁거리며 붉은

120

목구멍과 누런 이빨을 드러내 보였다. 나는 꼼짝하지 않았다. 그는 내 공포를 냄새 맡으려는 듯 킁킁거렸다. 그는 그 냄새를 맡을 수 없었다.

천천히, 천천히, 그는 마루를 지나 육중하고 번득이는 몸을 끌면서 내 쪽으로 다가왔다.

굉장한 고동이, 마치 지구를 돌리는 엔진의 진동 같은 것이 작은 방을 꽉 채웠다. 그는 그르렁거리기 시작했다.

그의 달콤한 그르렁거림이 천둥처럼 낡은 벽을 흔들었고, 겉창이 창문을 두들겨대서 창문이 다 부서져 나가 눈 속의 하얀 달빛을 들여놓았다. 지붕에서 타일이 쏟아져 내려 저 아래 마당으로 떨어지는 소리가 들렸다. 그의 그르렁 소리가 이 집의 기반을 흔들었고 벽이 춤추기 시작했다. 나는 생각했다. '다 무너질 거야. 모든 것이 다 사라질 거야.'

그는 내게 점점 더 가까이 몸을 끌며 다가왔고, 드디어 거친 벨벳 같은 그의 머리, 그리고 샌드페이퍼처럼 깔깔한 혓바닥이 내 손에 느껴졌다. "내 살갗을 핥아서 벗겨내려나봐!"

그의 혀가 한 번씩 움직일 때마다 살갗이 하나하나 연속적으로 벗겨져 나갔다. 모두 속세의 피부들이다. 이윽고 고색창연하게 빛나는 원초적 털만 남겨졌다. 내 귀고리는 물로 변해서 내 어깨로 줄줄 흘러내렸다. 나는 나의 아름다운 털에서 물방울들을 털어냈다.

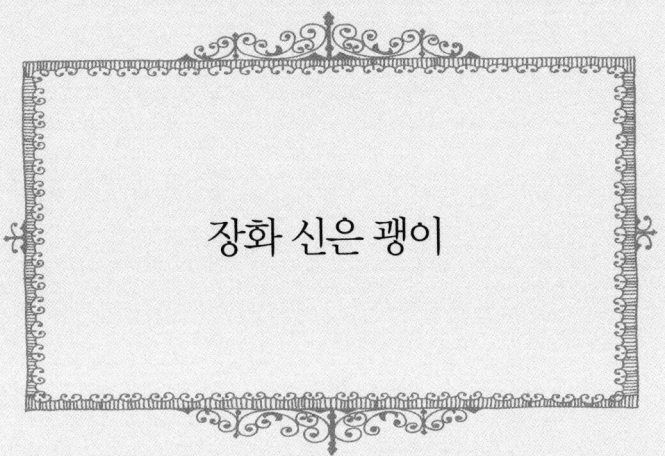

장화 신은 괭이

여기도 피가로, 저기도 피가로, 그렇다니까요! 위층에 피가로, 아래층에 피가로. 오, 세상에. 이 귀여운 피가로는 어느 때든 마음이 내킬 때 아주 영리하게 아가씨의 방에 슬쩍 들어갈 수 있고요, 모르세요? 그는 정말 처세에 능하고 넓은 안목을 가진 세련된 고양이랍니다. 아가씨가 언제 부드러운 털로 덮인 친구와 놀고 싶어 하는지 분간할 수 있거든요. 세상 어느 아가씨가 열정적이지만 언제나 점잖은 오렌지색 줄무늬 고양이의 연애 작업에 "싫어요"라고 말할 수 있겠습니까?(잠시 후 말씀드리겠지만 한 번 그런 일이 있었는데, 털 냄새를 조금만 맡아도 저절로 눈에서 눈물이 줄줄 흐르던 그 여자 같은 경우가 아니라면 말이죠.)

수고양이예요, 여러분, 정력적인 고양이이고 그걸 자랑스러워합니다. 오렌지색과 감귤색이 모자이크 된 털에 잘 조화되어 눈부시게 빛나는 멋진 새하얀 와이셔츠 같은 가슴판(오, 얼마나 불타는 듯 빛나는 양복인가)이 자랑스럽고, 새를 홀리게 하는 눈과 군인 이상으로 멋진 수염이 자랑스럽고, 아름다운 음악적 목소리를 (혹자에 따르면 지나치게) 자랑스러워하지요. 이탈리아 베르가모 하늘에 멋있게 떠오른 달을 보고 내가 즉흥 노래를 하기 시작하면 광장의 모든 창문이 열리죠. 광장의 서투른 배우들, 지방을 돌아다니는 그 음울한 가난뱅이 무리가 가설무대를 세우고 요란한 합창을 시작해도 빗발치는 동전 세례를 받는데, 주민들이 내게는 차가운 물세례와 거의 상하지도 않은 야채와, 가끔 슬리퍼나 구두나 장화 같은 물건들을 얼마나 더 푸짐하게 퍼붓겠습니까.

이 높고 빛나는 멋진 가죽 장화가 보이세요? 한 젊은 기병 장교가 먼저 한 짝을 던져 내게 찬사를 보냈고, 그 후한 마음씨에 내가 새로운 반주음으로 답례를 하자 ("내 마음 못지않게 둥근 달", 어이쿠! 나는 잽싸게 옆으로 피했지요) 나머지 한 짝이 떨어지네요. 장화의 높은 굽은 괭이가 타일 바닥 위를 산책할 때 캐스터네츠처럼 소리를 낼 거예요. 내 노래는 플라멩코를 생각나게 하고 모든 고양이는 스페인적인 기질이 있기 때문이죠. 그래도 괭이는 그 남성적이고 근육질인 본토박이 베르가모 말을 프랑스어로 우아하게 기름 칠합니다. 그르렁거릴 수 있는 언어는 프랑스어밖에 없거든요.

"가아아아암싸합니다."

나는 당장 내 뒷다리까지 오는 깔끔한 흰 스타킹 위로 새 장화를 끌어올려 신지요. 그 젊은이는 달빛 아래 내가 자기 장화를 어떻게 신나

126

호기심에 차서 보더니 날 부르네요. "어이, 괭이! 거기 있는 괭이!"

"분부만 내리세요."

"괭이야! 내 발코니로 올라와."

그는 잠옷을 입고 몸을 내밀어 내가 건물 앞면에 착 뛰어오르자 격려를 해줍니다. 앞발은 아기 천사의 곱슬머리에, 뒷발은 벽토 화환에 대고, 뒷발을 앞발 쪽으로 끌어올리면서 한쪽 발을 앞으로, 으쌰! 석조 요정의 젖꼭지에 올리고, 왼발은 조금 더 아래 반인반수 사티로스의 엉덩이에 대면 되겠지요. 아무것도 아니에요. 요령을 알면 로코코 양식의 건물은 문제도 아닙니다. 곡예라고요? 타고났지요. 괭이는 오른발로 와인잔을 높이 들고 뒤로 재주를 넘을 수가 있죠. 한 방울도 흘리지 않고요.

그러나 창피하게도 죽음을 무릅쓰는 그 유명한 공중 3회전, 다시 말해 공중에서, 다시 말해 보조 장치도 안전망도 없이 하는 3회전을 나 괭이는 한 번도 해본 적이 없어요. 비록 종종 2회전을 멋있게 해내서 모두의 박수를 받은 적은 있지만.

"넌 재주 많은 고양이 같구나." 내가 창턱에 올라오자 그 청년은 말합니다. 나는 그 앞에 멋있게 무릎을 꿇고 궁둥이를 빼고 꼬리를 올리고 머리를 숙여 그가 내 턱밑을 다정하게 어루만지기 쉽게 해줬어요. 그리고 타고나서 습관이 된 미소를 나도 모르게 덤으로 주었습니다.

고양이라면 가장 비열한 골목 고양이에서 교황의 베개를 장식하는 가장 고상한 하얀 암고양이에 이르기까지 모두 이 특징을 지니고 있답니다. 우리는 말하자면 얼굴에 그려진 미소를 갖고 있지요. 우리는 작고 참하고 조용한 모나리자의 미소를 지어야 해요. 재미있건 없건

간에. 그래서 모든 고양이는 정치가 같은 태도를 지니고 있어요. 우리가 미소짓고 또 미소지으니까 사람들은 우리를 나쁜 놈들이라고 생각합니다. 하지만 내가 보건대 이 청년도 그런 미소쟁이인걸요.

"샌드위치." 그가 권합니다. "그리고 브랜디 한 잔도."

꽤 잘생겼고, 나이트캡을 쓴 실내복 차림인데도 그는 깔끔하고 맵시 좋고 멋스러운 분위기를 풍겼지만 그의 셋방은 형편없네요. 이 사람은 뭐가 뭔지를 아는 사람이라는 생각이 들어요. 침실 안에서 매무새가 흐트러지지 않는 사람은 침실 밖에서도 절대로 실망시키지 않아요. 고급 비프 샌드위치. 나는 로스트비프 맛을 볼 줄 알고, 술맛을 일찍이 배웠죠. 나는 와인 가게의 고양이로 태어나서, 먹이로 와인 저장고의 쥐를 사냥했는데 세상살이에 눈치가 단련되어 이제 눈치로 삽니다.

그러면 이 한밤중의 면담이 가져온 결말은? 나는 그 자리에서 그분의 시종으로 일하게 되었어요. 시종에다가 이따금 몸종이기도 합니다. 용감한 장교들은 누구나 가외소득이 시원찮아 자금이 부족해지면 이불을 전당 잡히잖습니까. 그러면 이 충성스러운 괭이가 주인님 가슴에 웅크리고 안겨서 밤에 주인님을 따뜻하게 해드리는 겁니다. 순수한 애정과 내 발톱이 얼마나 오므려지는지 시험해보려는 욕망에서 무심코 그의 젖꼭지를 주무르면 싫어하지만(이야! 소리치네요), 젊은 처녀가 성스러운 어머니와 기도서를 읽는 순간에 그 거룩한 내실에 들어가서 연애편지를 배달해주는 시종이 나 말고 어디 있겠어요? 내가 주인님을 위해 한두 번 그런 일을 해드리자 무진장 고마워하셨죠.

그리고 이제 곧 말씀드리겠지만, 우리 모두를 위한 최고의 행운을 마침내 주인님께 가져다드렸죠.

이렇게 괭이는 장화와 함께 일자리를 얻게 되었고, 감히 말씀드리자면 주인님과 나는 공통점이 많아요. 왜냐면 주인님은 무지 교만하며 압정같이 신경과민이고 감초같이 여자를 밝히고, 사랑하는 마음에서 하는 말인데, 깨끗한 옷을 걸친 사람들 중 가장 눈치 빠른 악당이거든요.

사정이 안 좋을 때면 나는 시장에서 아침 식사를 훔치기도 했지요. 정어리 한 마리, 오렌지, 빵 한 덩어리, 우리는 한 번도 배고프게 지내지는 않았어요. 카드 게임 살롱에서도 괭이는 주인님을 잘 섬겼지요. 왜냐면 고양이는 무릎에서 무릎으로 무난하게 옮겨 다닐 수 있고 어떤 카드패도 볼 수 있거든요. 고양이는 주사위 위로 점프할 수도 있어요─저 봐, 굴러가는 것을 보고 참지를 못하네! 불쌍한 녀석, 새라고 착각했나봐. 등에 힘을 빼고 발은 뻣뻣하게 해서 어리석은 바보인 척하고 난 뒤 사람들이 날 잡아 올려 꾸짖고 나면 원래 주사위가 어떻게 떨어졌는지 누가 기억할 수 있겠어요?

게다가 사람들이 가끔 그러듯 인색하게 우리에게 음식을 나누어 주지 않을 때면 우리에게는 좀…… 신사답지 못한 생계 수단이 있었죠. 내가 스페인 춤을 좀 추면 주인님이 모자를 들고 한 바퀴 돌아다니는 거예요. 올레! 그러나 찬장이 주인님 엉덩이만큼 헐벗을 때만, 정말 속바지를 전당 잡힐 정도로 신세가 처량해진 다음에만 이렇게 창피한 일을 시켜 나의 충성심과 애정을 시험해보셨지요.

이렇게 모두 아주 잘되어가고 있었고 괭이와 주인님만큼 마음 맞는 짝도 없었는데 그만 주인님이 사랑에 빠지고 말았어요.

"홀딱 반했어, 괭이야."

나는 내 몸 청소를 시작했어요. 한 다리를 돼지 허벅다리처럼 공중에 처들고 고양이가 완벽하게 깔끔히 닦듯이 혀로 똥구멍 주위를 핥았지요. 나는 입 다물기로 했어요. 사랑이라니? 주인님을 위해 수녀원의 순결한 뒤뜰에 드나들고, 온갖 음란한 심부름에다 이 도시의 모든 홍등가 창문을 뛰어넘었는데, 이 방탕한 주인님이 대체 연애 감정과 무슨 관계가 있단 말인가요?

"그녀는. 탑에 갇힌 공주야. 하늘의 황소자리만큼 멀리서 빛나. 멍청이에게 묶여 있고 용이 지키고 있지."

나는 아랫도리에서 고개를 처들고 가장 비꼬는 미소를 지으며 주인님을 노려보았죠. 주인님이 그런 어조로 계속 지껄이지 못하게 말이죠.

"고양이는 모두 비꼬길 잘해." 내 노란 눈초리에 움찔하면서 주인님이 한마디 합니다.

거봐요, 위험하니까 주인님이 끌리는 거지요.

황혼 무렵 가장 부드러운 시간에 한 시간, 하루에 딱 한 시간만 창가에 앉아 있는 여인이 있어요. 커튼에 거의 가려서 얼굴 생김새도 잘 안 보여요. 마치 성상처럼 가려져 상점들이 문을 닫고, 노점이 철시하고, 밤이 디기을 때 그녀는 꾕깅을 내려다봅니다. 그녀가 볼 수 있는 세상은 그게 다예요. 베르가모에서 그만큼 갇혀 있는 여자는 없어요. 단 일요일에는 검은 옷을 두르고 베일을 내린 채 미사에 가는 것이 허락됩니다. 그런데 그 여자를 지키는 나이 든 할망구가 그녀와 동행합니다. 교도소 식사처럼 지겨운 그 여자가 툴툴거리며 따라오지요.

주인님이 그 숨겨진 얼굴을 어떻게 보았을까요? 팽이 말고 누가 그 얼굴을 보여주었겠어요?

우리는 식당에서 아주 늦게 돌아옵니다. 아주 늦은 밤이었는데 놀랍게도 어느덧 이른 아침인 거예요. 주인님 호주머니는 은화로 묵직했고 우리 둘 다 배가 샴페인으로 기분 좋게 출렁거렸죠. 행운의 여신이 우리와 함께했고 우리는 정말 기분이 좋았어요! 겨울의 추운 날씨. 경건한 사람들은 차가운 안개 속에 작은 등불을 들고 벌써 교회에 가고 있는데 우리는 불경스럽게 비틀비틀 집으로 가고 있었어요.

보세요, 국상이라도 난 것처럼 검은 범선이에요. 팽이는 술 취한 머릿속에 그 배에 타야겠다는 생각을 떠올립니다. 그녀 옆으로 슬쩍 가서 종아리에 오렌지색 머리통을 문지릅니다. 아무리 엄격한 사감이래도 작은 고양이가 자기 담당 학생에게 그런 관심을 기울이는데 성을 낼 수 있겠습니까? (이 사감은 알고 보니 그러네요. 에춰!) 아라비아처럼 향기로운 손이 검은 코트에서 내려와 나에 대한 화답으로 내 귀 뒤 바로 그 황홀한 부분을 문질러줍니다. 팽이는 크게 그르렁거리며 높은 장화 굽을 딛고 잠시 뒷다리로 서서, 기쁘게 춤추고 즐겁게 빙빙 돕니다. 이걸 보고 그녀는 웃으며 베일을 옆으로 걷습니다. 팽이는 위를 힐끗 바라봅니다. 마치 설화석고 램프가 새벽의 첫 여명에 불붙은 듯합니다. 그녀의 얼굴이에요.

그녀는 미소짓고 있어요.

바로 그 순간, 5월의 아침이라는 생각이 잠시 들 정도였습니다.

"어서 와요! 이리 와요! 그 더러운 짐승 새끼한테 시간 낭비하지 말라고요!" 이빨이 하나 남은 입에 사마귀가 난 그 늙은 할망구가 땍땍

거립니다. 재채기를 하네요.

베일이 내려오니 다시 아주 춥고 어두워졌습니다.

나만 그녀를 본 게 아니었어요. 그 미소로 그녀가 자기 마음을 빼앗아갔다고 주인님이 말합니다.

사랑.

주인님이 몇 명의 유부녀들과, 착실한 딸들과, 마을 모퉁이로 셀러리와 상추를 팔러 온 볼이 발그레한 시골 소녀들과, 침대보를 벗기는 하녀들은 물론이거니와 이 도시의 모든 매춘부와 껴안고 붙어 있는 동안 나는 묵묵히 옆에 앉아 나의 솜씨 좋은 앞발로 얼굴과 번쩍이는 고추를 닦았지요. 시장의 아내까지도 그를 위해 다이아몬드 귀고리를 뺐고 공증인의 아내는 속치마를 끌어올렸으며, 그녀의 딸도 열여섯 살밖에 안 된 것이 아마색 땋은 머리를 풀어헤치며 침대에 있는 그들 사이로 뛰어든 것을 생각하니, 내가 얼굴을 붉힐 줄 안다면 붉혔을 거예요. 그러나 이렇게 황홀경에 들어갈 때나 나올 때나 '사랑'이라는 단어는 한 번도 주인님 입에서 나온 적이 없었어요. 미사에 가려고 집에서 나와, 그를 보려고 그런 것은 아니지만 베일을 들어올렸던 판텔레오네 씨의 부인을 주인님이 보기 전까지는 말입니다.

지금 주인님은 사랑 때문에 반쯤 병이 들었고 기운이 없어 식탁에두 앉지 않고, 새롭게 빠져든 이 슬픈 근심주의 때문에 히녀의 씰룩거리는 궁둥이를 쓰다듬지도 않습니다. 그래서 우리 음식 찌꺼기는 며칠씩이나 썩고 있고 이불은 더러우며, 그 하녀가 성이 나서 빗자루로 두드리고 돌아다니는 바람에 벽에서 석회가 떨어질 정도입니다.

주인님은 예전엔 한순간도 종교적인 사람이 아니었지만 지금은 일요일 아침을 위해 산다고 단언할 수 있어요. 토요일 밤이 되면 주인님은 꼼꼼하게 목욕을 하고, 참 반갑게도 귀 뒤까지 닦은 후 향수를 바르고, 군복을 다리는데 하도 잘 다려서 입을 자격이 있다는 생각이 들 정도입니다. 너무나 깊이 사랑에 빠진 나머지 침대에 뒤척이며 누워 있을 때 거의 편히 쉬지도 못하고 마스터베이션마저 안 합니다. 아침 종소리를 못 들을까봐 잠도 못 자기 때문이지요. 그리고 추운 아침에 나가서 그 검고 어렴풋한 모습을 따라갑니다. 굉장한 진주가 안에 들어 있지만 꼭 닫힌 진주조개를 앞에 둔 불운한 어부 격입니다. 광장을 가로질러 주인님은 그녀 뒤로 살며시 따라붙습니다. 그렇게 사랑에 빠진 곰이 어떻게 눈에 안 띌 수가 있을까요? 그러나 그렇게 할 수밖에 없지요. 그래도 가끔 그 할망구가 재채기를 하며 근처에 고양이가 있는 게 틀림없다고 말합니다.

주인님은 마님 뒷줄에 슬쩍 앉아서 모두 무릎을 꿇을 때 가끔 그녀의 치맛자락을 만지려고 애쓰고 기도에는 아무 생각이 없습니다. 그가 경배하러 온 신은 바로 그 부인이거든요. 그리고 취침 시간까지 꿈에 빠져 조용히 앉아 있어요. 그 사람 곁에 있는 게 내게 무슨 재미가 있겠어요?

주인님은 먹지도 않아요. 내가 여관 주방에서 꼬치에서 방금 빼낸 타라곤 향의 맛있는 비둘기구이를 가져다주었지만 손도 안 대서 내가 뼈까지 모두 아작아작 씹어 먹었지요. 식사 후 늘 그러듯이 나는 몸단장을 하며 이런 생각을 했어요. 첫째, 그가 자기 업무를 게을리하여 우리 둘을 모두 망칠 가망성이 있다. 둘째, 사랑이란 충족되지 않기 때문에 지속되는 욕망이다. 내가 주인님을 그녀의 침실로 인도하여 백합같이 하얀 그녀를 주인님이 마음껏 즐기게 되면, 당장 완전히 정상으로 돌아올 것이고 다음 날이면 늘 하던 장난을 할 것이다.

그러면 주인님과 팽이는 다시 한 번 경제력을 가질 수 있을 것이다.

그게 지금 당장은 별로 그렇지 못하거든요.

판텔레오네 씨는 하인이라곤 그 할망구 외에 날씬하고 재빠른 암고양이뿐 인데 그녀에게 내가 접근합니다. 그녀의 늘어진 목 부분을 내 이빨로 단단히 물고 줄무늬가 있는 내 허리로 몇 번 세게 밀어주며 관례적인 선물을 바쳤지요. 그녀는 숨을 돌린 후에 아주 다정한 태도로 말하기를 그 주인 노인네는 바보인 데다 쥐를 잡으라고 자기에게 음식을 충분히 주지 않는 구두쇠인데, 젊은 마님은 몰래 닭 가슴살도 가져다주는 마음씨 고운 분이며, 가끔 마님을 지키는 용이자 사감인 할망구가 낮잠을 자면 난롯가에서 이 예쁜 고양이를 자신의 침실로 데려가 비단실타래를 가지고 놀게 하거나 끈 달린 손수건을 쫓아가게 하여 그녀와 마님은 마치 여자만 오는 무도회에 나간 두 명의 신데렐라처럼 같이 재미있게 논다고 합니다.

불쌍하고 외로운 마님. 대머리에, 툭 불거진 눈, 절뚝거리고 탐욕스럽고 위궤양에 류머티즘을 앓은 늙은 바보와 그렇게 어린 나이에 결혼하다니. 그의 깃발은 정말 언제나 반밖에 못 올라가고, 발기부전인 만큼 질투가 많다고 암고양이가 말합니다. 이런 이내기 그에게서 일지 못하는 것을 다른 사람에게서도 절대 얻지 못하게 하려고 방법만 있다면 세상의 모든 발정을 막으려고 할 거랍니다.

"자기야, 그러면 그 사람을 들이받을 음모를 꾸며볼까?"

싫을 게 없는 그녀는 내게 알려주지요. 성공할 수 있는 가장 좋은 시간은 그가 일주일에 딱 하루, 굶주리는 소작농들에게서 탐욕스럽게 집세를 착취하러 아내와 회계실을 놔두고 말을 타고 시골에 가는 그날이어야 한다고 말입니다. 그때 마님은 믿을 수 없을 만큼 많은 자물쇠와 빗장 뒤에 혼자 남는답니다. 홀로 남지요, 그 늙은 할망구만 빼고요!

아하! 그 할망구가 가장 큰 걸림돌이군요. 철판 안면, 동판 엉덩이에 약 60년의 쓰라린 겨울을 보내면서 공공연하게 남자를 혐오하는 이 노파는 운이 나쁘게도 고양이의 수염을 바라보기만 해도 요란하게 재채기 발작을 일으킵니다. 그러니 이 괭이가 매력을 발휘해 그 사람의 환심을 살 수도 없고, 내 암고양이도 어떻게 할 수가 없네! 그러나, 내가 말하죠, 자기야, 이 난제에 어떻게 내 천재성이 발휘되는지 봐봐…… 이렇게 우리는 먼지 낀 지하 석탄고의 석탄 투입구에서 우리의 가장 달콤한 대화를 편하게 계속합니다. 최소한 그녀는, 내가 편지를 자신에게 살짝 넣어주면 지금까지 접근할 수 없었던 그 미인이 편지를 잘 받도록 주선해주겠다고 약속합니다. 그래서 그걸 곧장 그녀에게 밀어넣어주었지요. 장화 때문에 약간 불편했기는 하지만.

주인님은 편지 쓰는 데 세 시간이 걸렸어요. 내 고추에서 석탄 먼지를 모두 핥아낼 만큼의 시간이었죠. 편지지 반 묶음을 찢어버리고, 열애의 힘으로 펜촉 다섯 개가 갈라집니다. "내 마음이여, 평화를 구하지 마라. 이 아름다운 폭군의 노예가 되었으니, 이 태양의 빛에 눈이 멀고 내 아픔은 달랠 길이 없네." 그게 침대보를 들척이는 데 빠른 길이 아닌데. 그녀에게는 그 사이에 이미 바보가 하나 있다고요!

"진심에서 나오는 말을 하세요." 마침내 내가 타이릅니다. "주인님,

여자란 선교사 기질이 있어요. 그녀의 구멍이 당신을 구원할 것이며 그녀는 당신 거라고 말하세요."

"괜찮아, 충고가 필요하면 그때 해달라고 할게." 주인님은 금세 성을 내며 말합니다. 그러나 마침내 열 페이지를 써냅니다. 난봉꾼, 방탕자, 카드 도박꾼, 마치 구원과도 같은 그녀의 얼굴을 처음 보았을 때 이미 파멸과 멸망에 다가간 파면당한 군인…… 그녀는 그의 천사, 그를 멸망에서 끌어낼 수호천사.

오, 그가 써낸 불후의 명작!

"그 편지를 읽고 마님이 얼마나 눈물을 쏟았는지!" 내 암고양이 친구가 말합니다. "오 나비야(마님은 날 나비라고 불러요), 마님은 흐느끼며 말하더군요. 장화 신은 고양이를 보고 미소지었을 때 순수한 마음에 이런 풍파를 일으킬 줄 몰랐구나! 그리고 편지지를 가슴에 대고 맹세했어요. 자신에게 그런 맹세의 편지를 보낸 것은 선한 영혼이며, 자신은 선을 너무 사랑하기 때문에 그를 거부할 수 없다고 단언했어요. 똑똑한 여자라 이런 말을 덧붙였지요. 그 사람이 나이가 아주 많지도 형편없이 추하지도 않다면 그렇다고요."

답장으로 그 부인이 멋진 쪽지를 보냈어요, 여기도 저기도 있는 피가로 편에. 그녀는 호응하기는 하지만 단호한 어조를 취하는군요. 마님이 말하기를, 사람을 얼핏이라도 한번 보지 못한 채 어떻게 그의 열정에 대해 충분히 논할 수 있냐는 거죠.

주인님은 편지에 한 번, 두 번, 천 번을 입 맞추었어요. 그녀가 날 꼭 봐야겠대! 바로 오늘 저녁 세레나데를 불러줘야지!

황혼이 내리자 우린 광장으로 바삐 갔어요. 칼을 전당 잡히고 사들인 기타를 들고, 역시 사랑에 고민하며 광장에서 떠들고 있는 미치광이 광대에다 바보인 어떤 피에로에게 자신의 금실 박은 조끼를 주고 바꾼, 말하자면 일종의 떠돌이 약장수 옷으로 기이하게 차려입고, 얼굴을 하얗게 만들려고 밀가루 칠까지 해서 이 바보는 상사병에 걸린 상태를 분명히 보여주었지요.

저기 그녀가 있어요. 구름에 둘러싸인 저녁별 같은 그녀. 그러나 광장에는 마차가 삐걱거리고, 노점을 거두어들이면서 와르르 쿵쾅거리고, 발라드 가수가 울부짖고 만병통치약 장수가 웅변을 늘어놓고 심부름꾼 소년들이 부산을 떨어서, 그가 그녀에게 진심을 울부짖어도 ("오, 내 사랑이여!") 꿈에 빠진 그녀는 성당 뒤로 그려진 연극 무대 같은 하늘에 초승달이 떠 있는 허공을 바라보며 앉아 있어요. 그녀도 그림이 된 것처럼요.

그녀가 노래를 들을까?

꾸밈음 하나도 못 들어요.

그를 쳐다볼까?

눈길도 한 번 안 줘요.

"괭이야, 올라가서 이쪽을 바라보라고 말해줘!"

로코코 양식 건물 올라가기는 식은 죽 먹기지만, 그 참하고 우아한 초기 팔라디오풍 건물은 이 시대의 나보다 더 잘난 고양이들을 많이 괴롭혔지요. 팔라디오풍 건물로 말하자면 날쌘 것도 못 당합니다. 무모함만이 승리할 것이며, 1층이 묵직한 여인상 기둥으로 장식되어 있어서 둥글게 튀어나온 옷과 거대한 젖가슴이 처음에 올라가는 것은 돕겠지만 그 머리 위에 있는 도리스식 기둥은 정말이지 전혀 별개의 문제예요. 나의 소중한 암고양이가 내 위에 있는 지붕의 홈통에 앉아 나를 응원하는 것을 보지 못했다면 위로 날아서 뛰어올라, 마치 줄에 매달린 인형처럼 한걸음에 그녀의 창턱으로 용감히 뛰어오르지 못했을 겁니다.

"세상에!" 마님이 이렇게 말하며 펄쩍 뛰었습니다. 그녀를 보니 (아, 감상적인 분 같으니!) 손때 묻은 편지를 움켜쥐고 있더군요. "장화 신은 고양이네!"

나는 공손하게 화려한 몸짓으로 인사를 드립니다. 킁킁 냄새 맡는 소리나 재채기 소리를 듣지 못하다니 행운이네요. 할망구는 어디에? 갑자기 설사가 나서 화장실에 갔답니다. 한시도 지체할 수 없지요.

"아래를 내려다보세요." 내가 속삭였어요. "당신이 아는 그 사람이 아래 숨어 있어요. 큰 모자에 흰옷을 입고 당신께 저녁 노래를 들려드릴 준비가 되어 있답니다."

그때 침실 문이 삐꺽 열리고, 그러자 괭이는 공중으로 휙 날아갑니다. 조심하는 것이 상책이지요. 그리고 사랑하는 두 사람을 위해, 두 사람의 빛나는 눈동자를 보고 영감을 받아 나나 어떤 다른 고양이도, 부츠를 신었건 안 신었건, 지금까지 전혀 시도해보지 않은 일을 했어요. 죽음을 불사하는 3회전 공중제비를!

3층에서 아래로 착지, 게다가 기막힌 강하 동작입니다.

자랑스럽게 말하지만 전 아주 약간만 숨이 차서 네 발로 땅에 매끈하게 착륙했고 암고양이는 열광합니다. 만세! 그러나 주인님은 내 승리의 순간을 보셨을까요? 보긴 뭘 봐. 주인님은 낡은 만돌린을 조율하고 있었고 내가 내려오자 다시 노래를 시작합니다.

보통 때라면 주인님 목소리가 내 목소리처럼 나무 위의 새들을 홀릴 거라고 말하지 않았을 겁니다. 그래도 주인님 노래에 소란이 가라앉고 집으로 가던 행상인들이 가다 말고 서서 귀를 기울이고, 우쭐하던 거리의 소녀들은 날카로운 미소를 잊고 그를 향했으며 나이 든 여자들은 울었어요. 정말로요.

저 지붕 위에 있는 암고양이여, 귀를 쫑긋 세우고 들어봐! 그 노래의 힘을 보니 내 마음이 주인님 목소리에 담겼거든.

이제 마님이 주인님을 내려다보며 미소를 짓는군요. 전에 내게 그랬듯이.

그때 쾅! 가차 없는 손이 겉창을 닫습니다. 마치 모든 꽃장수의 모든 바구니에 든 모든 바이올렛이 일시에 축 처지고 시드는 것 같았죠. 봄이 지나가다 그 길에서 딱 멈춰 서는 것 같았고 다시는 안 올 것 같았어요. 그리고 주인님 노래로 마술처럼 조용해졌던 광장의 모든 소란과 거래가 사랑이 사라지는 냉혹한 소음과 함께 다시 살아났어요.

우리는 우울하게 터벅터벅 걸어가 더러운 시트로 돌아갔고 내가 훔칠 수 있었던 전부인 빵과 치즈만 있는 형편없는 저녁 식사를 했죠. 그러나 이제 그가 이 세상에 존재하고 그리 못생긴 사람이 아니라는 사실을 그녀가 알게 된 이상 이 가여운 영혼은 강한 식욕을 보입니다. 그 운명적인 아침 이후 처음으로 깊이 잠을 자는군요. 그러나 오늘 밤 괭이는 잠이 안 와요. 한밤중 광장을 어슬렁거리며 걸어가서, 암고양이 친구가 벽난로 재 속에서 찾아온 맛있는 절인 대구고기에 대해 얘기하다가 우리 대화는 다른 일로 넘어갑니다.

"쥐!" 그녀가 말합니다. "장화 벗어, 이 촌스러운 바보야. 8센티미터

굽이 내 아랫배 연한 살을 엉망으로 만들잖아."

우리가 좀 정신을 차렸을 때 '쥐'라는 게 무슨 말이냐고 묻자 그녀가 자기의 계략을 내게 펼쳐 보입니다. 주인님이 쥐잡이 행세를 하고, 나는 그의 움직이는 오렌지색 쥐덫으로 행세하면 어떨까. 그래서 그 늙은 바보가 집세를 받으러 가는 날, 마님 침실을 망가뜨리는 쥐들을 죽이러 들어가면 마님이 여유 있게 그 남자를 원하는 대로 만날 수 있어. 왜냐면 할망구가 고양이보다 더 무서워하는 게 있다면 그게 바로 쥐라서 마지막 쥐 한 마리까지 집 안에서 없어지기 전에는 옷장에서 웅크리고 나오지 않을 테니까. 오, 이 암고양이는 머리가 아주 좋군! 나는 그녀의 독창성을 축하하며 머리를 사랑스럽게 톡톡 두드려주고 아침을 먹으러 다시 집으로 갑니다. 여기저기 어디에나 있는 꽹이, 너의 피가로는 누구지?

주인님은 쥐 전략을 칭찬합니다. 그러나 쥐에 대해 말하자면 우선 어떻게 그 집에 쥐가 나타나게 한단 말인가?라고 주인님이 물어보시는군요.

"주인님, 그보다 쉬운 것은 없어요. 재 속에 살고 있는 똑똑한 몸종인 내 공범자는 마님의 행복을 위해서라면 헌신적이기 때문에 자기가 모은 죽은 쥐 여러 마리와 죽어가는 쥐를 몸소 침실 여기저기 흩어놓을 거예요. 그 순진한 사간이 친신과 특히나 그 순진한 마님의 침실에 말이죠. 이 일은 내일 아침 판탈로네* 씨가 집세를 걷으러 나가자마자 실행될 거예요. 다행히 광장에 일감을 기다리는 쥐잡이가 있네요! 할

---

* 이탈리아 희극에 나오는 탐욕스러운 말라깽이 노인으로, 여기서는 판텔레오네와의 철자의 유사성에서 비롯된 해학적 말장난.

망구는 고양이도 쥐도 견딜 수가 없기 때문에 그 쥐잡이(다른 사람이 아닌 바로 주인님 당신)와 용맹한 사냥꾼인 나를 쥐가 출몰하는 곳에 데려가는 일은 마님이 하게 됩니다.

일단 침실에 들어가서 주인님이 할 일을 모르신다면 어떻게 도와드릴 수가 없지요."

"더러운 생각은 너 혼자 해, 이 괭이야."

어떤 일은 극히 신성해서 우스개가 통하지 않나봅니다.

아니나 다를까 다음 날 추운 아침 다섯시 정각에 그 아름다운 마님의 미련퉁이 남편이 집세를 거두어들이려고 감자자루처럼 말 위에 올라타는 것을 내 눈으로 직접 확인합니다. 우리는 광고판을 준비했지요. "푸리오조 씨, 쥐에게는 저승사자." 그리고 짐꾼에게서 빌린 가죽 바지를 입고 가짜 수염까지 붙여서 나도 주인님을 못 알아볼 지경입니다. 주인님은 키스 몇 번으로 하녀를 (가엾게도 속아 넘어가는 여자! 사랑은 부끄러움도 몰라) 구슬렸고, 우리는 그녀가 빌려준 쥐덫을 한 무더기 놓고, 광고판을 들고 겉창 닫힌 창문 아래 자리 잡습니다. 괭이는 겸손하지만 쥐들을 불구대천의 원수로 다루겠다는 각오가 서린 얼굴을 하고 그 위에 걸터앉습니다.

15분도 안 지나서(뭐 그사이에도 쥐들에 시달리는 베르가모 사람들이 우리에게 다가와서 일해달라는 것을 거절하기 쉽지 않았지요) 우렁찬 비명소리와 함께 앞문이 활짝 열렸어요. 혼비백산한 할망구가 움찔하는 푸리오조를 양팔로 껴안았어요. 운 좋게 잘 만났네요! 그러나 내 냄새를 맡자마자 재채기가 터져 나오고, 눈에서 눈물이 줄줄, 콧구멍에서 콧물이 줄줄 흘러서 안에서 일어난 일을 제대로 설명하지도 못했죠. 집쥐가 자기 침대에 죽어 있으니 어쩌니. 그리고 마님 방은 더 심해요!

이리하여 푸리오조 씨와 그의 사냥꾼 꽹이가 여신의 성소로 안내되었고 여신의 감시꾼은 코 하프의 팡파르로 우리의 등장을 알렸어요. 에취이이이!!!

느슨한 아침용 리넨 가운을 입어 귀엽고 상냥한 우리의 천진난만한 여인은 내 장화 굽 울리는 소리에 깜짝 놀랐지만 금세 평정을 찾았고, 씨근거리며 기침하는 할망구는 훌쩍거리며 "이 고양이 어디서 본 것 같은데?"라는 말밖에 하지 못합니다.

"그럴 리가 없어요." 주인님이 말합니다. "뭐, 바로 어제 나와 함께 밀라노에서 왔는데요."

그러니 할망구는 그걸로 만족해야지.

내 암고양이는 바로 계단에 쥐를 늘어놓았어요. 할망구 방은 쥐들의 시체실로 만들어놓았지만 마님 방에는 좀 살아 있는 쥐도 놓았어요. 그녀는 똑똑하게도 잡은 쥐들 몇 마리를 죽이지는 않고 도망만 못 치게 해놓았거든요. 크고 까만 놈이 터키 카펫 위를 기어서 우리 쪽으로 비틀비틀 오기에 꽹이가 와락 덮쳤지요! 소리 지르랴 재채기하랴 할망구는 정말이지 꼴좋은 상태이고, 마님은 최고의 찬사를 받을 만큼 침착하게 평정심을 보이십니다. 아마도 이례적이 뛰어난 젊은 여자라서 무슨 계략이 있다는 것을 이미 냄새 맡은 것 같아요.

주인님은 침대 아래로 기어들어갑니다.

"하느님 맙소사!" 주인님이 소리치네요. "여기 제일 큰 구멍이 있어요. 여기 벽 둘레 판자에, 지금까지 일하면서 본 것 중 제일 큰 겁니다! 그리고 그 뒤에 까만 쥐들이 떼로 모여 있네요. 몰려나오려고 해요! 전투 준비!"

그러나 할망구는 무서운데도 불구하고 쥐 잡는 데 주인님과 나만 두고 가는 것이 꺼려져 은장식된 머리빗과 산호 묵주를 훑어보고, 지껄이고 머뭇거리고 비명을 지르고 중얼거리는데, 점점 심해지는 난리법석 속에서 마님이 그녀를 안심시켜 줍니다.

"내가 여기 남아서 푸리오조 씨가 내 장신구를 가져가지 못하게 지킬게요. 어서 가서 안식향 냄새를 맡으며 진정하고, 내가 부를 때까지 오지 마요."

할망구가 나가자 그 여인은 번개같이 열쇠를 돌려 문을 잠그고 조용히 웃는군요. 나쁜 것 같으니.

무릎에서 먼지를 털어내며 주인님이 천천히 일어섭니다. 주인님은 재빨리 가짜 수염을 떼어냅니다. 이 연인들의 황홀한 첫 만남을 우스꽝스러운 것이 방해해서야 되겠습니까. (불쌍한 양반, 주인님 손이 얼마나 덜덜 떨리는지!)

연인들의 육체에 나타난 영혼을 조금도 숨기지 않는 나와 같은 고양이족의 멋진 알몸 상태에 나는 익숙하지만, 욕망을 느끼고 가식적 옷을 벗어버리기 전, 강렬한 침묵 속에 인간들이 수줍게 머뭇거리는 것을 보면 언제나 약간의 감동을 느낍니다. 먼저 두 사람은 약간 미소를 짓습니다. 마치 아직도 상대방이 애정으로 환영해주는 것을 믿지 못하고 "여기서 만나다니 참 이상해요!"라고 말하는 듯합니다. 내가 헛것을 보았나요? 아니면 정말 주인님 눈초리에 눈물 한 방울이 반짝거리는 건가요? 그러나 상대방에게 먼저 발걸음을 내딛는 사람이 누구인가요? 저런, 여자예요. 남녀 중에서 육체의 달콤한 음악에 더 민감하게 반응하는 쪽은 여성이라고 생각합니다. (난 무슨 멍청한 생각을 하고 있나, 정말! 잠옷을 입고 있는 이 현숙한 여자가, 단순히 그녀의 손에 입 맞추기 위해 당신이 이 거대한 작전을 벌였을 거라 생각한다고?) 그러나, 오, 얼마나 예쁘게 볼을 붉히는지, 뒤로 물러납니다. 이제 에로스의 춤에서 주인님이 두 걸음 앞으로 나아갈 차례입니다.

그러나 좀 더 빨리 춤을 추었으면 좋겠어요. 할망구가 곧 발작 상태에서 회복되어 돌아오면 현장을 들키지 않겠어요?

그때 떨리는 주인님 손이 여자의 가슴으로 갑니다. 처음엔 더 망설이던 마님의 손은 점점 더 분명한 목표를 갖고 주인님의 바지로 손이 갑니다. 이제 그 이상한 얼빠진 상태가 깨지고, 감상적인 수다도 끝나고, 두 사람이 그렇게 목마르게 달려드는 것을 나는 본 적이 없습니다. 마치 손가락이 핑핑 돌듯이 순식간에 상대의 옷을 벗겨내고, 마님이 침대에 누워서 과녁을 보여주자 주인님은 화살을 드러내고 즉시 과녁 중심에 딱 꽂습니다. 브라보! 그 침대가 여태까지 그렇게 격렬하게 흔들린 적은 없습니다. 그리고 달콤하게 목이 메어 중얼거립니다, 불쌍한 양반들! "난 여태까지……" "내 사랑……" "좀 더……" 기타 등등. 가장 까칠한 마음도 녹여버릴 만해.

주인님은 한 번 팔꿈치를 짚고 몸을 들이올려 내게 힐떡거리며 말합니다. "괭이야, 쥐 잡아 죽이는 시늉을 해! 사냥의 여신이 만드는 소음으로 사랑의 여신이 울려내는 음악을 가려봐!"

사냥 갑시다! 나는 충성심에 불타서 암고양이가 죽여놓은 쥐들을 기를 쓰고 잡아들이는 흉내를 내고, 죽어가는 쥐들에게 마지막 일격을 가하고, 몰아붙이는 소리를 크게 지릅니다. 멋있게 절정에 달하며 마님이 더 열정적으로 질러대는 굉장한 신음소리를(누가 상상이나 했겠어요?) 가리기 위해서였죠. (주인님, 만점이에요.)

그때 할망구가 와서 문을 두드립니다. 무슨 일이에요? 왜 이 소란이지? 그리고 문이 삐걱거리며 열립니다.

"안심하세요!" 푸리오조 씨가 소리칩니다. "방금 내가 큰 구멍을 막지 않았나요?"

그러나 마님은 옷을 다시 입느라 서두르지 않습니다. 아주 천천히 시간을 들이네요. 마님의 나른한 사지는 쾌락에 한껏 만족하여 배꼽까지도 미소를 짓는 듯이 보입니다. 마님은 주인님 뺨에 감사의 입맞춤을 예쁘게 하고, 딸기같이 붉은 혀끝으로 가짜 수염 접착 부분에 침을 묻혀서 주인님 윗입술에 다시 붙여줍니다. 그리고 세상에서 가장 겸손하고 흠잡을 데 없는 태도로 그녀의 감시꾼을 이 가짜 아수라장에 들어오게 합니다.

"보세요! 괭이가 쥐를 모두 죽였어요."

나는 야옹거리며 달려가 할망구를 맞이합니다. 금세 그녀 눈에 눈물이 넘쳐흐릅니다.

"침대 이불이 왜 이리 헝클어졌나요?" 아직 눈이 아주 안 보이는 것은 아니라서 할망구가 가래 걸린 소리로 외칩니다. 의심이 많기 때문에 수많은 후보자 중에서 선택된 할망구는 쥐에 대한 강한 공포 가운데서도 (오, 충실하기도 해라) 여전합니다.

"괭이가 바로 이 침대 위에서 지금까지 본 괴수 중 가장 큰 놈과 대판 싸웠어요. 이 시트에 핏자국 안 보이세요? 그럼 푸리오조 씨, 이런 둘도 없는 서비스에 얼마 드리면 되나요?"

"금화 백 냥이오." 제가 쏜살같이 말합니다. 주인님을 가만히 두면 너그러운 바보같이 한푼도 안 받을 거라는 것을 알기 때문이죠.

"그건 우리 집 전체 한 달 생활비야!" 탐욕과 딱 맞는 한패가 울부 짖습니다.

"그만한 가치가 있어요! 그 쥐들이 다 갉아먹어서 집도 절도 없어질 뻔했잖아요." 알고 보니 이 조그만 마님이 강단이 세네요. "자, 내가 알고 있는데 우리 집 생활비에서 조금씩 훔쳐 모은 돈 있지? 그 돈으로 지불해드려."

중얼중얼 불평하지만 하라는 대로 할 수밖에 없지요. 용맹한 주인 님과 나는 죽은 쥐로 가득 찬 빨래 바구니를 기념품으로 받아서 제일 가까운 하수구에 첨벙하고 쏟아버립니다. 그리고 정직하게 제대로 돈을 지불하고 저녁 식사를 합니다. 놀라운 일이죠.

그러나 이 젊은 바보는 또다시 식욕을 잃습니다. 접시를 옆으로 밀어놓고, 웃다가 울다가, 손에 얼굴을 파묻더니 몇 번이나 창가로 가서 그 집 겉창을 바라봅니다. 그 겉창 뒤에서는 주인님 애인이 핏자국을 닦아내고 있고, 내 암고양이는 기진해서 쉬고 있겠지요. 주인님은 잠시 앉아 있다가 몇 글자 쓰더니 종이를 네 쪽으로 찢어서 집어던집니다. 나는 발톱으로 떨어지는 종이 한 조각을 찍어 올립니다. 맙소사, 주인님이 시를 쓰기 시작했어요.

"그녀를 영원히 차지해야겠어." 주인님이 선언합니다.

내 계획이 도로아미타불이 되었군요. 만족시켜주었어도 만족하지 못합니다. 서로의 육체에서 본 영혼이 너무나 끝없는 욕구를 불러일

146

으켜서 한 번 먹는 것으로는 달래기가 어려운가봐요. 나는 궁둥이를 단장하기 시작했어요. 세상사에 골몰할 때 늘 그렇게 하지요.

"그녀 없이 내가 어떻게 살아?"

주인님, 27년 동안 그렇게 살면서 한순간도 그녀를 그리워한 적이 없잖아요.

"난 사랑의 열병으로 불타고 있어!"

그럼 불에 돈 안 써도 되겠네요.

"난 그 남편에게서 그녀를 훔쳐와 나랑 같이 살게 할 거야."

"주인님, 뭘 먹고 사실 건데요?"

"키스." 심란하게 주인님이 말합니다. "포옹으로 살지."

"주인님은 그걸로 살이 안 찝니다. 마님은 그럴 수 있지만요. 결국 먹여 살릴 입이 더 늘어나겠죠."

"괭이야, 가시 돋친 말만 하는 네 입이 지긋지긋하구나." 주인님이 쏘아붙입니다. 그래도 주인님이 단순하고 확실하고 바보 같은 사랑의 말을 늘어놓으니 내 마음이 움직입니다. 게다가 꾀를 써서 주인님이 행복해지게 도울 자가 나 말고 누가 있겠어요? 충성스러운 괭이야, 계략을 써, 계략을!

나는 단장을 마치고 광장을 가로질러, 날카로운 재치와 예쁜 모습으로 여태까지 누구에게도 사로잡힌 적이 없던 내 마음에 딱 꽂힌 매력적인 그녀를 만나러 갔어요. 나를 보더니 따뜻하게 반가워합니다. 그리고 오, 놀라운 소식을 전해줍니다! 황홀하고 사적인 그 소식에 내 마음은 미래에 대한 생각 그리고 네, 아주 가족적인 계획으로 쏠립니다. 마님이 윙크하면서 그녀에게 몰래 갖다준 돼지 족발, 돼지 족발을 통째로 날 위해 남겨두었어요. 성찬입니다! 그걸 씹으면서 나는 생각합니다.

"판탈로네 씨가 집에 있을 때 어떻게 지내는지 자세히 얘기해줘요." 내가 청합니다.

그는 아주 엄격하고 규칙적인 습관을 갖고 있어서 사람들이 성당 시계를 그 사람에게 맞출 정도입니다. 새벽에 일어나서 어젯밤 남은 빵 부스러기와 찬물 한 잔으로 아주 부실하게 아침을 먹습니다. 물 데우는 연료비조차도 아끼는 것이죠. 회계실로 가서 돈을 센 다음 점심에 멀건 죽 한 그릇을 먹지요. 오후에는 고리대금업으로 시간을 보내며, 재미로 또 이익을 남기려고 이곳의 작은 가게 상인을, 저곳의 울부짖는 과부를 망하게 합니다. 저녁은 푸짐하게 네시에 먹습니다. 냄새나는 쇠고기 조각이나 질긴 닭고기가 들어 있는 수프이지요. 그는 정육점 주인과 합의하여 손가락이 들어 있던 파이에 대해 입을 다물어주는 대신 팔리지 않는 재고를 넘겨받기로 한 거죠. 네시 반부터 다섯시 반까지는 겉창을 열고 아내가 밖을 바라보게 해줍니다. 오, 알다시피, 그때 옆에 할망구가 앉아 마님이 아무에게도 미소짓지 못하도록 감시하지요! (오, 그 축복받은 설사, 그런 소중하고 느슨한 순간들이 사건을 일어나게 하죠!)

그녀가 저녁의 공기를 호흡하는 동안 그는 보서 상자의 비단 꾸러미, 너무나 아끼기 때문에 햇빛과도 나눌 수 없는 그 모든 보물을 점검합니다. 그가 그런 즐거움에 빠지는 게 양초 낭비라면, 뭐, 누구라도 한 가지 작은 호사는 누릴 자격이 있는 거죠. 물 한 잔을 더 마시고 하루를 건강하게 마감한 다음, 마님 옆에 누워서 자신의 가장 귀중한 소장품인 그녀를 좀 만져주기로 합니다. 그녀의 가죽을 흔들어보고 옆구리를 찰싹 칩니다. "참 잘 얻었어!" 어이쿠, 정기가 낭비될까봐서 더 하지는 않습니다. 그리고 내일 돈을 벌기를 바라며 죄 없는 잠에 빠져듭니다.

"그자는 얼마나 부자야?"

"재벌이야."

"두 쌍의 연인들을 먹여 살릴 만큼?"

"사치스럽게 살게 해줄 만큼."

촛불을 켜기도 전인 이른 아침, 잠에 취한 눈으로 화장실을 찾아가는 그 노인네가 그림자에 가려진 젊은 암고양이의 거무스름하지만 움직이는 털에 발을 딛는다면······

"자기, 내 생각을 읽고 있네."

주인님에게 말합니다. "자, 의사 가운을 하나 마련하세요. 그게 완벽한 장비에요. 아니면 주인님과 끝장입니다."

"괭이야, 무슨 일이야?"

"내가 말하는 대로 하시고 이유는 알려고 하지 마세요! 이유를 모르면 모를수록 더 좋아요."

그래서 주인님은 할망구가 준 금화 중 몇 푼을 써서 흰 칼라가 달린 검은 가운과 테두리 없는 작은 모자, 검은 가방을 사고, 내 지시를 따라 또 하나의 광고판을 만듭니다. 잘난 체하며 자신이 저명한 의사라고 합니다. "통증 치료, 통증 예방, 뼈 정형, 볼로냐 대학 졸업생, 뛰어난 명의." 주인님이 알려고 안달입니다. 침실에 또 한 번 들이려고 마님이 아픈 척하려는 거냐?

"그녀를 두 팔로 안고 창문에서 뛰어내릴래. 우리도 사랑의 3회전을 할 거야."

"주인님 할 일이나 신경 쓰시고, 난 내 방식대로 주인님을 위해 일하게 해주세요."

또 한 번의 으스스한 안개 낀 아침! 여기 언덕에서는 언젠가 날씨가 바뀌기나 하려나? 아주 차갑고 음울합니다. 그러나 주인님이 검은 가운을 입고 설교라도 할 듯이 엄숙하게 서 계시고, 시장 사람들의 절반이 기침, 종기, 다친 머리 때문에 몰려듭니다. 나는 내가 선견지명으로 주인님 가방에 넣어둔 고약이나 색색의 물약 병을 나누어주고 주인님도 바쁘게 팔고 있습니다. (누가 압니까? 지금 하려는 계획이 잘못되면 앞으로 해볼 수 있는 수지맞는 직업을 찾은 것인지도 모르죠.)

새벽이 약하지만 눈부신 햇살을 성당을 지나 쏘아올리고 성당 시계가 여섯시를 울립니다. 마지막 종소리에 그 유명한 집의 문이 다시 한 번 활짝 열리고— 아아아아이고! 할망구가 찢어지게 비명을 지릅니다.

"오, 의사 선생님, 오, 의사 선생님, 빨리 와주세요. 우리 주인님이 안타깝게도 굴러떨어지셨어요."

세상이 떠나가려고 으르렁고 할망구는 의사의 그수기 이주 빽빽 요긴한 털로 뒤덮였고 수염이 난 것도 못 봅니다.

그 늙은 멍청이는 계단 아래 납작 엎드려 있어요. 머리는 안 나을 것처럼 확 꺾여 있고 커다란 열쇠 꾸러미는 아직도 오른손에 들려 있어요. "여행갈 때 필요"라고 표시되어 마치 천국에 가는 열쇠라도 되는 듯 말이죠. 그리고 마님은 가운을 입고 아주 걱정에 잠긴 듯 남편을 굽어보고 있어요.

"낙상이에요……" 의사를 보고 이렇게 말을 시작하다가, 입에 늘 걸려 있는 미소를 최대한 누르고 적당하게 우울한 표정을 하고서 주인님의 장사 밑천을 등에 메고 외과의사처럼 흠흠거리는 팽이를 보더니 말을 딱 멈춥니다. "또 너야"라고 말하더니 낄낄거리는 웃음을 참지 못합니다. 그러나 용은 우느라고 듣지도 못합니다.

주인님은 노인네 가슴에 귀를 대더니 슬프게 고개를 흔듭니다. 그리고 호주머니에서 거울을 꺼내 노인네 입에 갖다댑니다. 거울을 흐리게 하는 숨결이 전혀 없습니다. 오, 슬프다! 오, 애통하다!

"돌아가셨나요?" 할망구가 흐느낍니다. "목이 부러진 건가요, 그래요?"

그러더니 아주 슬픔에 잠긴 척하면서도 영악하게 열쇠를 슬쩍 움켜쥡니다. 그러나 마님이 할망구 손을 탁 치니 물러납니다.

"좀 편한 침대로 옮깁시다." 주인님이 말합니다.

주인님은 시체를 들어올려 우리가 너무도 잘 아는 그 방으로 옮기고는 판탈로네 씨를 내려놓고 눈꺼풀을 뒤집어보고 무릎 뼈를 두드려보고 맥박을 짚어봅니다.

"돌아가셨어요." 주인님이 선고합니다. "필요하신 건 의사가 아니라 장의사입니다."

마님은 아주 예를 갖추어 적절하게 손수건을 눈에 대고 누릅니다.

"뛰어가서 장의사를 데려와요." 마님이 할망구에게 말합니다. "그러고 나서 유언장을 읽겠어. 충성스러운 하인이었던 당신을 잊었을 거라고 생각하지 마. 오, 세상에."

이렇게 할망구가 나갑니다. 그녀만큼 여러 번 크리스마스를 보낸
여자가 그렇게 빨리 달려가는 것을 본 적이 없을 겁니다. 둘만 남게
되자마자 이번에는 시간 낭비가 없습니다. 침대에 사람이 있으니 당
장 카펫에 누워 맹렬하게 열중합니다. 위아래로 위아래로 주인님 엉
덩이가 움직이고, 들락날락 들락날락 마님 다리가 움직입니다. 그리
고 마님이 주인님을 들어올려 눕히더니 이번에는 마님이 허리를 돌릴
차례입니다. 마님은 멈추지 않을 것 같더군요.

언제나 점잖은 팽이는 겉창 고리를 풀어 창문을 열고 아름답게 시
작하는 아침을 맞아들입니다. 그리고 그 상쾌하고 향기로운 공기 속
에서 민감한 코는 처음으로 봄이 오는 기미를 포착합니다. 잠시 후 내
사랑하는 친구가 내게로 옵니다. 지금까지 그리도 탄력적이고 사뿐사
뿐 걷던 그녀가 이제는 **배가 나온 듯** 참하게 걷는 모습을 벌써 알아봅
니다, 아니면 내가 즐거운 상상을 하는 것뿐인가요? 우리는 두 명의
요정, 집의 수호신처럼 거기 창턱에 앉았지요. 아, 팽이야, 너의 유랑
하던 시절은 지나갔구나. 나는 이제 난롯가 고양이, 뚱뚱하고 안락한
쿠션 고양이가 되어, 더 이상 달을 보고 노래하지 않고, 우리 둘이, 그
녀와 내가 그렇게 값지게 거두어들인 가정의 즐거움을 맛보며 정착할
것입니다

주인님과 마님의 황홀한 외침 소리가 이 즐거운 꿈에서 나를 깨웁
니다.

물론 할망구는 이 황당하지만 다정한 순간을 택해서 장의사와 돌아
옵니다. 시폰 모자를 쓴 장의사는, 바퀴벌레처럼 새카맣고 법집행관

처럼 엄숙한 벙어리 두 명의 어깨에 시체를 넣어가기 위한 참나무 관을 메고 왔습니다. 그러나 눈앞에 펼쳐진 예상치 못한 광경에 그들은 소리 지르며 응원했고, 주인님과 마님은 잘한다는 외침과 우레 같은 박수소리 속에 애정의 막간극을 마감합니다.

그러나 할망구는 얼마나 야단법석을 떠는지요! 경찰 불러, 살인이야, 도둑이야! 주인님이 팁으로 금화 한주머니를 다시 던져주니 조용해집니다. (그 와중에서도 나는 마님이 알몸 상태에도 불구하고 정신을 차려 남편의 열쇠 꾸러미를 붙잡고 그 말라빠진 차가운 손아귀에서 잡아채내는 것을 바라봅니다. 일단 열쇠를 확보했으니 그녀가 이 모든 것의 주인이지요.)

"자, 이젠 말도 안 되는 소리 하지 마!" 마님은 할망구에게 쏘아붙입니다. "여기서 내가 당신을 내보내면 당신은 지금 당장 가져갈 수 있는 두둑한 선물을 받게 될 거야." 열쇠를 흔들어 보입니다. "난 돈 많은 과부이고, 여기 이 젊은 양반은—옷은 다 벗었으나 행복에 찬 주인님을 가리키며—나의 두번째 남편이 되실 분이야."

판텔레오네 씨가 정말 유언장에서 그녀를 기억하고, 그가 아침에 물 마시던 컵을 자기에게 남겨주었다는 것을 알게 된 사감 선생은 더 이상 찍소리 못하고 감사하며 두둑한 돈을 받아 주머니에 넣고, 재채기를 하면서, 더 이상 '살인'이라는 소리도 하지 않고 물러났어요. 그 늙은 광대는 신속히 관에 담겨 매장되었지요. 주인님은 굉장한 재산을 갖게 되었으며 마님은 이미 배가 불러오고 있고, 두 사람은 아주 행복합니다.

그러나 나의 암고양이는 마님을 앞지릅니다. 고양이는 새끼 낳는 데 시간이 많이 걸리지 않기 때문이지요. 새하얀 발과 가슴팍을 갖추고 태어난 세 마리의 잘생긴 황갈색 고양이 새끼들은 크림에 뛰어들거나 마님의 뜨개실을 엉키게 하여, 어미나 자랑스러워하는 아비의 얼굴뿐 아니라 모든 이들의 얼굴이 미소짓게 합니다. 암고양이와 나는 하루종일, 그것도 진심 어린 미소를 짓고 있지요.

그러니 원하신다면 모든 부인들이 부유하고 아름답기를 빕니다. 그리고 원하신다면 모든 남편들이 젊고 건장하기를 빕니다. 그리고 여러분의 고양이들이 모두 꾀 많고 총명하고 수완이 좋기를 바랍니다.

장화 신은 괭이처럼요.

마왕

그날 오후 햇빛의 명도와 채도는 그 자체로 충분했다. 완벽하게 투명한 빛은 뚫고 들어갈 수가 없다. 비를 가득 머금은 잿빛 구름으로 내려앉은 하늘의 레몬색 틈새로 걸러져 새어 내려오는 수직의 청동색 빛줄기들. 그 빛이 니코틴색 물든 손가락으로 숲을 내리치자, 잎사귀들이 반짝였다. 시든 블랙베리가 빛바랜 딸기나무에 음울한 유령처럼 매달려 있는 10월 말의 어느 추운 날. 발밑에는 바싹 마른 너도밤나무 열매 쭉정이와 도토리깍정이가 떨어져 있었다. 죽은 고사리가 적갈색 진흙이 된 곳에. 그곳에는 추분(秋分)의 비가 땅에 흠뻑 스며들어가서 냉기가 신발 바닥을 뚫고 올라왔다. 다가오는 겨울의 그 냉기는 배를 꽉 잡아 비트는 것 같은 찌르르한 차가움이다. 앙상한 딱총나무는 거식증에 걸린 모습이다. 가을 숲에는 미소를 짓게 할 만한 것이 별로 없지만 그래도 아직 일 년 중 가장 슬픈 때는, 아직 그때는 아니다. 다만 이제 곧 모든 존재가 멈출 것이라는 느낌이 서려 있다. 해(年)는 계절이 바뀌면서 내면으로 향한다. 내성적 날씨, 병실 같은 정적.

숲은 둘러싼다. 숲의 첫 나무들 사이로 발을 들여놓으면 더 이상 열린 공간은 보이지 않는다. 나무가 존재를 삼켜버린다. 숲에는 더 이상 길이 없고, 숲은 원래의 내밀한 상태로 돌아가 있다. 일단 숲 속에 들어가면 숲이 다시 나가게 해줄 때까지 거기에 머물러야 한다. 왜냐면 빈틈없이 안전하게 안내해줄 표지가 하나도 없기 때문이다. 수년 전에 밟아서 생겼던 길에는 풀이 자라고, 이제는 토끼와 여우가 알 수 없는 미로 같은 길로 돌아다니고, 여기에 아무도 오지 않는다. 나무들이 흔들리며 내는 소리는 숲 속에서 길 잃은 여자들이 절망에 빠져 이리저리 나갈 길을 찾아 헤맬 때 그 여자들이 입은 뻣뻣한 비단 치마에서 나는 소리 같다. 공중제비하는 까마귀들은 자기네가 지어놓은 둥지가 엉겨 붙은 느릅나무 가지에서 술래잡기를 하면서 가끔 시끄럽게 울어댄다. 부드러운 늪으로 둘러싸인 작은 시냇물이 숲 속을 흘러가지만 계절이 계절인지라 느릿느릿해졌다. 소리 없이 흐르던 거무스름한 물은 이제 두껍게 얼어간다. 모두 멈출 것이고 모두 시들 것이다.

한 어린 소녀가 할머니 집에 가는 빨간 망토 소녀처럼 마음 놓고 숲에 들어갈 것이다. 그러나 이 빛 때문에 여기에는 에메모호함이 없다. 숲 속의 모든 것이 보이는 그대로이기 때문에 여기서 소녀는 자신이 만들어낸 환상에 갇힐 것이다.

숲은 상자 안에 또 상자가 겹겹이 들어 있는 장난감처럼 둘러싸고 또 둘러싼다. 숲 속 침입자에게 가까이 보이는 경치는 계속 바뀌었고,

이 가상의 여행자가 저만큼 가면 되겠지 하는 곳으로 걸어가도 그곳은 앞에서 계속 멀어져갔다. 이 숲 속에서는 길을 잃기 쉽다.

조용한 공기 속에서 두 음표로 된 새 소리가 울린다. 마치 나의 소녀답고 달콤한 외로움이 소리가 되어 울리는 듯하다. 덤불에는 안개가 허옇게 엉켜서, 낮은 나뭇가지와 관목 숲에 솜처럼 걸려 있는 겨우살이 이끼 뭉치를 닮았다. 요정의 과일처럼 잘 익어 맛있는 빨간 딸기 송이들, 또는 산사나무에 매달린 마술 걸린 열매들, 그러나 시든 풀밭은 말라가고 물러간다. 고사리는 100개의 돌기를 하나씩 도르르 말아 땅으로 다시 말려 들어갔다. 나무들은 내 머리 위에 반쯤 잎이 떨어진 가지들을 실뜨기하듯이 얽어놓아서 그물 집에 들어가 있는 것 같았고, 언제나 누가 왔다고 알려주는 (그때 그걸 알았더라면 좋았을 것을) 차가운 바람이 내 주위에 가볍게 불었지만, 나는 숲 속에는 나 말고 아무도 없다고 생각했다.

마왕은 네게 커다란 해를 끼칠 거야.

이제 찢어지듯 날카로운 새 부르는 소리가 다시 울렸다. 마지막으로 살아남은 새의 목에서 울려 나오는 것처럼 처량했다. 저무는 한 해의 모든 우울함이 깃든 그 소리는 내 마음에 곧장 파고들었다.

나는 숲 속으로 계속 걸어가서 모든 전망이 모이는 어두컴컴한 빈 터에 도착했다. 그곳에 있는 것들을 보는 순간, 내가 숲에 첫발을 디딘 때부터 그들이 나를 기다리고 있었다는 것을 금세 알게 되었다. 야생 생물은 시간이 많기 때문에 한없는 인내심을 갖고 있지 않은가.

그곳은 새나 짐승이 꽃처럼 이루어진 정원이었다. 연한 잿빛 비둘기, 자그마한 굴뚝새, 점박이 개똥지빠귀, 황갈색 가슴을 가진 울새,

에나멜가죽처럼 빛나는 투구머리 까마귀, 황갈색 부리의 찌르레기, 들쥐, 뒤쥐, 개똥지빠귀, 등 뒤에 스푼 같은 두 귀를 늘어뜨리고 그의 발밑에 웅크린 작은 갈색 토끼들. 커다란 뒷발을 디디고 서서 코를 찡긋거리는 마르고 키가 크고 불그레한 산토끼 한 마리. 뾰족한 주둥이의 야생 여우는 그의 무릎에 머리를 얹었다. 주홍색 마가목 기둥에는 다람쥐가 매달려 그를 바라보고 있다. 그를 바라보려고 가시 풀숲에서 빛나는 목을 우아하게 내민 장끼 한 마리. 기이할 정도로 새하얀 염소가 있었는데, 눈으로 만든 염소처럼 빛났으며 순한 눈을 돌려 나를 보고는 부드럽게 매애 울어 내가 온 것을 그에게 알렸다.

그는 미소짓는다. 새 부르는 딱총나무 피리를 내려놓는다. 그는 한번 잡으면 절대 놓지 않는 손으로 나를 붙잡는다.

그의 눈은 숲을 너무 많이 봐서인지 거의 초록색이다.

너를 잡아먹는 눈도 있단다.

마왕은 숲 한가운데 방 한 칸짜리 집에서 홀로 산다. 그의 집은 나뭇가지와 돌로 만들어졌고 노란 이끼가 가죽같이 덮여 있다. 이끼 긴 지붕에는 풀과 잡초가 자란다. 부러진 가지를 잘라 불을 때고 샘에서 양철통으로 물을 길어온다.

그는 무엇을 먹고사나? 숲에 먹을 것이 얼마나 많다고! 쐐기풀 스튜, 육두구 가루를 뿌린 맛있는 별꽃 범벅. 그는 냉이를 마치 양배추인 양 요리한다. 그는 주름 잡힌 버섯, 얼룩진 버섯, 썩은 버섯 중에서 어느 것이 식용인지를 알고 있다. 그는 버섯이 얼마나 무섭게 솟아나는지, 빛이 없는 곳에서 밤사이에 죽은 것들 위에서 솟아나 얼마나 잘 자라나는지 잘 안다. 소 내장처럼 우유와 양파를 넣고 요리하는 수수

한 모양의 민자주방망이버섯이나, 부채처럼 벌어지고 약간 살구 냄새가 나는 난황색 살구버섯, 이 모든 것이 땅에서 올라오는 거품처럼 밤새 솟아나기 때문에, 자연에서 생겨난 것이 아니라 허공에 존재하는 것처럼 보인다. 나는 그도 마찬가지라고 믿는다. 그는 숲의 욕망에 의해 생겨난 것이다.

그는 아침에 나가서 자연의 것이 아닌 듯한 이 보물들을 거둬들인다. 비둘기 알을 다루듯 아주 조심스럽게 다루어 그가 고리버들로 엮어 만든 바구니에 넣는다. 그는 민들레로 샐러드를 만들어서 '건달 파이프'나 '오줌싸개' 같은 상스러운 이름을 붙이고, 몇 장의 야생 딸기 잎사귀로 맛을 내지만 나무딸기에는 손도 안 댄다. 그가 말하기를 악마가 미카엘 축일날 나무딸기에 침을 뱉는단다.

그의 암염소는 허연 색깔인데 우유를 풍부하게 제공해서, 그걸로 독특하고 고약하고 톡 쏘는 맛이 나는 연성치즈를 만들 수 있다. 가끔 올가미로 토끼를 잡아 야생 마늘로 양념한 수프나 스튜를 만든다. 그는 숲과 그 안에 사는 생물에 대해 속속들이 알고 있다. 그는 내게 풀뱀에 대해 얘기해주었다. 늙은 뱀들이 위험을 감지하면 입을 크게 벌리고, 가늘고 작은 뱀들은 늙은 뱀의 목 속으로 숨어들어 있다가 공포가 사라지면 다시 나와서 평상시처럼 돌아다닌단다. 여름에 시냇가의 눈동의나물 사이에 웅크리고 앉아 있는 현명한 두꺼비는 머리에 아주 귀한 보석을 가지고 있다고 했다. 부엉이는 빵가게 주인 딸이었다고 말하며 그는 내게 미소를 지었다. 그는 갈대로 돗자리를 엮고, 고리버들 줄기로 바구니를 만들고 지저귀는 새들을 가두어놓는 작은 새장을 만드는 방법을 보여주었다.

이 새장 저 새장에서 흘러나오는 종달새와 홍방울새 등의 노랫소리로 그의 부엌은 들썩거린다. 그는 새장들을 벽에 줄줄이 포개놓는다. 벽면 가득 잡혀 있는 새들. 야생 새들을 새장에 가두다니 얼마나 잔인한 짓인가! 내가 그 말을 하니 그가 웃는다. 하얗고 뾰족한 이, 침이 묻어 반짝이는 이를 내보이며 웃는다.

그는 살림살이를 아주 잘한다. 그의 시골집은 아주 깔끔하다. 잘 문질러 닦은 냄비와 프라이팬을 나란히 화덕 위에 걸어놓아서 윤나는 한 쌍의 구두처럼 보인다. 화덕 위에는 말린 버섯 묶음이 걸려 있는데, 목이버섯이라고 불리는 얇고 쪼글쪼글한 버섯으로 유다가 딱총나무에 목매달아 죽은 후 그 나무에서 자라기 시작한 버섯이다. 그는 내게 이런 종류의 전설을 얘기해주며 그 말을 거반 믿도록 꼬드긴다. 그는 약초들도 말리려고 묶어 매달아놓았다—백리향, 마저럼, 샐비어, 마편초, 개사철쑥, 서양톱풀. 그 방은 음악소리가 울리며 향기롭고, 벽난로 연료받이 안에는 언제나 장작불이 우지직 딱딱 타오르며 구수하고 매운 연기와 밝고 번득이는 불꽃을 피워 올린다. 그러나 새들 옆 벽에 걸려 있는 낡은 바이올린은 줄이 모두 끊어져 곡조가 나오지 않는다.

이제, 서리가 덤불에 번쩍거리는 손자국을 낸 아침에, 아니면 그보다는 뜸하기만 더 미웁시 끓어 치기운 어둠이 내려오는 저녁에 산책을 나갈 때면 나는 언제나 마왕에게로 간다. 그러면 그는 부스럭거리는 잎사귀로 만든 그의 침대에 나를 눕히고 나는 그의 거대한 손에 몸을 맡긴다.

그는 육체의 가치가 사랑이라는 것을 보여준 다정한 백정이다. 토끼 가죽을 벗겨라, 그가 말한다! 내 옷이 모두 벗겨진다.

그가 마른 잎 색깔인 머리카락을 빗으면 머리에서 마른 잎들이 떨어지고, 마치 그가 나무인 것처럼 부스럭거리면서 땅에 떨어진다. 그리고 비둘기가 가볍게 퍼덕이며 구구거리며 와서 어깨에 내려앉기를 원할 때 그는 나무처럼 가만히 서 있을 수 있다. 그 어리석고 통통하고 의심할 줄 모르는 새들은 목에 예쁜 결혼반지 같은 고리를 두르고 있다. 그는 딱총나무 가지로 휘파람소리를 낸다. 그게 바로 공중에서 새들을 불러 모을 때 그가 쓰는 방법이다. 새들이 몰려오고, 그는 그중 가장 노래 잘하는 새들을 우리에 가두어둔다.

바람이 어두운 숲을 흔든다. 덤불 속으로 불어간다. 묘지 위에서 불어오는 약간의 찬바람이 언제나 그를 따라간다. 그 바람에 내 뒷목의 머리카락이 곤두서지만 나는 그가 무섭지 않다. 단지 현기증, 그가 나를 잡을 때 느껴지는 현기증이 두려울 뿐이다. 쓰러지는 것이 두렵다.

마왕이 손수건 안에 바람을 잡아넣고 못 나가게 손수건 끝을 묶을 때 새가 허공에서 떨어지는 것처럼 쓰러진다. 그때는 공기의 흐름이 더 이상 새들을 지탱해주지 않아서 피할 수 없는 중력 때문에 새들이 떨어진다. 마치 내가 그에게 쓰러지듯이. 내가 더 아래로 쓰러지지 않는 것은 오로지 그가 내게 친절하기 때문이라는 것을 알고 있다. 지난여름에 떨어진 잎과 풀들이 연약한 솜털처럼 덮여 있는 땅은 오로지 그와 같은 패이기 때문에 날 받쳐준다. 왜냐하면 그의 살은 그 잎들과 같은 물질로 되어 있는데, 그 잎들이 천천히 흙으로 변하고 있기 때문이다.

그는 내년에 자라날 식물의 모판에 날 밀어넣을 수도 있다. 내가 다시 돌아오려면 그가 나를 어둠 속에서 휘파람으로 불러낼 때까지 기다려야 한다.

그래도 그가 새 부르는 피리로 두 개의 음을 분명하게 울려내면 나는 그에게 온다. 안심하고 그의 구부린 손목에 내려앉는 여느 새처럼.

마왕은 담쟁이 덮인 그루터기에 앉아서 온음계로 숲 속의 모든 새를 다 불러 모으고 있었다. 하나는 올라가는 음, 하나는 내려가는 음. 달콤하면서도 찌르는 듯한 음이 울리니 부드럽게 찍찍거리는 새들이 그곳으로 몰려 내려왔다. 빈터에는 마른 잎이 어지럽게 흩어져 있었다. 어떤 것은 꿀빛, 어떤 것은 잿빛, 어떤 것은 흙빛이었다. 그는 정말 그곳의 신령으로 보였기 때문에 여우가 겁 없이 그의 무릎에 주둥이를 얹어놓은 것을 보고도 나는 놀라지 않았다. 황혼 녘의 갈색 햇빛은 축축하고 묵직한 흙에 스며들어갔다. 온통 조용하고, 온통 고요했으며, 다가오는 밤의 서늘한 냄새. 첫 빗방울이 떨어졌다. 숲에는 그의 집 외에는 피난처가 없었다.

그런 연유로 내가 새가 우글거리는 마왕의 외딴집으로 들어가게 된 것이다. 그는 깃털 달린 것들을 고리버들로 엮은 우리 안에 넣어두고, 새들은 거기 앉아서 그를 위해 노래를 부른다.

우리는 이 빠진 양철 잔으로 염소젖을 마시고, 그가 화덕에 구운 귀리 비스킷을 먹을 것이다. 지붕에 비가 후드득 떨어지는 소리. 문고리가 철컥한다. 우리는 단둘이 방 안에 갇혀 있다. 작은 불꽃이 떨며 타오르는 장작 냄새로 상쾌한 갈색 방. 나는 삐걱거리는 마왕의 밀짚 매트리스 위에 눕는다. 그의 피부는 색깔과 촉감이 사워크림 같고, 젖꼭지는 익은 열매처럼 딴딴하고 적갈색이다. 가지 하나에 꽃과 열매가 동시에 열리는 나무처럼 그는 얼마나 기분 좋고 아름다운가.

그리고 이제—아야! 물속처럼 깊은 키스 속에서 당신의 날카로운 이빨이 느껴져요. 추분의 돌풍이 앙상한 느릅나무를 휘어잡아 미친 듯이 춤추는 사람처럼 휙휙 돌게 하는군요. 당신의 이빨이 내 목을 파고 들어와 비명을 지르게 합니다.

빈터 위에 떠 있는 하얀 달이 우리가 껴안고 있는 모습을 한 장의 그림같이 차갑게 비춘다. 나는 얼마나 달콤하게 헤맸나, 아니 예전에는 얼마나 헤매고 다녔던가? 한때 나는 여름 초원의 완벽한 아이였다. 그러나 한 해가 기울면서 빛이 맑아졌고, 가지에 새가 앉아 있는 나무처럼 키가 크고 마른 마왕을 보았으며, 그는 초인적인 음악의 마술 올가미로 나를 끌어당겼다.

내가 당신의 머리카락으로 저 낡은 바이올린에 줄을 매면, 우리는 지친 햇빛이 나무 사이에서 비틀거릴 때 그 음악에 맞추어 왈츠를 출 수 있을 거예요. 우리는 훨씬 더 나은 음악이 있어야 해요. 당신이 꾀어들인 새들의 무게로 지붕이 삐걱거리는 가운데 우리가 나뭇잎 아래에서 당신의 신비한 작업에 열중하는 동안 당신의 예쁜 새장에 층층이 들어 있는 종달새들이 부르는 시끄러운 결혼 축가보다 더 나은 음악이.

그는 내 옷을 다 벗겨서 알몸이 되게 한다. 연자줏빛 속살, 진주 같은 광택, 마치 가죽 벗긴 토끼 같다. 그리고 포옹으로 나를 다시 입히는데 너무나 맑고 폭 감싸는 포옹이라서 마치 물로 만들어진 것 같다. 그러고는 내가 시냇물로 변하기라도 한 양 내 위에 마른 잎을 흩뿌린다.

가끔 새들이 노래하다가 우연히 화음을 울린다.

그의 피부가 나를 온통 감싸서 우리는 한 깍지에 들어 있는 씨앗의 반쪽들 같다. 내가 아주 작아졌으면 좋겠어요. 당신이 나를 삼킬 수 있게요. 알곡이나 참깨 씨앗을 삼키면 임신이 된다는 옛날이야기 속 여왕처럼요. 그러면 내가 당신 몸 안에 들어가고 당신이 날 잉태할 거예요.

촛불이 펄럭거리더니 꺼진다. 그의 손길은 날 위로하기도 하고 절망하게도 한다. 나는 내 심장이 뛰는 것과 시드는 것을 느낀다. 내가 요란한 침상 위에 돌멩이처럼 알몸으로 있을 때 아름다운 달밤은 창문을 미끄러져 지나가며, 예쁜 새들을 가둘 새장을 만드는 이 순진한 사람의 옆구리를 얼룩얼룩 비춘다. 날 먹고 마셔요. 목마르고 병에 걸리고 요정에 홀린 나는 그에게 다시 돌아가 그의 손가락이 나의 누더기 같은 피부를 벗겨내고 그가 물로 만든 옷을 내게 입히게 한다. 이 옷은 날 흠뻑 적시고, 미끌미끌한 냄새가 나고 날 물에 빠져 죽게 할 수도 있다.

이제 까마귀들은 날개에서 겨울을 떨어뜨리고, 울음소리로 가장 혹독한 계절을 불러온다.

점점 추워진다. 나무에는 잎이 거의 남지 않았고 새들은 점점 더 많이 그에게로 몰려온다. 이 험한 날씨에는 먹이기 없기 때문이다. 지빠귀와 개똥지빠귀는 울타리 아래에서 달팽이를 찾아 돌 위에서 껍질을 깨야 한다. 그러나 마왕은 새들에게 알곡을 주고, 그가 새들에게 휘파람을 불면 깃털 달린 눈같이 부드럽게 내려와 그를 덮어버리는 새들 때문에 순식간에 그가 안 보인다. 그는 내게 요정의 과일 잔치를 베풀어준다. 기막히게 즙이 많은 과일. 나는 그의 몸 위에 누워 불에서 나온 빛이 그의 눈에 있는 검은 소용돌이 안으로 빨려 들어가는 것을 본다. 거기 한가운데 빛이 없는 그곳, 그게 내게 엄청난 힘을 발휘하여 나를 안으로 끌어들인다.

사과 같은 초록색 눈. 소돔의 사과*와 같은 초록색.

바람이 일어서, 특이하게 거칠고 낮고 휘몰아치는 소리를 낸다.

당신 눈은 참 크군요. 비할 데 없이 밝은 눈. 늑대인간의 눈에서 나오는 신비한 형광빛. 당신의 차가운 초록색 눈이 그 빛을 반사하는 나의 얼굴에 집중되어 있어요. 초록색 호박 액체처럼 방부제로서, 그 눈이 날 포착합니다. 바다가 발트 지역을 뒤덮기 전 송진에 발이 붙어버린 불쌍한 개미나 파리처럼 내가 그 눈 안에 영원히 갇힐까봐 두려워요. 그는 새 노래의 얼레로 나를 그의 눈의 원 안에 감아들인다. 당신 양쪽 눈 모두 한가운데에 블랙홀이 있어요. 그 고요한 중심, 거길 바라보면 어지러워요. 그 안으로 떨어질 것처럼.

당신의 초록색 눈은 작아지는 방이군요. 거길 오래 쳐다보면 그 눈에 비친 나만큼 내가 작아지고, 점으로 줄어들어 사라질 거예요. 저 검은 소용돌이 속으로 빨려 들어가서 당신에게 먹힐 거예요. 나는 아주 작아져서 당신이 나를 고리버들 새장에 넣을 수 있을 것이고 내가 자유를 잃어버린 것을 비웃을 거예요. 나를 넣으려고 당신이 엮어 만드는 그 새장을 보았어요. 아주 예쁜 새장이고, 다른 노래하는 새들처럼 나는 이제부터 거기에 앉겠지요. 그러나 나는—나는 분풀이로 병

---

* 겉보기에는 아름다우나 한 번 만지기만 하면 재가 된다고 한다.

어리가 될래요.

마왕이 내게 무슨 일을 하려는지 깨달았을 때 너무나 공포에 질린 나머지 어떻게 해야 할지 몰랐다. 나는 그를 진심으로 사랑했기 때문이다. 그래도 그가 새장에 가둔 노래꾼 축에 들어가기는 싫었다. 비록 그가 그들을 사랑으로 돌보고 매일 깨끗한 물도 주고 잘 먹여주지만 말이다. 그의 포옹은 유혹적이었지만, 오 그러나 그 자체로 엮이면 덫이 되는 나뭇가지였다. 하지만 그는 순진한 사람이었으므로 자신이 내게는 죽음이 될 수도 있다는 것을 전혀 몰랐다. 그러나 나는 마왕을 본 처음 순간부터 그가 내게 큰 해를 끼칠 것이라는 것을 알았다.

벽에 걸린 낡은 바이올린 옆에 활이 있었지만 줄이 모두 끊어져서 연주할 수가 없다. 다시 줄을 맨다면 그걸로 어떤 곡을 연주할 수 있는지 모른다. 글쎄, 어리석은 처녀를 위한 자장가. 이제 보니 새들은 노래하지 않고 소리를 지를 뿐이다. 숲을 빠져나갈 길을 찾을 수 없고, 썩은 웅덩이 같은 그의 보살핌 안에 잠기게 되자 살이 말랐으며, 이제는 새장에서만 살아야 하기 때문이다.

그는 가끔 내 허벅지에 머리를 올리고 그의 아름다운 머리를 빗질해달라고 내게 맡긴다. 그의 머리에서 빠진 머리카락들은 숲 속 모든 나무의 잎사귀들이며 내 발 주위로 메마르게 우수수 떨어진다. 그의 머리카락이 내 무릎에 떨어진다 붉꽃을 내며 타오르는 난로 안에 꿈결 같은 침묵이 흐르는데 그는 내 발치에 누워 있고, 나는 그의 나른한 머리카락에서 마른 잎사귀들을 빗어낸다. 울새가 짚으로 엮은 이엉 위에 올해도 또다시 둥지를 지었다. 타지 않은 장작 위에 자리 잡고 부리를 닦더니 깃털을 세운다. 그 새의 노래에는 달콤한 슬픔과 어떤 우수가 깃들어 있다. 한 해가 기울었기 때문이다. 마왕이 그 새의 가슴에서 심장을 도려내서 상처가 생겼음에도 여전히 인간의 친구인 울새.

내 무릎에 머리를 올려놓아 당신 눈에 있는 내면으로 향하는 초록색 태양이 더 이상 안 보이게 해주세요.

내 손이 떨린다.

그가 절반은 꿈꾸고 절반은 깨어 있는 상태로 누워 있을 때, 나는 그의 부스럭거리는 머리카락을 크게 두 움큼 뽑아서, 그가 깨지 않도록 아주 부드럽게 그 머리카락을 꼬아 줄을 만들 것이다. 그리고 빗방울처럼 부드러운 손으로 그 밧줄을 써서 그의 목을 조를 것이다.

그러고 나서 그녀는 모든 새장을 열고 새들을 풀어줄 것이다. 그들은 어린 소녀들로 다시 변할 것이고, 모두 목에 그가 애정의 표시로 물어서 생긴 붉은 상처 자국이 있을 것이다.

그녀는 그가 토끼 가죽을 벗길 때 사용하는 칼로 그의 멋진 머리카락을 모두 잘라낼 것이고, 그의 회갈색 머리카락 다섯 가닥으로 낡은 바이올린 줄을 맬 것이다.

그러면 손이 닿지 않아도 불협화음의 음악이 울려 나올 것이다. 새로운 줄 위로 활이 저절로 춤을 추면 현들은 이렇게 외칠 것이다. "엄마, 엄마, 엄마가 날 죽였어요!"

눈의 아이

한겨울—무적, 무결점의 계절. 백작과 부인이 승마를 나간다. 백작은 회색 암말, 부인은 검은 암말을 타고서. 부인은 반짝이는 검은 여우 모피로 몸을 감싸고, 검고 반짝이는 굽 높은 장화를 신었으며 구두 굽은 주홍빛이었고 박차가 달렸다. 이미 쌓인 눈 위에 새로 눈이 내렸다. 눈이 그치자 온 세상이 하얬다. "눈처럼 하얀 여자애가 있었으면 좋겠네." 백작이 말한다. 그들은 계속 말을 타고 간다. 눈 속에 파인 구멍에 다다른다. 그 구멍에는 피가 차 있다. 그가 말했다. "피처럼 빨간 여자애가 있었으면 좋겠네." 다시 말을 타고 가는데 여기에는 까마귀가 헐벗은 나뭇가지에 앉아 있다. "저 새의 깃털처럼 새까만 여자애가 있었으면 좋겠네."

그가 여자애에 대한 묘사를 끝내자마자, 그 길 옆에 그 소녀가 나타났다. 하얀 피부에 붉은 입술, 새까만 머리에 알몸이었다. 소녀는 그의 욕망이 낳은 아이였고 백작부인은 그애가 미웠다. 백작은 그애를 들어올려서 자기 앞 안장 위에 앉혔지만 백작부인의 생각은 단 하나였다. 이애를 어떻게 하면 없앨 수 있을까?

백작부인은 장갑을 눈에 떨어뜨리고는 아이에게 내려가서 찾아보라고 했다. 말을 타고 달려가버려 거기에 그 아이를 남겨놓을 요량이었지만 백작이 말했다. "새 장갑을 사주겠소." 그 말에 백작부인 어깨에서 모피가 벗겨져 소녀에게 둘려졌다. 그러자 백작부인은 다이아몬드 브로치를 얼어붙은 연못 얼음 속으로 던졌다. "뛰어 들어가서 꺼내 와라." 그녀는 말했다. 그녀는 소녀가 물에 빠져 죽을 거라고 생각했다. 그러나 백작이 말했다. "이렇게 차가운 날씨에 헤엄을 치라니 이애가 물고기요?" 그러자 부인의 장화가 발에서 벗겨져 나와 소녀의 다리에 신겨졌다. 이제 백작부인은 알몸이었고 소녀는 모피 옷에 장화를 신게 되었다. 백작은 부인에게 미안했다. 그들은 꽃이 만발한 장미 덤불에 도착했다. "한 송이 꺾어주렴." 백작부인이 여자애에게 말했다. "그걸 못 하게 할 수는 없군." 백작이 말했다.

그래서 소녀는 장미를 꺾는다. 가시에 손가락을 찔려 피가 나고 비명을 지르며 쓰러진다.

백작은 울면서 말에서 내려 바지춤을 풀고 건장한 남근을 죽은 소녀에게 밀어넣었다. 백작부인은 발을 구르는 말의 고삐를 당기며 주의 깊게 그를 바라보았다. 그는 금방 끝냈다.

그러자 소녀는 녹기 시작했다. 곧 자취도 없이 사라지고 남은 것은 오직 새가 떨어뜨린 것 같은 깃털 하나, 눈 위에 여우를 도살한 흔적

같은 핏자국, 그리고 덤불에서 그 소녀가 꺾은 장미 한 송이뿐. 이제 백작부인은 옷을 다시 다 입고 있다. 그녀는 기다란 손가락으로 모피를 쓰다듬었다. 백작은 장미를 집어들고 무릎을 굽히며 부인에게 장미를 건넸다. 장미에 손이 닿았을 때 그녀는 그것을 떨어뜨렸다.

"이게 깨물어요." 그녀가 말했다.

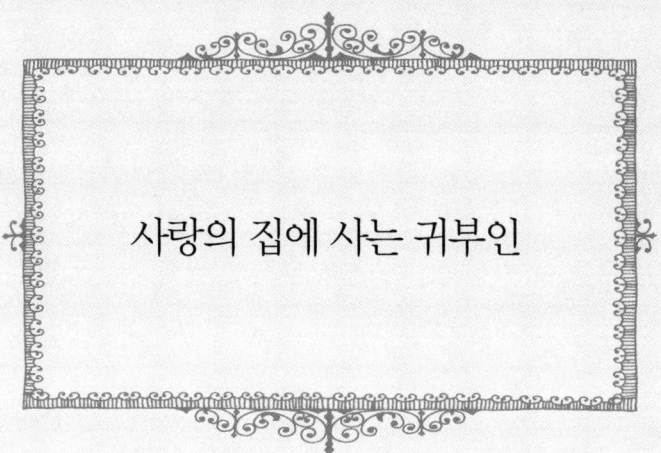

사랑의 집에 사는 귀부인

유령들 때문에 골치가 너무 아파서 마침내 농민들은 마을을 떠났고, 음흉하고 앙심 품은 거주자들이 그 마을을 독점하게 되었다. 거의 알아챌 수 없지만 약간 이상하게 드리워지는 그림자로 그들은 자기들의 존재를 드러낸다. 너무 많은 그림자들이 정오에도 나타나고, 눈에 보이는 본체가 없는 그림자들이 어떤 때는 소리로 존재를 드러낸다. 벽에 걸린 깨진 거울에 아무도 비치지 않는 텅 빈 침실에서 흐느끼는 소리로. 돌사자의 입에 붙어 있는 수도꼭지에서 아직도 샘물이 흘러나오는 광장의 분수에서 물을 마시려고 멈출 정도로 현명하지 못한 여행자를 괴롭히는 불편한 느낌으로 그들은 존재를 드러낸다. 잡초 무성한 정원에서 어슬렁거리던 고양이가 이를 드러내고 으르렁거리며 등을 둥글게 구부리고, 보이지 않는 어떤 것에 부딪혀 튕겨져 나와 겁에 질려 뻣뻣해진 네 발로 달아난다. 아름다운 몽유병자가 어쩔 수 없이 가문의 범죄를 계속하고 있는 그 성 아랫마을을 이제는 모두들 피한다.

구식 웨딩드레스를 걸친 아름다운 흡혈귀의 여왕은 어둡고 천장이 높은 집 안에, 초상화 안에서 그녀를 내려다보는 잔인하고 미친 조상들의 눈 아래 홀로 앉아 있다. 그들은 하나같이 악의에 찬 사후의 존재를 그녀를 통해 투사하고 있다. 그녀는 끊임없이 가능성의 집합을 해석해내며 타로 카드 점을 치고 있다. 마치 그녀 앞의 빨간색 플러시 천 식탁보 위에 무작위로 떨어지는 카드 패가 이 춥고 겉창 닫힌 방에서 영원한 여름의 나라로 그녀를 내몰아, 죽음인 동시에 처녀인 그 소녀의 영원한 슬픔을 없애줄 수 있기라도 할 듯이 말이다.

그녀의 목소리는 동굴 울림처럼 멀리서 울리는 소리로 가득 차 있다. 지금 너는 멸망의 장소에 있다, 지금 너는 멸망의 장소에 있다. 그리고 그녀 자신이 메아리로 가득 찬 동굴이며, 반복의 구조이며, 폐쇄 회로이다. "새는 아는 노래만 부르는가, 아니면 새로운 노래를 배울 수 있는가?" 종달새가 노래하고 있는 새장의 창살을 그녀가 길고 날카로운 손톱으로 훑어내리니 금속제(製) 여인의 마음 줄을 뜯은 듯 구슬픈 소리가 울려퍼진다. 그녀의 머리칼이 눈물처럼 흘러내린다.

ㄱ 성은 유령들에게 거의 넘어갔지만 그녀는 자신만이 거실과 침실을 가지고 있다. 촘촘하게 창살 박힌 겉창과 두꺼운 벨벳 커튼이 자연광을 철저히 차단한다. 빨간색 플러시 천으로 덮인 둥근 외다리 테이블 위에 그녀는 어김없이 타로 카드를 펼쳐놓는다. 조명이라고는 벽난로 위 두꺼운 갓으로 덮인 희미한 램프 불빛뿐이고, 어두운 빨간색

무늬의 벽지는 손보지 않은 지붕으로 들이치는 비 때문에 애처로운 무늬가 희미하게 나 있으며, 여기저기 얼룩이 지고 죽은 연인들이 침대 시트에 남겨놓은 것 같은 불길한 자국이 있다. 모든 곳이 녹슬고 곰팡이가 피어서 망가졌다. 불 꺼진 샹들리에는 먼지가 너무 많이 끼어서 각각의 수정 구슬은 더 이상 모양을 알아볼 수 없다. 부지런한 거미들이 복잡하게 장식되고 썩어가는 방의 구석구석에 집을 지어놓고 벽난로 위의 도자기들을 부드러운 회색 그물로 둘러쌌다. 그러나 이렇게 다 붕괴되어가는 것을 여주인은 전혀 알아채지 못하고 있다.

그녀는 좀먹은 진자주색 벨벳으로 덮인 의자에 앉아 낮고 둥근 테이블에 카드를 펼쳐놓는다. 종달새는 가끔 노래할 때도 있지만 대부분은 칙칙한 색깔의 깃털 더미처럼 침울하게 앉아 있다. 가끔 여백작은 새장의 창살을 두드려 종달새를 깨우고는 한 소절 노래하게 한다. 그녀는 새가 탈출할 수 없음을 알리는 이 노랫소리를 듣고 싶어 한다.

그녀는 해가 지면 일어나자마자 테이블로 가서 배가 고파질 때까지, 몹시 시장해질 때까지 혼자 카드놀이를 한다. 그녀는 너무나 아름다워서 부자연스럽다. 그녀의 미모는 비정상이며 기형이다. 인간 존재의 불완전함을 체념하고 받아들이게 하는 감동적인 불완전함이 그녀의 모습 어디에도 없다. 그녀의 미모는 그녀가 병들었으며 영혼이 없다는 것을 알려주는 증상이다.

이 우울한 미녀의 하얀 손이 운명의 패를 나눈다. 그녀의 손톱은 고대 중국 관리의 손톱보다 길며, 모두 끝이 뾰족하다. 이 손톱과, 솜사탕으로 만든 못처럼 가늘고 하얀 이가 그녀의 운명을 보여주는 표시들이다. 그녀는 간절하게 이 운명을 신비의 영약으로 피해보려고 한다. 수세기 동안 시체를 먹어서 그녀의 손톱과 이빨은 날카로워졌다. 그녀는 트란실바니아 숲에서 시체로 야외 식사를 했던 드라큘라의 자식으로 태어난 독나무의 마지막 싹이다.

그녀의 침실 벽에는 진주알이 수놓인 검은 공단이 드리워져 있다. 방 네 구석에는 사람을 나른하게 하는 독한 향의 연기를 뿜어내는 장례용 단지와 그릇이 있다. 방 중앙에는 흑단 나무로 정교하게 만든 상여가 있고, 거대한 은 촛대에 꽂힌 기다란 양초가 그 주위를 둘러싸고 있다. 매일 아침 동이 틀 무렵이면 여백작은 약간의 피로 얼룩진 하얀 레이스 잠옷을 입고 상여에 올라가 뚜껑 없는 관 속에 드러눕는다.

그녀의 젖니가 자라기도 전에 쪽 찐 머리의 그리스정교 신부가 그녀의 사악한 부친을 카르파티아 고개에서 말뚝을 박아 죽였다. 그들이 말뚝을 박을 때 죽음에 처한 백작은 외쳤다. "노스페라투는 죽었다. 노스페라투 만세!" 이제 그녀가 유령이 출몰하는 숲과 그의 방대한 영토에 사는 수상한 존재들을 모두 소유하고 있다. 그녀는 성 아랫마을에 주둔한 유령 군대의 세습 사령관이다. 그들은 부엉이, 박쥐, 여우의 모습으로 숲에 침투하여, 우유를 엉겨 붙게 하고 버터가 만들어지지 않게 하며, 밤새도록 거칠게 사냥하며 말을 달리게 해서 새벽에는 가죽과 뼈만 남게 하며, 젖소의 우유를 모조리 짜내 마르게 하고, 특히 사춘기 소녀들을 기절시키거나 생리불순을 일으키고 상사병에 빠지게 하여 괴롭힌다.

그러나 여백작은 자신의 괴이한 권력에 무관심하다. 마치 그녀가 꿈꾸고 있는 듯 말이다. 그녀는 꿈에서 인간이 되고 싶어 한다. 그러나 그녀는 그것이 가능한지 알지 못한다. 타로 카드는 언제나 같은 조합을 보여준다. '라 파페스' '라 모르' '라 투르 아볼리', 즉 지혜, 죽음, 파멸.

달 없는 밤이면 감시인이 그녀가 정원에 나가는 것을 허락한다. 극도로 암울한 이 정원은 묘지와 흡사하고, 돌아가신 그녀의 어머니가 심어놓은 장미나무는 모두 뾰족뾰족하고 거대한 담장으로 자라나서 그녀를 이 물려받은 성 안에 가두고 있다. 뒷문이 열리면 여백작이 공기를 들이마시며 울부짖는다. 이제 네 발로 땅에 엎드린다. 웅크리고 떨며 그녀는 먹잇감의 냄새를 포착한다. 토끼와 털 난 작은 짐승의 연한 뼈를 맛있게 오도독 깨물어 먹으려고 그녀는 네 발로 빠르게 쫓아갔다가, 뺨에 피를 묻히고 낑낑거리며 집에 기어들어올 것이다. 그녀는 침실의 물주전자에서 그릇에 물을 따라, 고양이처럼 움찔대며 꼼꼼하게 얼굴을 닦는다.

그 암울한 정원에서 게걸스레 웅크리고 덮치는 이 사냥꾼의 밤은 그녀를 괴롭히는 습관적 몽유병과 그녀의 삶, 아니 가짜 삶을 둘러싸고 있다. 이 야행성 동물의 눈이 커지고 빛나기 시작한다. 손톱과 이빨로 그녀는 온통 습격하고 파낸다. 그러나 어떤 것도 그녀의 끔찍한 상황을 위로해주지 못한다, 아무것도. 그녀는 타로 카드가 주는 마술 같은 위안에 의지하여 카드를 뒤섞고 펼쳐놓고 점괘를 읽고 한숨 쉬며 긁어모아서 다시 섞는다. 바꿀 수 없는 미래에 대한 가설을 늘 만들어보면서.

늙은 벙어리 노파가 그녀를 감시한다. 그녀가 햇빛을 못 보게 하고 하루 종일 관 속에 누워 있게 하며, 거울과 빛을 반사하는 물건들을 전부 그녀에게서 멀리 있게 한다. 한마디로 흡혈귀 하인으로서의 역할을 충실히 수행한다. 이 아름답고 끔찍한 여인의 모든 것은 밤의 여왕, 공포의 여왕에 적합하게 되어 있다. 단지 그녀가 그 역할을 끔찍하게 싫어할 뿐이다.

그럼에도 불구하고, 무분별한 모험가가 분수에서 기운을 차리려고 이 인적 끊긴 마을의 광장에 멈춰 서면, 검은 옷에 하얀 앞치마를 두른 노파가 곧 그 앞에 나타난다. 미소와 친절한 몸짓으로 초대해 들이면 사람들은 따라온다. 여백작은 신선한 고기를 원한다. 그녀가 어렸을 때는 여우 같았기 때문에, 메스껍지만 관능적으로 그녀가 목을 꽉 깨물 때 불쌍하게 찍찍거리던 새끼 토끼나, 자수를 놓는 데나 알맞을 그녀의 손가락 사이에서 잠시 팔딱거리던 들쥐와 야생 쥐만 먹고도 만족했다. 그러나 이제 그녀는 성숙한 여자가 되어 남자가 있어야 한다. 그 낄낄거리는 것 같은 분수 옆에 너무 오래 머물면 당신은 손목 잡혀 여백작의 식료품실로 인도될 것이다.

하루 종일 그녀는 피 묻은 레이스 달린 잠옷을 입고 관 속에 누워 있다. 해가 산 뒤로 떨어지면 그녀는 하품을 하며 일어나서 가지고 있는 유일한 드레스인 어머니의 웨딩드레스를 입고 앉아서 배가 고파질 때까지 타로 카드 점을 본다. 그녀는 자기가 먹는 음식을 증오한다. 그녀는 토끼를 집에 데려가서 양상추 먹이를 주며 쓰다듬어주고, 그녀의 빨간새과 검은새이 중고품 접시서 해상 안에 집을 만들어주는 걸 좋아했을 것이다. 그러나 언제나 배고픔이 그녀를 압도한다. 그녀는 공포로 동맥이 뛰는 목에 이를 박는다. 모든 영양소를 빨아먹고 고통과 혐오에 찬 소리를 낮게 지르며 홀쭉해진 가죽을 떨어뜨린다. 아무것도 모르거나 무모해서 분수 물에 발의 먼지를 닦으러 온 목동이

나 집시 남자아이들도 마찬가지이다. 테이블 위의 카드들이 언제나 '죽음의 신'을 보여주는 응접실에 여백작의 보호자가 그들을 데리고 들어온다. 여백작이 작고 금이 간 고급 커피잔에 손수 커피를 따라주고 작은 케이크를 대접한다. 그 어벙한 청년들은 한 손에는 넘치는 잔을 들고 다른 한 손에는 비스킷을 들고 앉아서, 새틴 옷을 화려하게 입고 온 주전자에서 커피를 따르며 그들을 안심하게 한 후 죽이기 위해 정신을 딴 데로 돌리려고 수다를 떠는 여백작을 입을 헤벌리고 쳐다본다. 그녀 눈에 담긴 어떤 우울한 고요함이 그녀가 달랠 길 없는 슬픔에 잠겨 있다는 것을 나타낸다. 그녀는 그들의 야윈 갈색 뺨을 어루만지고 헝클어진 머리카락을 쓰다듬고 싶어 한다. 그녀가 그들의 손을 잡고 침실로 인도하면 그들은 이 행운을 믿기 어려워한다.

다 끝나면 그녀의 보호자가 유해를 말끔하게 뭉쳐서 버려진 옷으로 둘러 싸맨다. 그러고는 이 죽음의 꾸러미를 정원에 신중하게 파묻는다. 여백작 뺨에 묻은 피는 눈물과 섞일 것이다. 그녀의 보호자는 조그만 은 이쑤시개로 손톱을 검사한다. 거기에 낀 피부와 뼛조각을 빼내려고.

쿵, 쿵, 크 쿵
영국 사람의 피 냄새가 나는데.

금세기 초반의 어느 무더운 여름날, 금발에 파란 눈을 하고 근육이 우람한 젊은 영국군 장교가 빈에 있는 친구를 방문했다가 나머지 휴가를 거의 알려지지 않은 루마니아의 고지대 지방을 탐험하며 지내기로 했다. 마차 바큇자국이 나 있는 길을 엉뚱하게 자전거로 여행하기로 결정했을 때 그는 이거 참 재미있다고 생각했다. '흡혈귀의 땅에서 두 바퀴로 간다.' 그렇게 웃으며 그는 모험을 시작한다.

그는 숫총각의 특별한 성질을 지니고 있다. 동정이란 최대이자 최소로 애매한 상태로, 무지함이면서 동시에 잠재된 힘이다. 더군다나 모르고 있다는 건 무지와 같지 않다. 그는 그가 알고 있는 것 이상이다. 게다가 프랑스의 참호에서 특별하고 전형적인 운명을 맞도록 역사가 이미 준비해놓은 세대가 가진 특별한 마법이 그에게는 있었다. 변화와 시간에 뿌리박은 이 존재는 흡혈귀들이 가진, 시간을 초월하는 고딕적인 영원함과 충돌하기 직전에 있다. 흡혈귀들에게는 과거 미래 현재가 똑같아서 그들의 카드 패는 언제나 같은 패턴으로 나오는 것이다.

그는 아주 젊지만 또한 이성적이다. 카르파티아 지역을 돌아보는 여행길에 세상에서 가장 이성적인 교통수단을 선택했다. 자전거를 탄다는 것은 그 자체가 미신적인 공포를 막아준다. 자전거는 이동에 적용된 순수이성의 산물이기 때문이다. 인간생활에 봉사하는 기하학! 내게 두 개의 구체와 한 직선을 주면 그것들을 얼마나 멀리 가져갈 수 있는지 보여주겠다. 볼테르가 직접 자전거를 발명해낼 수도 있었을 것이다. 왜냐면 자전거는 인간이 복지에 그토록 많이 기여했지만 인간의 재난에는 아무런 영향도 주지 않기 때문이다. 건강에 이로운 자전거는 해로운 연기를 내뿜지도 않고 가장 품위 있는 속도만을 허용한다. 어떻게 자전거가 해를 끼치는 도구가 될 수 있겠는가?

단 한 번의 키스가 숲 속의 잠자는 미녀를 깨웠다.

여백작의 매끈한 손가락, 거룩한 형상의 손가락이 '사랑'이라고 불리는 카드를 펼친다. 전에는 한 번도, 전혀…… 전에는 한 번도 사랑과 관련된 카드가 나온 적이 없다. 그녀는 부들부들 떨고, 모세혈관이 비치는 신경질적으로 경련하는 눈꺼풀 아래 그녀의 커다란 눈이 감긴다. 그 아름다운 카드 점술사는 이번에 처음으로 사랑과 죽음의 카드 패를 펼친 것이다.

그가 살아 있건 죽었건
난 그의 뼈를 갈아서 빵을 만들겠어.

저녁이 시작되는 연한 보랏빛 시간에 그 영국 신사는 저 멀리 보이는 마을을 향해 언덕길을 힘들게 올라간다. 자전거에서 내려서 밀고 올라가야 한다. 타고 가기에는 너무 가파른 길이다. 그는 하룻밤을 지낼 친절한 여인숙을 찾았으면 한다. 덥고 배고프고 목마르고 지치고 먼지를 뒤집어썼다…… 처음에는 모든 집의 지붕이 다 내려앉고, 떨어진 기와 더미 사이에서는 잡초가 무성히 자라고 있으며, 겉창은 경첩에 서글프게 매달려 있고, 아무도 살지 않는 마을을 보고 얼마나 실망했는지. 그리고 무성한 풀들은 마치 사악한 비밀인 양 이렇게 속삭인다. 만약 상상력이 풍부하다면 여기는 꺼져가는 처마 아래에서 뒤틀린 얼굴이 잠시 나타나는 것을 볼 수도 있는 곳이라고…… 그러나 이 모든 것이 신나는 모험이었고, 이 얽히고설킨 정원에서 아직도 용감하게 피어 있는 접시꽃의 강렬한 밝은색이 위안을 주었으며, 불타는 석양의 아름다움, 이 모든 것을 생각하니 그의 실망감은 모두 사라졌고, 그가 느꼈던 희미한 불안마저 진정되었다. 그리고 마을 여인들이 빨래하던 분수는 아직도 눈부시게 맑은 물을 내뿜고 있었다. 그는 감사하며 발과 손을 씻고, 수도꼭지에 입을 대고 물을 마시고 나서 그 차디찬 물줄기에 얼굴을 들이댔다.

그가 만족하여 물이 뚝뚝 흐르는 얼굴을 수도꼭지에서 들어올렸을 때 광장에 있는 그에게 조용히 다가와 서 있던 노파가 열심히, 거의 달래듯이 그에게 미소짓고 있었다. 그녀는 검은 옷에 흰 앞치마를 두르고 허리춤에는 가정부의 열쇠 꾸러미가 달려 있었다. 회색 머리는 그 지역 노파들이 쓰는 흰 리넨 머리 장식 아래에 말끔하게 쪽 찌어져 있었다. 노파는 청년에게 가볍게 무릎을 굽혀 인사를 보낸 다음 따라오라고 손짓했다. 그가 망설이자 그들 위로 서 있는 큰 저택을 손으로 가리켰는데 그 저택의 앞쪽은 마을을 굽어보고 있었다. 그녀는 배를 문지르더니 손으로 입을 가리키고 다시 배를 문질러서 분명히 저녁식사에 초대하는 흉내를 냈다. 그러더니 다시 그에게 오라는 손짓을 하고, 이번에는 더 이상의 반대는 참지 않겠다는 듯 단호하게 홱 뒤돌아섰다.

그들이 마을을 떠나자마자 붉은 장미의 취할 듯 강한 향내가 솟구치며 그의 얼굴로 불어와서 관능적인 현기증이 느껴졌다. 그를 쓰러뜨리기에 충분한 정도로 강하게, 진하고 야간 퇴폐적인 달콤한 향내가 물씬 풍겨왔다. 수많은 장미꽃. 길가에 늘어선 거대한 덤불에 엄청나게 많은 장미가 피어 있었다. 덤불은 가시가 가득했고 꽃송이들은 너무나 화려해서, 풍성한 꽃잎들이 무더기로 모여 있으니 어쩐지 음란했고, 소용돌이 모양으로 빽빽하게 봉오리 맺은 알맹이들은 엄청난

만개의 가능성을 품고 있었다. 그 정글을 지나가자 저택이 겨우 모습을 드러냈다.

미묘하고 잊을 수 없는 석양의 빛, 방금 지나가버린 하루에 대한 짙은 향수로 가득한 황금빛 속에서 그 저택의 어두침침한 모습이 보였다. 반은 영주의 저택이고 반은 보강 공사한 농가 주택인 그 건물은 거대하고 꾸불꾸불했으며, 그 아래 주변 마을이 펼쳐지는 바위산 꼭대기에 있는 허물어진 독수리 둥지 같아 그에게 어린 시절 겨울 저녁에 들었던 이야기들을 생각나게 했다. 그때 그와 형제자매들은 바로 이런 장소에서 펼쳐지는 유령 이야기가 무서워서 반쯤은 정신이 나갈 정도로 서로에게 겁을 주며 즐겼다. 그러면 계단이 새삼 무서워져서 길을 밝혀주는 촛불이 있어야 잠자러 올라갈 수 있었다. 노파의 말없는 초대를 받아들인 것을 거의 후회할 뻔했지만, 이제 그녀가 허리춤에서 열쇠 꾸러미를 쩔렁거리며 커다란 쇠 열쇠를 찾는 동안 풍상에 낡은 참나무 대문 앞에 서서 생각해보니 돌아서기는 이미 늦었고, 이제 자신은 공상에 겁먹는 아이가 아님을 상기하며 마음을 다잡았다.

노파가 자물쇠를 열자 문이 신파조로 삐꺽거리며 뒤로 열렸고, 그가 괜찮다고 하는데도 노파는 막무가내로 자전거를 맡았다. 이성의 상징인 그의 아름다운 두발 자전거가 저택의 어두운 내부로, 분명히 자전거에 기름칠도 안 하고 타이어도 점검해주지 않을 어느 습기 찬 헛간 속으로 사라지는 것을 보니 자신도 모르게 가슴이 철렁 내려앉았다. 그러나 내친걸음이니 끝까지 가보는 수밖에 없었다. 그래서 젊음의 패기와 금발의 아름다움으로, 보이지도 않고 스스로도 모르지만 그의 동정이 지닌 부적의 힘으로, 그 젊은이는 노스페라투 성의 문턱을 넘어 들어갔으며, 마치 무덤 입구에서 불어오듯이, 빛 한줄기 없고 동굴 같은 집 내부에서 차가운 바람이 몰아쳐 나와도 떨지 않았다.

노파는 그를 작은 방으로 데리고 갔다. 그 방에는 깨끗한 흰 천이 깔린 검은 참나무 테이블이 있었고, 식탁보 위에는 묵직한 은수저가 놓여 있었는데 마치 누군가의 독한 입김을 쐬기라도 한 듯이 약간 변색되어 있었고 한 사람 자리에만 놓여 있었다. 점점 더 수상했다. 성의 만찬에 초대받았는데 혼자서 식사해야 한다니. 그래도 그녀가 시키는 대로 그는 식탁에 앉았다. 밖은 아직 어두워지지 않았지만 커튼이 단단히 내려져 있어서 기름 램프에서 흘러나오는 희미한 빛만이 주변이 얼마나 음울한지를 보여줄 뿐이었다. 노파는 부산을 떨며 오래되고 벌레 먹은 참나무 찬장에서 와인 한 병과 술잔을 꺼내다주었다. 그가 어정쩡하게 와인을 마시고 있을 때 노파가 사라지더니, 그지방 특산물인 만두를 곁들인 양념 고기 스튜, 그리고 검은 빵 덩어리를 들고 이내 나타났다. 하루 종일 자전거를 타고 와서 배가 고팠던 나머지 그는 맛있게 먹었고 빵 껍질로 접시까지 훑었지만 이런 귀족 가문에서 그런 거친 음식을 기대했던 것이 아니었고, 그가 먹는 것을 말없이 지켜보는 노파의 눈빛이 자기를 위아래로 재보는 것 같아 당황스러웠다.

그러나 노파가 그가 첫 그릇을 비우자마자 한 번 더 음식을 가져다주는 데다 아주 친절하고 배려심이 있어 보여 성에서 하룻밤 묵는 것도 기대할 수 있었기에, 그는 이곳의 이상한 침묵과 축축한 냉기를 어린애처럼 꺼린 자신을 나무라기까지 했다.

그가 두번째 그릇을 다 먹고 물렸을 때 노파가 오더니 식탁을 떠나 다시 한 번 자기를 따라오라는 몸짓을 했다. 그녀는 마시는 시늉을 했다. 그는 그 가문에서 좀 더 높은 사람이 그와 식사를 같이 하고 싶지는 않지만 그래도 만나고 싶어서 다른 방에서 식후의 커피를 마시자는 초대일 거라 해석했다. 분명 명예로운 일이다. 그는 주인이 자신을 높게 생각해주는 것에 예를 차려 넥타이를 바로잡고 양복 재킷에서 부스러기를 털어냈다.

그는 저택 내부가 너무 황폐한 것을 보고 놀랐다. 거미줄, 벌레 먹은 들보, 부스러지는 석회. 그러나 말 없는 노파는 등불을 들고 끝없는 복도를 지나 나선계단으로 그를 인도했으며, 그들이 지나갈 때 가족 초상화 속 눈들이 잠시 깜빡거렸던 화랑을 지나갔다. 그가 보기에 그 눈들은 하나같이 상당히 기억에 남을 만큼 야수적인 얼굴에 있었다. 드디어 노파가 걸음을 멈췄고 그들이 멈춘 방문 뒤에서는 하프시코드 줄을 튕긴 것 같은 금속성 울림이 희미하게 들려왔다. 그리고 그때 멋지게도 종달새의 물 흐르는 듯한 노랫소리가 들려와 줄리엣의 무덤 한가운데 있는—그때 알았더라면—그에게 아침의 모든 신선함을 느끼게 해주었다.

노파가 손가락 관절로 판자를 두드리자, 그가 여태까지 들은 목소리 중에서 가장 유혹적으로 마음을 달래주는 목소리가 부드럽게 흘러나왔다. 루마니아 귀족들이 사용하는 강한 악센트의 프랑스어로 말하는 목소리였다. "들어오세요."

처음에 그의 눈에는 형체만, 희미하게 빛나는 형체만 보였다. 아주 약한 조명이나마 그 방의 모든 빛을 누레진 그 옷이 모아서 반사하기 때문에 희미하게나마 빛났던 것이다. 이 형체가 확실해지고 보니 다름이 아니라 여기저기 레이스가 달리고 스커트가 풍성한 흰 새틴 드레스였다. 50년이나 60년쯤 유행이 지난 드레스이긴 하지만 분명히 과거에 웨딩드레스로 만들어진 것이었다. 이윽고 드레스를 입은 여자가 그의 눈에 들어왔다. 나방 뼈대처럼 가냘픈 여자였다. 너무 마르고 너무 연약해서 그가 보기에는 드레스가 공중에 걸려 있는 것 같았다. 습기 찬 허공에 아무도 안 입은 듯 비어 있는 의상, 멋진 대여용 드레스, 홀로 서 있는 드레스 안에서 마치 기계 속의 유령처럼 살고 있는 그 여자. 이 방 안에 빛이라고는 저 멀리 있는 벽난로 위에 놓인 두꺼운 초록색 전등갓 밑에서 낮게 타고 있는 등잔 불빛이 전부였다. 그를 따라온 노파는 손으로 자기 등불을 가렸다. 마님이 너무 갑자기 보게 되는 것을, 또는 손님이 마님을 너무 갑자기 보게 되는 것을 막으려는 것 같았다.

이 요란하게 치장한 허수아비가 얼마나 아름답고 얼마나 어린지 보게 된 것은 그의 눈이 그 어두운 방에 차츰차츰 적응하고서였다. 엄마 옷을 입은 아이, 엄마를 잠깐이나마 다시 살게 하려고 돌아가신 엄마의 옷을 입은 아이가 아닐까 생각했다.

여백작은 낮은 테이블 뒤에, 철사에 금박을 입혀 만든 예쁘장하고 장난감 같은 새장 옆에 서서, 마음이 산란한 듯 거의 날아갈 것처럼 팔을 앞으로 뻗고 있었다. 마치 들어오라고 하지 않았는데 그들이 들어와서 놀란 것처럼 보였다. 그녀의 새하얀 얼굴과, 물에 젖은 듯 아래로 늘어진 길고 검은 생머리에 둘러싸인 그녀의 아름다운 골상을 보니 그녀는 마치 난파당한 신부처럼 보였다. 그 크고 어두운 눈에서 집 없는 아이의 망연자실한 표정을 보자 그의 가슴이 쪼개지는 듯이 아팠다. 그러나 그녀의 너무나 두툼한 입은 마음에 거슬렸고 거의 혐오감이 들었다. 선명하게 자줏빛 나는 진홍색의 크고 도톰하고 튀어나온 입술, 병적인 입이었다. 즉각 그 생각을 지워버리기는 했지만, 창녀의 입 같았다. 그 여자는 내내 떨고 있었는데, 굶주림에 추위를 느끼고, 말라리아에 걸린 듯 뼈까지 떨었다. 그 여자는 열예닐곱 살 정도로밖에 안 보였고, 결핵 환자처럼 열에 뜨고 건강치 못한 아름다움을 지니고 있었다. 그 여자가 이 모든 폐허의 주인이었다.

아주 살살 조심하면서 노파는 손에 든 등불을 올려서 마님께 손님의 얼굴을 보여주었다. 그러자 여백작은 희미하게 고양이 울음 같은 비명을 지르며 그를 밀쳐내려는 듯 두려움에 차서 손을 이리저리 휘둘렀다. 그러는 와중에 테이블에 부딪혔고 나비처럼 눈부시게 카드가 우수수 떨어졌다. 그녀는 고뇌에 차서 '오'자 모양으로 입을 벌린 채 조금 비틀거리더니 의자에 주저앉았고, 이제는 거의 움직일 수도 없는 듯 가만히 앉아 있었다. 당황스러운 손님맞이였다. 작은 소리로 혀를 끌끌 차며 노파는 테이블을 이리저리 뒤지더니 거지 맹인이 쓰는 것 같은 커다란 짙은 초록색 안경을 찾아내어, 여백작의 콧등에 올려놓았다.

그는 앞으로 나아가 카펫에 떨어진 그녀의 카드를 주우려고 했는데, 카펫을 보니 놀랍게도 반은 해져 있었고 반은 유독해 보이는 온갖 종류의 곰팡이가 슬어 있었다. 그는 카드를 집어 무심코 같이 뒤섞었다. 카드는 그에게 아무런 의미가 없기 때문이었다. 젊은 여자가 이런 걸 갖고 놀다니 이상했다. 까불거리는 해골은 얼마나 소름끼치는 그림인가! 그는 그 카드를 더 행복해 보이는 카드로 덮었다. 서로에게 미소짓는 두 명의 연인들. 그리고 그녀의 장난감을 그녀의 손에 되돌려주었다. 그 손은 너무나 여위어서 투명한 피부 아래 연약한 뼈들이 거의 비칠 지경이었다. 손톱은 밴조 줄을 뜯는 픽만큼이나 길고 뾰족했다.

그의 손이 닿자 그녀는 약간 기운이 나는지, 힘겹게 미소를 지으며 꼿꼿하게 일어섰다.

"커피." 그녀는 말했다. "커피를 드셔야 해요." 그리고 카드를 한데 쌓아놓고 자리를 만들어서 노파가 은쟁반에 준비해온 은제 술 주전자와 은제 커피 주전자, 크림 통, 설탕 그릇, 커피 잔들을 그녀 앞에 내려놓을 수 있게 했다. 은그릇들은 변색되기는 했지만, 그녀가 지닌 절망적이고 물에 잠긴 빛으로 영묘하게 빛나서 여주인의 황폐한 방 안에서 이상하게도 우아하게 보였다.

노파는 그에게 의자를 찾아다주고, 소리를 죽여 킥킥 웃으며 물러 갔고 방은 조금 더 어두워졌다.

여인이 커피를 내리는 동안, 얼룩지고 칠이 벗겨진 그 방의 벽에 걸린 가족들의 초상화를 더 자세히 쳐다보며 그는 약간의 혐오감을 느꼈다. 이 노한 얼굴들은 열광적인 광기와 두툼한 입술로 뒤틀린 것처럼 보였으며, 그들이 모두 공통적으로 가진 크고 광기 어린 눈은 지금 천천히 향기로운 커피를 내리는 그녀, 근친교배의 불운한 희생자인 그녀의 눈과 불안할 정도로 닮아 있었다. 그녀의 경우에는 어떤 희귀한 우아함이 그런 모습들을 아주 아름답게 변형시키긴 했지만 말이다. 노래를 끝낸 종달새는 이미 오래전에 조용해졌다. 들리는 소리라고는 찻잔에 부딪히는 은그릇 소리뿐이었다. 이윽고 그녀는 장미가 그려진 작은 찻잔을 그에게 내밀었다.

"환영해요." 그렇게 말하는 그녀의 목소리에는 바닷물이 몰려오는 듯한 울림이 깃들어 있었다. 그 목소리는 하얗고 고요한 그녀의 목이 아니라 다른 곳에서 나오는 소리 같았다. "저의 성에 오신 것을 환영합니다. 저는 방문객이 거의 없어요. 무엇보다 낯선 사람을 만나면 더 활기를 띠게 되는 제게는 불운한 일이지요…… 이곳은 너무 외로워요. 이제 마을에도 아무도 살지 않고 유일하게 저와 함께 있는 분은 글쎄 가엾게도 말을 못해요. 너무 말을 안 하니 저도 이제 곧 어떻게 말하는지 잊어버릴 것이고, 그러면 여기 있는 사람 누구도 더 이상 말을 안 할 거라는 생각이 들어요."

그녀는 리모주 자기 접시에서 설탕 비스킷을 집어 그에게 권했다. 그녀의 손톱이 골동품 도자기를 건드려 종소리가 났다. 그녀의 목소리, 정원에 있는 크나큰 장미같이 붉고 움직이지 않는 그녀의 입술에서 나오는 목소리는 이상하게도 몸과 분리되어 있었다. 그의 생각에 그녀는 인형, 복화술사의 인형, 아니면 그보다 더 정교하게 만들어진 거대한 태엽 감는 인형 같았다. 그녀가 통제하지 못하는 어떤 느린 에너지의 동력이 그녀를 서투르게 움직이는 것 같았다. 마치 수년 전 그녀가 태어났을 때 태엽이 감겼고, 이제는 어쩔 수 없이 그 태엽이 풀려서 그녀를 멈추게 할 것 같았다. 그녀가 흰 벨벳과 검은 털로 만들어져 스스로는 움직일 수 없는 자동인형일 거라는 생각을 그는 버릴 수가 없었다. 오히려 그 생각이 그의 마음을 깊이 움직였다. 카니발 분위기를 풍기는 흰 드레스가 그녀의 비현실성을 강조했고, 마치 오래전에 길을 잃어 축제에 가지 못한 슬픈 어릿광대처럼 보였다.

"그리고 조명 말인데요. 불을 밝히지 못해서 죄송합니다. 유전적으로 눈이 약해서……"

그녀의 맹인 안경에 그의 잘생긴 얼굴이 두 번 비쳐 있었다. 맨눈에 그가 보였다면 쳐다봐서는 안 되는 태양처럼 그녀를 눈부시게 했을 것이다. 가엾은 밤의 새, 가엾은 때까치인 그녀는 태양을 보면 당장에 시들어 꼼짝 못 한다.

넌 내 먹이가 될 거야.

저기요, 당신은 목이 참 잘생겼군요. 대리석 조각 같아요. 내가 전혀 모르는 여름날의 황금빛 기운을 간직한 채 당신이 저 문을 넘어 들어왔을 때, 바로 그때 '사랑'이라고 불리는 카드가 혼란스럽게 쏟아지는 이미지 속에서 당신은 내 앞에 나타났어요. 그 카드에서 당신이 나와서 나의 어둠 속으로 들어온 것 같았고, 나는 당신이 잠시 그 어둠을 밝혀줄지도 모른다고 생각했어요.

나는 당신을 해칠 생각이 없어요. 어둠 속에서 신부 옷을 입고 기다릴게요.

신랑이 왔고, 그를 위해 준비된 방으로 들어갈 것이다.

나는 고독과 어둠의 형벌을 받고 있어요. 나는 당신을 해칠 생각이 없어요.

아주 부드럽게 할게요.

(사랑이 유령들로부터 나를 해방시킬 수 있을까? 새는 아는 노래만 부르는가, 아니면 새로운 노래를 배울 수 있는가?)

보세요, 나는 당신을 맞을 준비가 되어 있어요. 나는 언제나 당신을 맞을 준비가 되어 있었어요. 웨딩드레스를 입고 당신을 기다리고 있었어요. 왜 이렇게 늦으셨나요?…… 모든 게 아주 빨리 끝날 거예요.

내 사랑, 아프지 않을 거예요.

그녀 자신이 유령 나오는 집이다. 그녀는 자아를 갖고 있지 않다. 조상들이 가끔 와서 그녀 눈의 창문으로 밖을 내다보는데, 그것은 아주 무섭다. 그녀는 애매한 상태가 갖는 신비한 고독에 처해 있다. 그녀는 생과 사, 자는 것도 아니고 깬 것도 아닌, 이도 저도 아닌 지역에서 맴돌고 있다. 가시 달린 꽃 울타리 안에서. 노스페라투의 피비린내 나는 장미 봉오리. 벽 위의 짐승 같은 조상들이 자신들의 고통을 끊임없이 반복하라는 운명을 그녀에게 지웠다.

(그러나 한 번의 입맞춤, 단 한 번의 키스가 숲 속의 잠자는 공주를 깨웠다.)

그녀의 선조들이 벽에서 그녀를 흘겨보고 찡그리는 동안 그녀는 마음의 소리를 숨기기 위해 불안해하며 계속 프랑스어로 앞뒤가 안 맞는 수다를 떠는 체한다. 아무리 다른 생각을 하려 애써도 그녀가 아는 남녀 관계의 절정은 한 가지뿐이다.

그는 또 한 번 그녀의 멋진 손끝에 붙은 새의 발톱, 맹금류의 발톱 같은 그녀의 손톱에 놀랐다. 이 마을의 분수 아래 머리를 숙이고 물을 마신 후부터, 이 위험한 성의 어두운 입구에 들어선 후부터 점점 강해진 이상한 느낌이 이제는 그를 완전히 압도했다. 그가 만약 고양이였다면 공포로 굳어버린 네 다리로 그녀의 손에서 튀어올라 도망갔을 것이다. 그러나 그는 고양이가 아니라 영웅이다.

그는 눈앞에 보이는 것을 근본적으로 믿지 않기 때문에 까딱없다. 노스페라투 백작부인의 안방에서도 말이다. 그는 아마 이렇게 말했을 것이다. 진짜라고 하더라도 우리가 가능하다고 믿어서는 안 되는 것들이 있다고. 그는 또한 이렇게 말했을 것이다. 눈에 보이는 대로 믿는 것은 어리석다. 그녀를 못 믿는 것은 아니다. 그녀가 바로 눈앞에 있으며, 진짜다. 만약 그녀가 어두운 색안경을 벗는다면 그녀의 눈에서 이 흡혈귀들이 출몰하는 땅에 살고 있는 모든 이미지들이 쏟아져 나올 것이다. 그러나 동정인 덕분에 (그는 두려워해야 할 게 무엇인지 아직 알지 못한다) 그는 유령에 면역력이 있다. 그리고 영웅심 덕분에 태양과 같은 존재가 된 그에게 최우선적으로 보이는 것은 근친교배로 태어나, 극도로 신경이 예민하고, 부친도 모친도 없이 어둠 속에 너무 오래 갇혀 있어서 햇빛을 전혀 받지 못한 식물만큼 창백한, 유전으로 인해 눈이 반은 안 보이는 소녀이다. 그는 불안을 느끼기는 하지만 공포를 느낄 수는 없다. 그는 떤다는 게 뭔지 모르며 귀신, 유령, 야수, 악마와 악마가 거느린 모든 무리에게도 속아 넘어가지 않는 동화 속 소년 같다.

이런 상상력의 부족이 그 영웅에게 영웅심을 부여한다.

전쟁 참호 속에서 그는 공포에 떠는 것을 배우게 될 것이다. 그러나 이 소녀는 그를 떨게 만들 수 없다.

이제 어두워졌다. 겉창이 꽉 닫힌 창문 밖에서는 박쥐들이 날아다니며 찍찍거린다. 커피는 다 마셨고 설탕 비스킷도 다 먹었다. 그녀의 수다가 점점 줄어들더니 멈추었다. 그녀는 손가락을 마주 잡아 비틀고, 드레스의 레이스를 매만지고, 의자에서 불안하게 움직인다. 부엉이들이 날카롭게 소리 지르고, 그녀의 군대에 속하는 존재들이 온 사방에서 찍찍거리고 끽끽거린다. 지금 넌 멸망의 장소에 있어, 지금 넌 멸망의 장소에 있어. 그의 눈에서 나오는 파란 불빛을 피해 그녀는 고개를 돌린다. 그녀가 그에게 줄 수 있는 사랑의 절정은 한 가지뿐이다. 그녀는 사흘간 먹지 못했다. 이제 저녁 식사 시간이다. 잘 시간이다.

나를 따라와.
내가 널 기다렸지.
넌 내 먹이가 될 거야.

갈까마귀가 저주받은 지붕 위에서 울어댄다. "저녁 먹을 시간, 저녁 먹을 시간." 벽에 걸린 초상화들이 울어댄다. 끔찍한 배고픔이 그녀의 내장을 물어뜯는다. 그녀는 자신도 모르는 사이에 그를 일생 동안 기다려온 것이다.

그 잘생긴 자전거 청년은 자신의 행운을 믿을 수 없어 하며 그녀를 따라 침실로 들어갈 것이다. 그녀의 희생 제단 주위에 촛불이 낮고 맑게 타오르고, 그 빛이 벽에 수놓인 은빛 눈물에 비친다. 그녀는 유혹의 목소리로 그를 안심시킬 것이다. "내 옷이 벗겨져 내려가기만 하면 당신은 눈앞에서 미스터리를 보게 될 거예요."

그녀는 키스할 입술도 애무할 손도 없고 오직 맹수의 송곳니와 발톱밖에 없다. 서늘한 촛불 아래 드러난 그 금속성으로 빛나는 맨살을 만지는 것은 그녀의 치명적인 포옹을 청해 들이는 것이다. 낮고 달콤한 목소리로 그녀는 노스페라투 가문의 자장가를 흥얼거려줄 것이다.

포옹과 키스. 사자와 같은 당신의 금발, 비록 사자를 본 적은 없고 상상만 해봤지만. 태양의 머리, 비록 타로 카드에서 태양 그림을 보았을 뿐이지만. 날 언젠가 해방시켜주러 오리라 상상했던 애인의 황금빛 사자 머리, 당신의 그 머리가 뒤로 젖혀질 것이고, 죽음의 경련이 아니라 사랑의 떨림이라고 오해할 경련 속에서 당신의 눈이 위로 뒤집힐 것이다. 신랑은 나의 엽기적인 신방 침대 위에서 피를 흘린다. 죽어 뻣뻣해진 자전거 청년. 그는 여백작과 하룻밤을 보낸 대가를 치렀고, 어떤 이들은 너무 큰 대가를 치렀다고 생각하고 어떤 이들은 그렇지 않다고 생각한다.

내일 그녀의 감시인은 그의 뼈를 장미 나무 아래에 파묻을 것이다. 장미 나무는 그 자양분을 먹고 자라 진한 빛깔과 금지된 쾌락의 숨결을 음란하게 뿜어내는 황홀한 향내를 갖게 된다.

나를 따라와.

"날 따라오세요!"

잘생긴 자전거 청년은 그녀의 건강과 정신 상태를 염려하여 그녀가 신경질적으로 명령하는 대로 부지런히 다른 방으로 따라 들어간다. 그는 그녀를 품에 안아서 벽에서 그녀를 흘겨보는 조상들로부터 보호해주고 싶어 한다.

얼마나 무시무시한 침실인가!

그의 대령, 섹스에 질린 그 호색한이 파리에 있는 사창가 방문 카드를 주었다. 그 색마가 단언하기를 10루이만 주면 바로 이렇게 우울한 침실과 관에 누운 알몸의 여자를 살 수 있다고 했다. 사창가의 피아니스트는 무대 뒤에서 소형 오르간으로 〈진노의 날〉을 연주했고, 시체 방부 처리실의 온갖 향내 가운데서 그 손님은 시체 흉내를 내는 여자와 시체 성교의 즐거움을 누렸다. 그는 그런 경험을 해보지 않겠냐는 그 선배의 제안을 부드럽게 거절했다. 그런데 이제 아파서 열이 나고 바짝 마른 소녀, 날카로운 손톱과, 공포, 슬픔, 두렵고 좌절된 다정함으로 가득 차서 그 육체로부터 아무런 에로틱한 기대도 못하게 하는 눈을 한 이 병든 소녀를 이용해먹는 범죄를 어떻게 저지를 수 있단 말인가?

너무도 연약하고 저주받은 그녀, 불쌍한 것. 완전히 저주받은 소녀.

그러나 나는 그녀가 자신이 뭘 하는지도 모르고 있다고 믿는다.

그녀는 팔다리가 잘 붙지 않기라도 한 것처럼 덜덜 떤다. 흔들면 분해될 것처럼. 그녀는 드레스를 벗으려고 목 뒤로 손을 올리고, 눈에는 눈물이 솟아올라 어두운 색깔의 안경알 가장자리 아래로 흘러내린다. 검은 안경을 벗어야 어머니의 웨딩드레스를 벗을 수 있는데 그녀는 그 의례적인 일조차 제대로 못했고, 이제는 더 이상 그것이 어쩔 수 없는 일이 아니다. 그녀 내부의 심적 메커니즘이 그녀가 그것을 가장 필요로 하는 이때, 망가져버린다. 그녀가 안경을 벗을 때 그것은 손에서 미끄러져 타일 바닥 위에 산산이 부서진다. 그녀의 드라마에는 즉흥적인 것이 들어갈 여지가 없는데, 이 예상 밖의 평범한 안경 부서지는 소리가 그 방의 사악한 마법을 완전히 깨뜨린다. 그녀는 입을 벌리고 깨진 조각들을 멍하니 내려다보고, 얼굴에 흐르는 눈물을 주먹으로 마구 문지른다. 이제 그녀는 무엇을 해야 하나?

유리 조각들을 모으려고 무릎을 꿇었을 때, 날카로운 조각이 그녀의 엄지에 깊이 파고들어간다. 그녀는 날카롭게, 진짜 비명을 지른다. 깨진 유리 조각들 사이에 무릎 꿇고 앉아서 선홍빛 피가 솟아나와 방울 맺는 것을 바라본다. 전에는 자신의 피를 본 적이 한 번도 없다. 자신의 피는 본 적이 없다. 그것을 보니 두려움 속에서도 매혹을 느낀다.

이 비참하고 살인적인 방에 자전거 청년이 아기방의 순진한 치료법을 도입한다. 그 청년 자체가, 그 존재 자체로 귀신을 쫓아낸다. 그는 그녀의 손을 부드럽게 잡아당겨 자신의 손수건으로 피를 닦아낸다. 그래도 피는 계속 나온다. 그러자 그는 상처에 입을 갖다댄다. 그녀의 어머니가 살아 있었더라면 했을 것처럼 아픈 곳에 키스해서 낫게 해주려 한다.

벽에서 모든 은빛 눈물들이 약하게 뎅그렁거리며 땅으로 떨어진다. 초상화의 선조들은 눈을 돌리고 이를 간다.

인간이 되는 아픔을 그녀가 어떻게 견딜 것인가?

유배 생활의 끝은 존재의 끝이다.

그는 종달새 노랫소리에 깨어났다. 겉창과 커튼과 오래 닫혀 있었던 그 끔찍한 침실의 창문까지도 모두 활짝 열려서 빛과 공기가 흘러들어왔다. 이제는 다 보인다. 이 모든 것이 얼마나 싸구려인지, 새틴이 얼마나 얇고 싼 것인지. 상여는 흑단나무가 아니고 극장에서처럼 나무에 검은색으로 칠한 종이를 펴 발라놓은 것이다. 밖에 있는 장미 꽃잎 무리가 바람에 방으로 불려 들어왔고, 이 진홍색 조각들이 바닥 여기저기 향기롭게 빙빙 돌아다녔다. 양초는 다 타버렸고 종달새는 그녀가 풀어주었음에 틀림없었다. 그 새가 그 바보 같은 관 가장자리에 앉아 그에게 황홀한 아침 노래를 불러주고 있었기 때문이다. 그는 뼈가 뻣뻣하고 쑤셨다. 그녀를 침대에 눕히고 난 후 둘둘 만 재킷을 베개 삼아 바닥에서 잠을 잤던 것이다.

그러나 이제 그녀의 흔적은 어디에도 보이지 않는다. 다만 레이스 잠옷이 여성의 월경이 묻은 것처럼 피가 약간 묻어서 흐트러진 침대 검은 새틴 커버 위에 가볍게 던져져 있고, 창문 너머로 흔들리는 강렬한 덤불에서 꺾은 게 틀림없는 장미 한 송이뿐. 방 안 공기는 향냄새와 장미 향기로 진동했고 그 때문에 그는 기침을 했다. 여백작은 햇빛을 즐기러 일찍 일어났고 그에게 장미를 꺾어다주려고 밖에 살짝 나갔던 모양이었다. 그는 일어나서 종달새를 달래어 손목에 앉히고 창가로 데리고 갔다. 오래 새장에 갇혀 있던 새가 그렇듯 처음에는 하늘을 꺼렸다. 그러나 그가 바람의 흐름 위로 던져 올려주니 새는 날개를 펴고 위로 멀리 맑고 푸른 하늘로 날아갔다. 그는 가슴 벅찬 기쁨을 느끼며 새가 날아가는 궤도를 바라보았다.

그러고서 그는 내실로 걸어가며, 여러 가지 계획으로 마음이 바빴다. 그녀를 취리히의 병원으로 데려가야지. 신경성 히스테리 치료를 받게 할 거야. 그리고 그녀의 광선 공포증 치료를 위해 안과로, 치아 교정을 위해 치과로 데려가야지. 손톱은 유능한 네일 아티스트라면 다듬어줄 수 있을 거야. 그녀의 본래 모습인 아름다운 여자로 돌려놓을 거야. 내가 그녀의 모든 악몽을 다 치료해줄 거야.

두꺼운 커튼이 젖혀져서 눈부시게 쏟아지는 이른 아침 햇살을 들여놓았다. 황폐한 내실에서 그녀는 흰 드레스를 입고 카드를 펼쳐 놓은 둥근 탁자 앞에 앉아 있었다. 손때가 많이 묻어서, 항상 섞어 치느라 너무 낡아서 한 장도 무슨 그림인지 알아볼 수 없는 그 카드 앞에서 그녀는 잠에 빠져 있었다.

그녀는 잠을 자는 게 아니었다.

죽은 그녀는 훨씬 더 나이 들어 보이고, 덜 예뻐 보여서 처음으로 완전히 인간다워 보였다.

나는 아침 햇빛 속으로 사라질 거예요. 나는 어둠이 만들어낸 것에 불과했으니까요.

당신에게는 내 허벅다리 사이에서 꺾은 진하고 가시이빨 달린 장미를 기념으로 남겨요. 무덤 위에 놓인 꽃 한 송이처럼. 무덤 위에.

내 감시인이 모든 것을 처리할 거예요.

노스페라투는 언제나 자신의 장례식에 참석한다. 그녀가 혼자 무덤에 가지는 않을 것이다. 이제 노파가 울면서 나타나, 그에게 거칠게 가버리라는 손짓을 했다. 그는 악쥐 나는 헛간을 뒤져서 자전거를 찾아내서 휴가를 포기한 채 부쿠레슈티로 곧장 달려갔고, 그곳 우체국에 와 있던 우편물에서 즉각 부대에 복귀하라는 소환 전보를 발견했다. 한참 후 내무반에서 군복으로 갈아입은 후에 보니 여백작의 장미를 아직 지니고 있었다. 그녀의 시체를 발견한 후 자전거 재킷 가슴 주머니에 꽂아넣은 것이 분명했다. 이상하게두 루마니아에서 이렇게 멀리 가져왔는데도 꽃은 아직 시든 것 같지 않았다. 그녀가 너무도 예뻤고 너무도 뜻밖에 불쌍하게 죽었기 때문에 장미를 한번 살려보고 싶은 충동을 느꼈다. 그는 사물함 위 유리 물병에 담긴 물을 양치 컵에 채우고 장미를 그 안에 넣어 시든 장미꽃 머리를 물 표면에 뜨게 해놓았다.

그날 저녁 식당에서 돌아와 보니 노스페라투 백작의 진한 장미 향기가 막사의 돌바닥 복도로 흘러나와 그를 반겼고, 그 정열적이고 부드러우며 기괴한 꽃에서 풍겨 나오는 현기증 나는 향기가 삭막한 막사를 채웠으며, 꽃잎은 예전처럼 활짝 피어 탄력을 되찾고 그 퇴폐적이며 눈부시고 불길한 찬란함을 되찾았다.

다음 날, 그의 연대는 프랑스로 떠났다.

늑대인간

북쪽 나라, 차가운 날씨에 사람들은 차가운 마음을 지니고 있다.

추위, 폭풍, 숲 속의 야수들. 험한 삶이다. 통나무로 지은 집들의 내부는 어둡고 연기로 자욱하다. 촛농이 흘러내리는 양초 뒤에는 투박하게 만든 성모상이 있고, 돼지 다리와 말린 버섯이 줄에 매달려 있다. 침대, 걸상, 식탁. 고되고, 간결하고, 가난한 삶이다.

이 고지 마을 사람들에게 악마는 당신이나 나만큼 생생하다. 더 생생하다. 그들은 우리를 본 적도 없고 우리가 존재하는지조차 모른다. 그러나 종종 악마는 묘지에서 언뜻 본다. 황량하고 애처로운 사자(死者)들의 마을인 묘지에는 민화풍으로 그린 죽은 사람의 초상화가 누구의 무덤인지 표시해주고 있지만, 이 지방에는 꽃이 자라지 않아서 그 앞에 놓을 꽃이 없다. 그래서 그들은 자그만 빵 덩어리 같은 작은 봉헌물을 갖다 놓고 어떤 때는 케이크를 놓는데, 케이크는 곰들이 숲에서 쿵쿵거리며 다가와 가져가버린다. 자정에, 특히 발푸르기스의 밤*에는 악마가 묘지에서 피크닉을 열고 마녀들을 초대한다. 그리고 새로 묻힌 시체를 파내어 먹어버린다. 누구나 그런 얘기를 해줄 것이다.

문 위의 마늘 다발은 흡혈귀들이 들어오지 못하게 막는다. 세례 요한 축일 전야에 거꾸로 발부터 태어난 푸른 눈의 아이는 예지 능력을 갖게 될 것이다. 그들이 마녀―이웃과는 달리 유독 치즈를 잘 숙성시키는 노파, 기르는 검은 고양이가 언제나 졸졸 따라다니는(오, 불길해라) 노파―를 발견하면 그들은 노파의 옷을 벗기고 마녀 표시를 찾는다. 그녀를 섬기는 귀신이 빨아먹는 또 하나의 젖꼭지를 찾는 것이다. 곧 찾아낸다. 그리고 그녀를 돌로 쳐죽인다.

겨울 그리고 추운 날씨.

편찮으신 할머니를 찾아가 뵈어라. 내가 벽난로 바닥 돌에서 구운 귀리 비스킷과 작은 버터 한 통을 가져다드려라.

착한 아이는 엄마가 시키는 대로 한다. 숲 속을 터벅터벅 걸어서 8킬로미터. 곰, 멧돼지, 굶주린 늑대들이 있으니 길에서 벗어나면 안 돼. 여기, 아버지 사냥칼을 가져가거라. 어떻게 사용하는지 알잖니.

소녀는 추위를 막기 위해 두툴두툴한 양기죽 코드를 입었다. 숲을 너무 잘 알기에 무서워하지는 않지만 언제나 조심해야 한다. 늑대의 소름 끼치는 울음소리를 듣자 소녀는 짐을 내던지고는 칼을 움켜쥔

---

* 5월 초하루 전날 밤. 독일에는 이날 밤 마녀들이 브로켄 산에서 마왕과 술잔치를 벌인다는 전설이 있음.

채 야수를 향해 돌아섰다.

그것은 빨간 눈에 침이 줄줄 흐르는 회색빛 주둥이를 가진 커다란 늑대였다. 산지기의 딸이 아니었다면 보기만 해도 무서워서 죽었을 것이다. 늑대들이 으레 그러하듯 소녀의 목을 물려고 덤벼들었다. 그러나 소녀는 아버지의 칼을 크게 휘둘러 늑대의 오른쪽 앞발을 잘라버렸다.

늑대는 자신에게 무슨 일이 일어났는지를 보고서는 놀라서 헉하는 소리, 거의 흐느끼는 소리를 질렀다. 늑대는 보기보다 덜 용감하다. 세 다리에 간신히 의지하여 늑대는 나무 사이로 구슬프게 느릿느릿 걸어가며, 핏자국을 남겼다. 소녀는 피 묻은 칼을 앞치마에 문질러 깨끗이 닦아내고 엄마가 귀리 비스킷을 싸준 헝겊에 늑대의 발을 싸서 할머니 집을 향해 발걸음을 계속했다. 곧 눈이 너무 많이 내려 길 위에 있던 발자국이나 흔적이 모두 사라졌다.

소녀는 할머니가 몹시 편찮으셔서 침대에 누워 불편하게 잠들어 계신 것을 보았다. 끙끙 신음하며 떨고 계셔서 할머니에게 열이 있다고 소녀는 짐작했다. 이마를 만져보니 타는 듯이 뜨거웠다. 소녀는 할머니께 차가운 물수건을 올려드리려고 바구니에서 헝겊을 꺼내다가 늑대 발을 바닥에 떨어뜨렸다.

그러나 그것은 늑대 발이 아니라 손목에서 잘려 나온 손이었다. 일을 많이 해서 거칠어지고 나이 들어 검버섯이 핀 손. 약지에 결혼반지가 끼워져 있었고 집게손가락에 사마귀가 있었다. 사마귀를 보고 소녀는 그게 할머니 손이라는 것을 알았다.

이불을 젖히니 노파가 깨어나서 몸부림치기 시작했다. 귀신 든 것처럼 깩깩 울고 비명을 질렀다. 그러나 소녀는 힘이 셌고, 아버지의 사냥칼로 무장하고 있었다. 간신히 할머니를 내리누르고 발열의 원인을 찾을 수 있었다. 오른손이 있어야 할 자리가 뭉툭하게 잘려나갔고 이미 곪고 있었다.

소녀가 십자가를 긋고 크게 소리 지르자 이웃 사람들이 듣고 달려왔다. 그들은 손에 있는 사마귀가 마녀의 젖꼭지라는 것을 금방 알아보았고 막대기로 잠옷 차림의 노파를 집 밖 눈 속으로 내몰았다. 그리고 그 늙은 몸뚱이를 두들겨 숲 가장자리로 몰고 가서 쓰러져 죽을 때까지 돌팔매질을 했다.

이제 소녀는 할머니 집에서 살았다. 아주 잘 살았다.

늑대 친구들

한 마리가, 단 한 마리 짐승이 밤에 숲에서 울부짖는다.

늑대는 육식동물의 화신이며 사나운 만큼 교활하기도 하다. 한번 고기 맛을 보면 다른 무엇에도 만족하지 않는다.

밤에는 늑대 눈이 촛불의 불꽃처럼 노르스름하고 불그스름한 빛을 띠지만, 그것은 눈동자가 어둠 때문에 커지고 등불 빛을 반사하기 때문이다. 위험을 알리는 적신호. 늑대의 눈이 달빛만을 반사할 때는 차고 이상한 초록색, 날카로운 금속성의 색깔을 띤다. 여행하다가 해가 져서 어둑해졌을 때 만약 검은 덤불에 갑자기 나타난 그 무시무시하게 번쩍이는 조각들을 보게 되면, 달아나야 한다. 공포 때문에 꼼짝 못 하지 않는 이상.

그러나 지혜롭지 못하게 늦은 시간에 숲을 지나갈 때 당신이 풍기는 고기 냄새 주위로 보이지 않게 늑대들이 모여들 때 당신이 볼 수 있는 유일한 것은 이 숲 속 암살자들의 눈뿐이다. 그들은 그림자 같고, 망령 같은, 악몽의 희끄무레한 무리들이다. 들어보라! 그 길게 떨리며 울부짖는 소리…… 귀에 들려오는 공포의 아리아.

늑대의 노래는 당신이 물어뜯길 때 나는 소리이다, 그 자체가 죽음이다.

겨울이고 날씨는 춥다. 이 산과 숲 지역에는 이제 늑대들이 먹을 게 아무것도 없다. 염소와 양은 우리에 갇혀 있고 사슴은 남쪽 언덕에 남아 있는 초원으로 떠났다. 늑대들은 마르고 굶주린다. 어찌나 살이 없는지 그들이 당신을 덮치기 전에 시간만 준다면 가죽에 드러난 앙상한 갈비뼈를 셀 수 있을 정도이다. 그 침 흘리는 턱, 축 늘어진 혀, 희끗희끗한 턱에 서리가 내린 듯 말라붙은 침. 밤과 숲에 우글거리는 위험물, 즉 유령, 도깨비, 석쇠에 갓난아기를 굽는 괴물, 잡아먹으려고 포로를 우리에 가두어 살찌우는 마녀, 이 모든 것 중에서 늑대가 최악이다. 이성이 통하지 않기 때문이다.

사람이 없는 숲 속은 언제나 위험하다. 우거진 키 큰 소나무들 사이로 들어설 때, 그 얽히고설킨 가지들이 당신에게 엉켜 붙어, 식물들이 늑대들과 함께 음모를 짜기라도 한 듯, 사악한 나무들이 친구를 위해 낚시라도 나선 듯, 조심성 없는 여행자를 그물에 걸리게 하는 곳, 그 숲의 문기둥 사이로 들어설 때 아주 두려워하며 끝없이 조심하라. 길에서 한시라도 벗어나면 늑대들이 당신을 잡아먹을 테니. 그들은 굶주림처럼 음울하고, 전염병처럼 몰인정하다.

식구들에게 냄새나는 염소젖과 구더기가 들끓고 냄새 고약한 치즈

216

를 조달해주는 몇 마리의 염소 떼를 돌보러 나갈 때, 심각한 눈빛을 한 이 척박한 지방의 아이들은 언제나 칼을 지니고 나간다. 그 칼은 크기가 아이들 절반쯤 되고, 칼날은 매일매일 날카롭게 갈려 있다.

그러나 늑대들은 집 안에 잠입하는 방법을 알고 있다. 우리가 아무리 노력해도 어떤 때는 늑대들을 막을 수가 없다. 오두막에 사는 사람은 바싹 마르고 굶주린 회색 늑대가 문 밑으로 코를 들이미는 게 보일까봐 두려워하며 온 겨울밤을 보내고, 부엌에서 마카로니를 체에 밭치다가 물린 여자도 있었다.

늑대를 두려워하고 피해 달아나라. 최악의 경우, 늑대는 보기와 다를 수가 있기 때문이다.

예전에 이 근처에서 구덩이에 덫을 놓아 늑대를 잡은 사냥꾼이 있었다. 그 늑대는 양과 염소들을 도살했고, 산 중턱 오두막에서 혼자 살며 하루 종일 예수를 찬양하는 광신도 노인을 잡아먹었다. 양치기 소녀를 덮치기도 했지만 소녀가 요란하게 소리를 질러서 사람들이 사냥총을 갖고 달려와 쫓아 보냈고, 숲 속으로 뒤쫓아갔으나 아주 교활한 늑대는 그들을 허탕 치게 했다. 그래서 이 사냥꾼은 구덩이를 파고 그 안에 미끼로 오리를 산 채로 넣어놓았다. 그리고 늑대 똥을 바른 짚으로 구덩이를 덮었다. 꽥꽥 오리가 울자 늑대 한 마리가 숲에서 슬그머니 나왔다. 아주 크고 무거운 늑대로 성인 남자만큼 무게가 나가서 짚이 푹 꺼져 구덩이로 굴러떨어졌다. 사냥꾼은 뒤따라 내려가 늑대의 목을 자르고 전리품으로 네 발을 모두 잘랐다.

그러자 그 앞에 쓰러져 있는 것은 늑대가 아니라 머리와 손발이 잘린 채 죽어가는 피투성이 남자의 몸뚱이였고, 곧 죽어버렸다.

골짜기 위에 사는 어느 마녀가 한 결혼식에서 신랑이 다른 여자와 결혼한다며 결혼식에 참석한 모든 사람을 늑대로 바꾸어버린 적이 있었다. 그녀는 심술부리느라 그 늑대들에게 밤에 자신을 찾아오라고 명령했고, 그들은 그녀 오두막 주위에 둘러앉아서 울부짖으며 비참한 처지로 그녀에게 세레나데를 불러주곤 했다.

그리 오래되지 않은 일인데, 우리 마을 어느 젊은 여자의 신랑이 신혼 초야에 자취도 없이 사라져버린 일이 있었다. 침대에 새 시트가 깔리고 신부가 누워 있었다. 신랑이 밖에 나가 소변을 보겠다며, 품위를 지키겠다고 고집을 부려, 신부는 턱까지 이불을 끌어당겨 덮고 누워 있었다. 그녀는 기다리고, 기다리고 또 기다렸다. 나간 지 너무 오래되지 않았나? 그러다가 숲에서 바람결에 울부짖는 소리를 듣고 벌떡 일어나 비명을 질렀다.

그 길고도 떨리는 울음소리에는 무시무시한 울림에도 불구하고 어떤 타고난 슬픔이 깃들어 있었다. 마치 방법을 알기만 한다면 그들의 야수성을 없애고 싶어 하는 것 같았고, 자신들의 처지를 끝없이 슬퍼하는 것 같았다. 늑대들의 노랫소리에는 거대한 우수가 깃들어 있어, 숲만큼이나 무한하고 겨울의 기나긴 밤만큼이나 끝이 없다. 그러나 그 무시무시한 슬픔, 그들의 구원 불가능한 입맛에 대한 슬픔은 동정을 받지 못한다. 왜냐면 노래 중 어느 한 소절도 구원의 가능성을 보여주지 않기 때문이다. 절망만으로는 늑대에게 구원이 올 수 없으며 단지 어떤 외부 중개자를 통해서만 가능하다. 그래서 어떤 때는 야수가 자신을 죽이는 칼날을 반쯤은 환영하는 것처럼 보인다.

그 젊은 여자의 남자 형제들이 바깥 변소와 건초더미를 찾아보았으나 아무런 흔적도 발견하지 못했다. 그래서 똑똑한 그 여자는 눈물을 닦고, 방 안 요강에 소변보는 것을 수줍어하지 않고 실내에서 밤을 지내는 남편을 새로 얻었다. 여자는 그에게 건강한 아이 둘을 낳아주었고 모든 것이 잘되어갔다. 그런데 어느 얼어붙을 것같이 추운 동짓날 밤, 모든 것이 원래대로 아귀가 맞지 않고 계절이 바뀌는 때, 가장 기나긴 밤, 첫 남편이 돌아왔다.

그녀가 아이들 아버지를 위해 수프를 휘젓고 있을 때 문을 쾅쾅 두드리는 소리가 났다. 그녀는 문빗장을 열자마자 그를 알아보았다. 비록 그를 위해 상복을 입은 지 수년이 지났고 이제 그는 누더기 옷에 허리까지 내려오는 한 번도 빗질하지 않은 머리에는 이가 들끓고 있었지만 말이다.

"여보, 나 다시 왔소." 그가 말했다. "어서 양배추 수프 한 그릇 가져다주시오."

그때 두번째 남편이 땔감을 들고 들어왔다. 첫 남편은 그녀가 다른 남자와 잠자리를 같이했다는 것을 안 데다. 왜 이리 시끄러운가 보려고 부엌으로 들어온 두 아이가 그의 빨간 눈에 띄자 소리쳤다. "내가 다시 늑대가 되어서 이 창녀에게 교훈을 가르쳐주면 좋겠네!" 그는 그 즉시 늑대로 변해 큰아이의 왼발을 찢어냈으나, 곧 장작 패는 도끼로 난도질을 당해 죽었다. 그러나 쓰러진 늑대가 피 흘리며 마지막 숨을 몰아쉴 때 가죽이 다시 벗겨져 수년 전 신혼 초야에 도망갔던 모습과 똑같아지자 그녀가 눈물을 흘렸고 두번째 남편은 그녀를 때렸다.

악마가 주는 연고를 바르면 즉시 늑대로 변한다는 말이 있다. 또는 태어날 때 발이 먼저 나오고, 아버지가 늑대이며, 몸통은 인간이고 다리와 성기는 늑대인 사람이 있다고 한다. 그리고 그런 사람은 늑대의 심장을 가졌다 한다.

늑대인간의 자연 수명은 7년이지만 만약 그가 사람일 때 입던 옷을 태워버리면 그는 여생을 늑대로 지내게 되는 운명에 처하게 된다. 그래서 이 부근 노파들은 보호책으로 모자나 앞치마를 늑대인간에게 던진다. 마치 옷이 그를 인간으로 만들기라도 하듯. 그러나 눈을 보면, 그 형광빛으로 빛나는 눈을 보면 그가 어떤 모양을 하고 있다해도 늑대인간을 알아볼 수 있다. 어떻게 변신해도 눈만은 바뀌지 않는다.

늑대가 되기 전에 늑대인간은 옷을 벗고 실 한 오라기 걸치지 않은 알몸이 된다. 소나무 사이에서 알몸의 남자를 보게 되면 당신은 악마가 뒤를 쫓아오기라도 하듯이 도망쳐야 한다.

때는 한겨울이고 인간의 친구인 울새는 정원사의 삽 손잡이에 앉아서 노래한다. 일 년 중 늑대에게는 최악의 때이다. 그러나 이 강심장 소녀는 숲 속을 지나서 가겠다고 고집한다. 소녀는 들짐승이 자기를 해치지 못할 것이라고 확신하지만 조심하라는 주의를 많이 받아서 엄마가 치즈를 싸준 바구니 안에 고기 베는 칼을 넣어놓는다. 그 안에는 나무딸기를 증류해서 만든 독한 술, 벽난로 바닥 돌에서 구운 납작한 귀리 비스킷 한 줌, 한두 병의 잼이 들어 있다. 옅은 황갈색 머리의 소녀는 이 맛있는 선물을 홀로 사는 할머니에게 갖다드리려 한다. 할머니는 세월의 연륜에 눌려 거의 돌아가시기 직전이다. 할머니 댁은 겨울 숲을 두 시간이나 걸어가야 한다. 소녀는 두꺼운 숄을 두르고 머리까지 뒤집어쓴다. 그녀는 튼튼한 나무 구두를 신고, 옷을 입어 갈 준비를 마쳤으며 오늘은 크리스마스이브이다. 동짓날의 위험한 문은 여전히 흔들거렸지만 그녀는 사랑을 아주 많이 받아서 두려움을 느껴본 적이 없다.

이 원시적인 지역에서 아이들은 어린 상태로 오래 있지 않는다. 갖고 놀 장난감이 없기 때문에 일을 많이 하고 빨리 철이 든다. 그러나 이 예쁘고 가족 중에서 가장 어린 소녀는 철이 좀 늦게 들었고 엄마와 할머니의 사랑을 듬뿍 받았다. 할머니는 소녀에게 빨간 숄을 떠 주었으며, 오늘 그 숄은 눈 위에 흘린 피처럼 눈부시지만 불길해 보인다. 소녀의 가슴은 이제 막 부풀어 오르기 시작했으며, 그녀의 머리카락은 마치 솜털처럼 가늘어서 하얀 이마에 그림자도 드리우지 않을 정도이다. 뺨은 상징적인 진홍색과 흰색이며, 막 월경을 시작해서, 이제부터 한 달에 한 번 그 시계가 몸 안에서 울릴 것이다.

소녀는 처녀성이라는 보이지 않는 오각별 모양의 부적 안에 서 있고 그 안에서 움직인다. 그녀는 깨어지지 않은 계란이며, 봉인된 용기(容器)다. 그녀는 입구가 처녀막으로 꽉 봉해진 마법의 공간을 내부에 지니고 있는 것이다. 그녀는 폐쇄된 구조이다. 두려워 떤다는 게 무엇인지 모른다. 소녀는 칼을 지니고 있고 아무것도 두렵지 않다.

아버지가 집에 있었더라면 소녀가 가는 것을 막았을 것이다. 그러나 아버지는 멀리 숲 속에서 나무를 하고 있으며, 어머니는 그녀를 말릴 수 없다.

숲은 마치 한 쌍의 턱처럼 그녀를 삼켜버렸다.

숲 속에는 언제나 볼거리가 있다. 한겨울에도 말이다. 웅크리고 모여 있는 한 무리의 새들, 계절적 무기력함에 빠져서 삐걱거리는 나뭇가지에 몰려 앉아, 너무 기가 죽어서 노래도 안 한다. 얼룩진 나뭇가지에 밝은색으로 피어난 겨울 버섯, 토끼와 사슴의 쐐기꼴 발자국, 새들의 청어가시무늬 발자국, 베이컨 조각처럼 말라빠진 토끼가 길을 가로질러 달려가고, 작년 고사리가 붉게 마른 풀숲에 약한 햇살이 얼룩얼룩 비친다.

멀리서 늑대가 소름끼치게 울어대는 소리가 들리자 소녀의 노련한 손은 칼 손잡이를 움켜잡았다. 그러나 늑대는 자취도 없고 벌거벗은 남자도 보이지 않았다. 그때 덤불에서 부스럭거리는 소리가 들렸고, 옷을 다 입은 남자가 길로 튀어나왔다. 아주 잘생긴 젊은이로 초록색 코트에 사냥꾼의 챙 넓은 모자를 쓰고 사냥한 새들을 메고 있었다. 가지가 바스락거리는 소리가 나자마자 소녀는 손으로 칼을 잡았지만, 그는 그녀를 보고 흰 이를 반짝이며 웃었고, 우습지만 기분 좋은 인사를 했다. 그녀는 지금까지 그렇게 잘생긴 남자를 본 적이 없다. 그녀가 태어난 마을의 시골뜨기들 중에 그런 청년은 없었다. 그래서 그들은 오후의 짙어져가는 햇빛 속을 같이 걸어갔다.

그들은 금세 오래된 친구처럼 웃고 농담했다. 그가 바구니를 들어주겠다고 제안했을 때 그 안에 칼이 들어 있었지만 바구니를 그에게 주었다. 사냥총이 그들을 보호해줄 것이라고 그가 말했기 때문이다. 날이 어두워지면서 다시 눈이 오기 시작했다. 그녀는 첫 눈송이가 속눈썹에 떨어져 앉는 것을 느꼈다. 그러나 이제 800미터만 가면 뜨거운 차와 불이 있을 것이고, 그녀 자신은 물론 멋진 사냥꾼도 분명히 따뜻한 환영을 받을 것이다.

이 청년은 주머니에 놀라운 물건을 갖고 있었다. 나침반이었다. 소녀는 그의 손바닥에 놓인 작고 동그란 유리알 뚜껑을 바라보았고, 흔들리는 바늘을 놀라서 멍하게 바라보았다. 그는 이 나침반이 사냥 여행할 때 숲 속을 무사히 지나게 해주었다고 설명했다. 바늘이 언제나 어느 쪽이 북쪽인지를 정확하게 알려주기 때문이라고 했다. 그녀는 이 말을 믿지 않았다. 숲 속을 지나갈 때에 절대 길을 벗어나면 안 되고, 안 그러면 즉각 길을 잃어버린다고 알고 있었다. 그는 다시 그녀를 보고 웃었다. 침 자국으로 번득이는 이를 드러내면서. 그는 길을 벗어나서 그들을 둘러싸고 있는 숲 속으로 들어가면 족히 15분은 더 빠르게 할머니 집에 도착할 수 있다고, 그는 나침반으로 덤불 속 길을 찾아가는 반면 그녀는 꾸불꾸불한 길을 따라 돌아가는 것이라고 말했다.

난 당신 말을 못 믿겠어요. 더구나 늑대가 두렵지 않으세요?

그는 반짝이는 사냥총 개머리판을 두드리며 싱긋 웃었다.

내기할래요? 그는 그녀에게 물었다. 우리 이걸로 게임할까요? 내가 할머니 집에 먼저 도착한다면 뭘 줄 건가요?

뭘 원해요? 그녀가 내숭 떨며 물었다.

키스.

순박하게 유혹하는 흔해빠진 방법이다. 그녀는 눈을 내리깔고 얼굴을 붉혔다.

그는 그녀의 바구니를 들고 덤불을 헤치며 들어갔다. 이제 달이 떠올랐지만 그녀는 짐승들을 두려워하던 것도 잊었다. 잘생긴 청년이 내기에 건 상을 확실하게 받도록 어슬렁거리며 가고 싶었기 때문이다.

할머니 집은 마을에서 조금 떨어져 외따로 있었다. 텃밭 주위로 눈이 회오리쳤고 청년은 발이 젖기 싫은 듯 눈 덮인 길을 조심조심 걸어

올라가 현관문으로 들어섰다. 사냥감 꾸러미와 소녀의 바구니를 흔들며 노래를 흥얼거리면서.

턱에는 희미한 핏자국이 있었다. 잡은 것을 먹었기 때문이다.

그는 손가락 관절로 판자를 두드렸다.

할머니는 나이 들고 약해서 아픈 뼈마디로 보건대 4분의 3은 죽어 있었고, 완전히 죽기 일보 직전이었다. 한 시간 전에 마을에서 소년이 와서 불을 지펴주어 부엌에서는 바삐 타오르는 불이 우지직 딱딱거리며 타고 있었다. 할머니는 성경을 벗 삼았고 경건한 노인네였다. 할머니는 농가풍으로 벽 안에 들어가 있는 침대에 베개를 여러 개 받쳐 기대어, 기억하기도 어려울 정도로 오래전 결혼하기 전에 만들었던 조각누비이불을 덮고 있었다. 등에 적갈색 반점이 있고 코가 검은색인 도자기 스패니얼 두 마리가 난로 양쪽에 놓여 있었다. 헝겊을 엮어 만든 밝은 색 깔개가 타일 위에 깔려 있었다. 괘종시계가 할머니의 스러져가는 시간을 째깍거리며 흘려보내고 있었다.

우리가 잘 살면 밖에서 늑대가 들어오지 못한다.

그는 털 난 손가락으로 판자를 두드렸다.

저 할머니 손녀예요, 그는 하이 소프라노로 흉내를 냈다.

빗장을 들어올리고 들어오너라. 아가야.

눈을 보면 알 수 있지요. 육식동물이 눈, 야행성이고, 상처처럼 빨간 파괴적인 눈. 할머니, 늑대에게 성경을 던질 수 있고, 그 후에 앞치마를 던질 수 있어요. 그게 이 지긋지긋한 짐승에 대한 예방법이라고 생각하셨지요. 이제 보호해달라고 예수를 불러대고 성모와 천국의 모든 천사들을 부르세요. 하지만 아무 소용이 없어요.

늑대의 야생적인 주둥이는 칼처럼 뾰족하다. 그는 깨물어 먹은 금빛 꿩을 식탁 위에 내려놓고 소녀의 바구니를 내려놓는다. 오, 세상에. 그애를 어떻게 한 거니?

그는 변장을 벗어버린다. 숲 색깔의 옷, 리본에 깃털이 꽂힌 모자, 그의 헝클어진 머리카락이 하얀 셔츠 위로 흘러내리고, 할머니는 머리카락에서 살아 움직이는 이를 볼 수 있다. 화로의 나뭇가지가 움직이며 쉿 하는 소리를 낸다. 밤과 숲이 그 머리카락에 엉킨 어둠과 함께 부엌으로 들어왔다.

그는 셔츠를 벗는다. 그의 피부는 송아지 피지의 색깔과 질감을 하고 있다. 배 아래로 곱슬곱슬한 털이 한 줄 나 있다. 그의 젖꼭지는 독과일처럼 탐스럽고 거무스름하다. 그러나 너무 말라서 그가 당신에게 시간만 준다면 피부 아래 갈비뼈를 셀 수 있을 정도이다. 그가 바지를 벗으니, 할머니는 그의 다리에 얼마나 털이 많은지 볼 수 있다. 그의 성기는 거대하다. 아, 거대하다.

그 노인네가 이 세상에서 마지막으로 본 것은 눈이 석탄재 같고 홀딱 벗은 청년이 침대로 다가오는 광경이었다.

늑대는 육식동물의 화신이다.

할머니를 다 먹고 나서 그가 턱을 핥아내고 옷을 재빨리 다시 입으니 문으로 들어왔을 때의 모습과 똑같아졌다. 그는 먹을 수 없는 머리카락은 난로에 태우고, 뼈는 냅킨에 싸서 침대 밑 나무 옷장에 숨겼는데, 그 안에서 깨끗한 시트 두 장을 발견했다. 그는 비밀을 드러내는 얼룩진 시트를 세탁물 바구니에 감추고 새 시트를 침대에 조심스럽게 깔았다. 베개를 부풀리고 조각누비이불을 흔들어 펼쳤다. 바닥에 떨어진 성경을 집어올려 잘 덮어서 탁자 위에 올려놓았다. 할머니가 사라진 것을 빼고는 예전과 똑같았다. 화로 속 나무가 활활 타고 있었고, 시계는 째깍거리고, 청년은 할머니의 나이트캡을 쓰고 참을성 있게 소녀의 눈을 속이려고 침대 옆에 앉아 있다.

똑똑똑.

누구냐, 그는 할머니의 나이 먹은 가성으로 떨며 말한다.

할머니 손녀지요.

그렇게 소녀는 들어왔고, 함께 들어온 눈발들은 타일 위에 눈물처럼 녹았다. 그녀는 할머니만 난로 옆에 앉아 있는 것을 보고 약간 실망하는 듯했다. 그러나 그때 그가 담요를 내던지고 문으로 튀어가 등을 지고 서서 그녀가 다시 나가지 못하도록 했다.

소녀가 방을 둘러보았다. 매끈한 베개에는 머리에 눌린 흔적도 없었고, 한 번도 그런 적이 없었는데 성경이 닫혀서 탁자 위에 놓여 있었다. 시계의 째깍거리는 소리가 채찍처럼 날카롭게 울렸다. 그녀는 바구니에서 칼을 빼고 싶었으나 그의 눈이 노려보고 있었기 때문에 감히 손을 내밀 수가 없었다. 그 거대한 눈은 내면에서 나오는 독특한 빛으로 빛나는 것 같았다. 접시만큼 커다란 눈, 전투용 그리스 화약이 가득 찬 접시만 한 눈, 악마의 형광빛.

눈이 정말 그네요.

너를 쳐다보는 데 좋지.

할머니의 흔적은 아무 데도 없었다. 아직 타지 않은 장작 나무껍질에 걸려 있는 흰머리 한 뭉치밖에는. 소녀는 그것을 보고 자신이 위험에 빠진 것을 알았다.

할머니는 어디 계세요?

아가씨, 여기에는 우리 둘밖에 없어.

이제 그들 주위로 크게 울부짖는 소리가 사방에서 났다. 가까이, 아주 가까이, 텃밭만큼 가까이, 수많은 늑대들의 울음소리. 가장 나쁜 늑대는 털이 안으로 난다는 것을 알기 때문에 그녀는 덜덜 떨었다. 비록 그녀가 흘려야 할 피처럼 빨간색이었지만 마치 자신을 보호해주기라도 할 듯이 진홍빛 숄을 더 바짝 여몄는데도 부르르 떨었다.

누가 우리에게 캐럴을 불러주러 왔나요. 그녀가 말했다.

내 형제들의 목소리야, 아가씨. 난 늑대 친구들이 좋아. 창문을 내다보면 그들이 보일 거야.

격자창에 쌓인 눈이 창을 거반 가리고 있어서 마당을 내다보려고 창문을 열었다. 달과 눈으로 하얀 밤이었다. 겨울 양배추 밭고랑 사이에 웅크리고 앉아서 뾰족한 주둥이를 달로 향하고 마음이 찢어지는 듯 울어대는 깡마른 회색의 야수들 사이로 눈보라가 휘몰아쳤다. 열 마리, 스무 마리 늑대―너무나 많아서 셀 수 없는 늑대들이 마치 미친 듯이 아니면 정신이 나간 듯이 함께 울어댔다. 그들의 눈에 부엌 불빛이 비쳐서 100개의 촛불처럼 빛났다.

아주 추운데, 가여운 것들. 그녀가 말했다. 그렇게 울 만도 하군.

늑대의 슬픈 노래에 창문을 닫고 그녀는 진홍빛 숄을 벗었다. 양귀비꽃의 색깔, 희생제물의 색깔, 월경의 색깔. 두려워해봤자 득 될 것이 없기 때문에 그녀는 이제 두려워하지 않았다.

숄을 어떻게 할까요?

불에 던져버려, 아가씨. 이제 다시 필요하지 않을 거야.

그녀는 숄을 뭉쳐서 불길에 내던졌다. 금세 활활 다 타버렸다. 그리고 블라우스를 머리 위로 올려 벗었다. 마치 눈이 방 안으로 밀고 들어온 듯 소녀의 작은 젖가슴이 빛났다.

블라우스를 어떻게 할까요?

그것도 불에 던져, 내 귀염둥이.

그 얇은 모슬린 천은 불타올라 요술 새처럼 굴뚝 위로 날아 올라갔다. 이제 치마가 내려오고 울 스타킹과 구두가 벗겨지고, 모두 불에 던져졌고 영원히 사라졌다. 불빛이 그녀의 피부 윤곽을 비추었다. 이제 그녀가 걸친 것이라고는 아무도 손대지 않은 피부뿐이었다. 이 눈부신 알몸의 소녀는 손가락으로 머리카락을 빗었다. 그녀의 머리카락은 밖의 눈만큼이나 희어 보였다. 그러더니 빨간 눈에다 헝클어진 머리카락 속에 이가 기어다니는 그 남자에게로 곧장 다가갔다. 그녀는 까치발로 서서 그의 셔츠 칼라 단추를 풀었다.

어깨가 아주 넓네요.

너를 안기에 좋지.

이 세상의 모든 늑대들이 이제 창밖에서 결혼 축가를 불렀다. 약속했던 대로 그녀가 그에게 스스로 키스를 하는 동안에.

이빨이 참 크네요!

소녀는 그의 턱에 침이 흐르기 시작하는 것을 보았고 방 안은 숲에서 울리는 〈사랑의 죽음〉의 아리아로 가득 찼다. 그러나 현명한 소녀는 그가 이렇게 대답했을 때도 결코 움찔하지 않았다.

너를 먹기에 좋지.

소녀는 웃음을 터뜨렸다. 자신이 누구에게 먹힐 고깃덩어리가 아니라는 것을 알기에. 그녀는 그의 면전에 대고 웃으며 그의 셔츠를 찢어 내어 자신의 옷이 불탄 자리에 던졌다. 불길은 발푸르기스의 밤에 죽은 영혼들처럼 춤을 추었고 침대 밑의 늙은 뼈들은 무시무시하게 덜컹거렸지만 소녀는 그것을 전혀 신경 쓰지 않았다.

육식동물의 화신, 오직 흠 없는 육체만이 그를 달랠 수가 있다.

소녀는 두려움에 찬 그의 머리를 무릎에 놓고 그의 가죽에서 이를 잡아낼 것이며 아마도 그가 시키는 대로, 야만인의 결혼 의식에서 하듯이 잡은 이를 입에 넣고 먹을 것이다.

폭풍은 가라앉을 것이다.

폭풍은 가라앉았다. 산에는 마치 눈먼 노파가 하얀 천을 덮은 듯 눈이 여기저기 덮여 있었고, 숲의 소나무 높은 가지는 석회 뿌린 듯 눈이 쌓여 무겁게 삐걱거렸다.

눈빛, 달빛, 뒤섞인 늑대 발자국들.

모두 조용하고, 모두 멈춰 있다.

자정, 이윽고 시계가 종을 친다. 크리스마스다. 늑대인간의 생일이다. 동짓날의 문은 활짝 열려 있다. 모두 잦아들게 하라.

보라! 그녀는 할머니 침대에서 다정한 늑대의 팔에 안겨 달콤하고 깊은 잠에 빠져 있다.

늑대-앨리스

누더기를 걸치고 얼룩 귀를 가진 이 소녀가 우리처럼 말을 할 줄 알았더라면 자신을 늑대라고 불렀을 거다. 그러나 그녀는 말을 할 줄 모른다. 비록 외로워서 울부짖기는 하지만. 그러나 '울부짖는다'는 맞는 말이 아니다. 그 아이는 어려서 강아지들이 내는 소리, 보글보글하는 달콤한 소리, 마치 기름을 가득 담아 불 위에 올린 프라이팬에서 나는 소리를 내기 때문이다. 가끔 뾰족한 귀를 가진 그녀의 수양가족들이 닿을 수 없는 심연 저 멀리서 그 아이의 소리를 듣고, 머나먼 소나무 숲과 민둥산자락에서 대답한다. 그들의 주고받음은 밤하늘을 건너가고 다시 건너온다. 그들은 소녀에게 말을 하고 싶지만 그렇게 할 수 없다. 소녀는 그들의 언어를 사용할 줄 알지만 이해하지는 못하기 때문이다. 소녀가 늑대 젖을 먹고 자라기는 했어도 늑대는 아니기에.

소녀의 헐떡거리는 혀는 늘어져 있고 붉은 입술은 도톰하고 싱싱하다. 다리는 길고 늘씬하며 근육질이다. 늘 네 발로 달리기 때문에 팔꿈치, 손과 무릎에는 두껍게 못이 박여 있다. 절대 걷지 않는다. 속보로 가거나 질주한다. 그 아이의 속도는 우리의 속도가 아니다.

두 다리는 쳐다보고, 네 다리는 냄새 맡는다. 소녀의 기다란 코는 언제나 벌름거리며 마주치는 모든 냄새를 맡는다. 이 유용한 도구로 소녀는 보이는 모든 것을 자세하게 탐색한다. 소녀는 그 뛰어나고 털이 나고 민감한 감지망인 코를 통해 우리보다 세상의 훨씬 더 많은 부분을 포착할 수 있어서 약한 시력은 문제가 되지 않는다. 낮 동안의 우리 눈보다 밤 시간의 소녀의 코가 더 민감하기 때문에 소녀는 밤을 더 좋아한다. 밤은 달의 서늘한 반사광이 소녀의 눈을 따갑게 하지 않는 시간이며, 소녀가 기회만 되면 돌아다니는 숲 지대의 여러 가지 향기를 이끌어내는 시간이다. 그러나 늑대들은 농부들의 사냥총을 피해 멀리 있기 때문에 소녀는 요즘 그곳에서 늑대들을 보지 못한다.

넓은 어깨와 긴 팔을 가진 그녀는 마치 꼬리에 등뼈를 파묻듯이 공처럼 동그랗게 웅크리고 잔다. 늑대가 아니라는 것 외에 소녀에게 인간다운 점이라곤 하나도 없다. 마치 소녀가 자신에게 있었다고 생각하는 털가죽이 지금은 없지만 피부 속으로 녹아 들어가 피부의 일부가 된 것과 같다. 야생동물처럼 소녀는 미래 없이 살아간다. 오직 현재 시제만 존재한다. 진행형의 기억상실 상태. 절망이 없듯 희망도 없는 즉각적 감각의 세계에서 살아간다.

늑대 소굴에서 총알 세례를 받고 죽어 있는 수양엄마의 시체 옆에서 사람들이 그녀를 발견했을 때 소녀는 갈색 새끼에 지나지 않았고,

갈색 털을 잔뜩 곤두세우고 있었기 때문에 처음에는 아이가 아니라 늑대새끼인 줄 알았다. 자기를 구해줄 사람들을 뾰족한 송곳니로 물려고 달려드는 바람에 그들은 완력으로 소녀를 묶어버렸다. 사람들과 함께 있게 된 처음 며칠 동안 소녀는 가만히 웅크린 채 그들이 데려간 수도원 독방의 하얀 벽을 노려보며 지냈다. 수녀들은 소녀를 자극하려고 물을 끼얹고 막대기로 찔러댔다. 그러면 소녀는 그들의 손에서 빵을 낚아채 구석으로 달려가서 그들에게 등을 돌리고 앉아 우물우물 먹었다. 소녀가 무릎을 꿇고 앉아 빵 껍질을 달라고 비는 법을 배운 날은 견습 수녀들에게는 대단한 날이었다.

좀 친절하게 대하면 소녀가 그리 다루기 어렵지 않다는 것을 그들은 알게 되었다. 소녀는 자기 밥그릇을 알아볼 수 있게 되었고 컵으로 마시는 법도 배웠다. 그들은 몇 가지 간단한 요령을 가르쳐주면 소녀가 쉽게 받아들인다는 것을 알게 되었으나, 소녀가 추위를 못 느끼기 때문에 알몸을 가리기 위해 머리 위로 옷을 입혀 내리려고 소녀를 구슬리는 데는 시간이 많이 걸렸다. 그래도 소녀는 언제나 야성적이고, 구속을 못 참고, 성질이 변덕스러운 것 같았다. 원장 수녀가 늑대에게서 벗어나 구원 받은 것을 감사하라고 가르치려 하자, 소녀는 등을 웅크리고 발로 바닥을 긁으며 예배실 구석으로 도망가서 웅크리고 앉아 떨고 오줌 누고 변을 보았다. 보기에는 완전히 자연 상태로 되돌아간 것 같았다. 그래서 아흐레 동안 놀라움과 계속되는 실망을 안겨주었던 아이는 조금의 망설임도 없이 삭막하고 신성하지 못한 공작의 집으로 옮겨졌다.

성에 맡겨진 아이는 화를 내고 킁킁거리며 냄새를 맡았으나 유황이나 익숙한 냄새는 전혀 없고 고기 악취뿐이었다. 단순히 숨을 내쉬는 것일 뿐 전혀 안도나 체념을 뜻하지 않는 개의 한숨을 내쉬며 아이는 쪼그리고 앉았다.

공작은 오래된 종잇장처럼 바짝 말랐다. 가시덤불에 긁혀서 생긴 오래된 상처들로 딱지가 앉은 가느다란 다리를 뻗으려고 시트를 젖히면 메마른 피부는 버석거렸다. 그는 음울한 저택에서, 그와 마찬가지로 우리와 거의 닮은 점이 없는 이 아이를 빼고는 홀로 살고 있다. 그의 침실은 적갈색으로 칠해져 있는데, 마치 이베리아 백정의 도살장 내부처럼 고통으로 녹슬어 있었다. 그러나 그로 말하면 그 무엇도 그에게 상처줄 수 없다. 왜냐면 더 이상 그의 모습이 거울에 비치지 않기 때문이다.

그는 사슴뿔로 장식한 흐린 검은색 연철 침대에서 잠을 자다가, 변신의 가정교사요 몽유병자의 감독관인 달이 좁은 창문을 통해 명령조의 손가락을 내밀어 그의 얼굴을 때리면 그제야 눈을 뜨기 시작한다.

밤이면 그의 커다랗고 달랠 길 없는 탐욕스러운 눈은 부풀어 번득이는 눈동자로 가득 찬다. 그의 눈은 오직 먹을 것만 본다. 어디에서도 자기 모습을 비추어 볼 수 없는 이 세상을 집어삼키려고 그의 눈이 열린다. 그는 거울을 그냥 통과했고 이제부터는 저승에 사는 것과 같다.

서리로 빳빳해진 풀밭에 쏟아져 번쩍이는 우윳빛의 달빛. 달이 밝아 변신하는 분위기의 밤에, 만약 당신이 어리석게도 밤늦게 밖으로 나갔다면, 피가 흐르는 몸통의 절반을 등에 메고 교회 묘지 벽을 따라 황급히 도망가는 그를 쉽게 볼 수 있다고 사람들은 애기한다. 흰빛은 들판을 훑고 지나가고, 또다시 훑어서 모든 것이 빛난다. 그가 늑대의 축제를 벌이느라 무덤 주위를 울부짖으며 돌아다닐 때 그는 흰 서리에 짐승 발자국을 남길 것이다.

한겨울 해가 지기 시작해 불그스레해지는 시각쯤에는 수킬로미터 거리에 있는 문들은 모두 빗장이 질러진다. 그가 지나가면 소들은 외양간에서 초조하게 음매 하고 울며, 낑낑거리는 개들은 앞발에 코를 박는다. 그는 연약한 어깨에 무시무시한 공포의 짐을 지고 간다. 그는 시체를 먹는 자의 역할을 맡고 있다. 죽은 자의 마지막 은둔처를 침범하는 시체 도둑이다. 무덤을 손톱으로 파헤치는 그는 문둥병자처럼 새하얗고, 아무것도 그를 말리지 못한다. 만약 당신이 시체에 마늘을 채워놓으면, 글쎄, 그 별미 대접에 군침을 흘릴 뿐이다. 마늘을 듬뿍 사용한 프로방스 시체 요리인 것이다. 그는 성스러운 십자가를 등긁이 기둥으로 사용하고 성당 성수반 위에 웅크리고 앉아 성수를 꿀꺽꿀꺽 마시며 갈증을 달랠 것이다.

소녀는 화로의 부드럽고 따뜻한 재에서 잠을 잔다. 침대는 함정이라서 침대에 누워 있으려고 하지 않는다. 그녀는 수녀들이 훈련시킨 몇 가지 간단한 일들을 할 수 있다. 그의 방에 흩어져 있는 머리털과 척추, 손발의 뼈를 쓰레받기에 쓸어 담고, 그가 침대를 떠나는 일몰 시간에 그의 침대를 정돈한다. 그때 그의 변신이 그들을 서투르게 흉내내는 것이라고 여긴 듯 밖의 야수들은 울부짖는다. 그들은 먹잇감에는 친절하지 않지만 자기 편에게는 부드럽게 대한다. 만약 공작이 늑대였다면 그들은 화가 나서 그를 무리에서 내쫓았을 것이다. 그는 수킬로미터 뒤에서 그들을 터벅터벅 따라가서, 공손하게 배로 기어서 사냥감에 다가가, 그들이 다 먹고 잠든 후에야 씹어 먹고 버린 뼈다귀를 긁어먹고 가죽을 씹었을 것이다. 그러나 엄마가 그녀를 낳고 버린 고지대에서 늑대의 젖을 먹고 자랐지만 늑대도 여자도 아닌 그녀는 그의 부엌데기일 뿐인지라 그를 위해 허드렛일을 하는 것 이상은 알지 못한다.

소녀는 야수들과 같이 자랐다. 더럽고 누더기 차림에 야수처럼 엉망인 그녀를, 이브와 투덜대는 아담이 양지바른 강둑에 웅크리고 앉아 서로의 몸에서 이를 잡아주고 있는 최초의 에덴동산에 옮겨놓을 수 있다면, 그녀는 그들 모두를 이끄는 슬기로운 아이가 될 수도 있을 것이고, 그녀의 침묵과 울부짖음은 어떤 자연의 언어만큼이나 진실한 언어일 것이다. 말하는 야수와 꽃의 세계에서 그녀는 친절한 사자의 입속에 돋아난 살덩어리일 것이다. 그러나 사과를 베어 물어 상처가 난 자리에 어떻게 다시 살이 붙을 수 있단 말인가?

불완전한 문장은 그녀의 몫이다. 그러나 가끔가다 저도 모르게 살랑거리는 소리를 낸다. 마치 그녀 목에서 사용되지 않는 현이 우연한 공기의 흐름에 따라 움직이는 풍명금(風鳴琴)이라도 되는 듯이. 그런 속삭임은 벙어리의 목소리보다도 분명치 않다.

마을 묘지에서 흔하게 일어나는 시신 모독. 크리스마스 아침에 아이가 선물 포장을 아무렇게나 풀듯이 관은 잠시 뜯겨져 열려 있고 그 안에 들어 있던 것은 흔적도 없었다. 오로지 시체를 싸고 있던 신부의 베일 조각이 교회 마당 대문에 있는 덤불에 걸려 펄럭거렸다. 그래서 사람들은 그가 시체를 운반해간 길을, 그가 시체를 자신의 음울한 성으로 데려갔음을 알았다.

흐르는 시간 속에서, 그 고립된 곳의 혼미한 상태에서 소녀는 자기가 이름도 못 붙이고 이해하지도 못하는 사물들 사이에서 성장했다. 털 난 들짐승의 생각을 하고, 변화하는 인상들의 흐름 속에 존재하는 원시적인 지각력을 가진 이 영원한 이방인이 어떤 생각을 했는지, 어떻게 느꼈는지, 그녀가 꿈들 사이의 간격을, 잠잘 때만큼이나 이상한 잠 깰 때의 깊은 간격을 어떻게 뛰어넘었는지 말로는 묘사할 수 없다. 늑대들이 그녀를 돌본 것은 그녀가 불완전한 늑대라는 것을 알았기 때문이다. 그러나 우리는 그녀의 불완전함을 두려워하여 짐승처럼 혼자 살게 했다. 우리가 그렇게 될 수도 있다는 것을 그녀가 보여주었기 때문이다. 그녀는 거의 알지 못했지만 이렇게 시간은 흘러갔다. 그러다 그녀는 출혈을 시작했다.

　처음 피가 나왔을 때 그녀는 당황했다. 그게 무엇을 뜻하는지 몰랐고, 그녀가 생전 처음 해본 추측은 그 원인에 관한 것이었다. 허벅지 사이에 피가 흐르는 것을 느끼고 잠에서 깨었을 때, 부엌으로 달빛이 환하게 비치고 있었다. 그래서 아마도 여느 늑대들처럼 그녀를 좋아하는 어떤 늑대가 달에 살고 있는데, 그녀가 잠자는 동안 그녀의 음부를 깨문 것이 틀림없어 보였다. 그녀를 깨우기에는 너무 부드럽지만 피부를 뚫을 만큼은 날카롭게 여러 번 그녀를 사랑스럽게 깨물었던 것 같았다. 이 논리는 엉성했다. 그러나 이 과정에서 일종의 막연한 추론능력이 뿌리를 내렸다. 날아가는 새의 발에서 그녀의 두뇌로 씨 하나가 떨어지기라도 한 것처럼.

　출혈은 며칠 동안 계속되었는데 그녀에게는 끝없는 시간처럼 여겨졌다. 아직 그녀에게는 무차원의 즉각적 순간에 대한 개념 외에는 과거나 미래나 지속에 대한 개념이 없었다. 밤이 되면 그녀는 피를 흡수해줄 헝겊 조각을 찾아서 빈 집 안을 헤매고 돌아다녔다. 그녀는 수녀원에서 기본적인 위생법을 조금 배워서 배설물을 파묻는 방법이나, 자연적으로 흘러나오는 분비물을 씻어내는 방법을 알았다. 비록 수녀들은 왜 그래야 하는지 그녀에게 설명해줄 방법이 없었지만 말이다. 그녀가 그렇게 한 것은 깔끔해서가 아니라 부끄러웠기 때문이다.

그녀는 수건과 시트와 베갯잇을 벽장에서 찾았다. 그 벽장은 공작이 이가 다 난 채로 비명을 지르며 세상에 태어나 엄마의 젖꼭지를 물어뜯어버리고 나서 울었던 때 이후 처음 열렸다. 그녀는 거미줄 쳐진 옷장에서 누군가 입었던 무도회 드레스들을 발견했다. 그리고 피로 물든 그의 방구석에서 공작의 메뉴에 올라있던 요리들을 감싼 수의와 잠옷과 천들이 쌓여 있는 것을 발견했다. 그녀는 가장 흡수력이 강한 옷감을 잘라서 서투르게 기저귀로 사용했다. 이렇게 헤매 돌아다니다가 그녀는 공작이 얼음 위의 바람처럼 표면에 비치지 않고 통과하는 거울에 맞닥뜨렸다.

처음 그녀는 거울에 비친 자신의 모습을 보고 코로 냄새 맡으려고 애썼다. 열심히 맡다가 냄새가 안 난다는 걸 곧 깨달았다. 그녀는 이 낯선 사람과 싸우다가 차가운 거울에 입을 다치고 손톱이 깨졌다. 긁으려고 손을 올릴 때나 엉덩이가 야간 불편하여 먼지 나는 카펫에서 엉덩이를 끌 때 그것이 자기의 몸짓을 전부 따라하는 것을 보고 그녀는 짜증내다가 재미있어 했다. 그녀는 친밀감을 느낀다는 것을 보여주려고 비친 얼굴에 머리를 비볐다. 그리고 자신과 그녀 사이에 있는 차갑고 단단하고 움직이지 않는 표면을 느꼈다. 어떤 보이지 않는 새장 같은 것일까? 이런 장애물에도 불구하고 그녀는 외로웠기 때문에 이 생물체에게 자기와 놀아달라고 이를 드러내고 씩 웃으며 간청했다. 곧장 그녀는 상대방에게서도 같은 초대를 받았다. 그녀는 기뻤고, 신나서 떠들며 빙빙 돌았다. 그러나 미친 듯 기뻐하는 도중 거울로부터 멀어졌을 때 놀라서 딱 멈추었다. 그녀의 새 친구가 작아진 것이다.

구름 뒤에서 달빛이 흘러나와 공작의 고요한 침실로 쏟아져 들어왔다. 그녀와 놀고 있는 늑대이기도 하고 아니기도 한 이 친구가 얼마나 창백한지를 보았다. 달과 거울은 공통점이 있다. 그 뒤를 못 본다는 것. 달빛에 비쳐 하얀 늑대-앨리스는 거울 속의 자신을 보며 밤에 그녀를 깨물러 왔던 그 짐승이 아닌가 생각했다. 그때 복도의 발소리에 그녀의 민감한 귀가 쫑긋해졌다. 당장 부엌으로 종종거리며 돌아가다가 남자의 다리 하나를 어깨에 메고 가는 공작을 만났다. 그녀가 별 호기심 없이 터벅거리며 지나갈 때 발톱이 계단에서 딸깍거렸다. 절대적이고 벌레와 같은 순수함 때문에 그녀는 평온하고 범할 수 없는 존재이다.

곧 흐르던 피가 멈추었다. 그녀는 그 일을 잊어버렸다. 달이 사라졌다. 하지만 조금씩 다시 나타났다. 보름달이 다시 부엌에 비칠 때 늑대-앨리스는 다시 피가 나서 놀랐다. 그렇게 시간 맞추어 계속되었기 때문에 그녀의 희미한 시간 개념이 바뀌었다. 그녀는 출혈을 예상하고, 헝겊을 준비하고, 후에 더러워진 것들을 말끔하게 파묻는 법을 배웠다. 연속성이 강해져 습관이 되었고, 그녀와 공작이 따로 떨어져 홀로 지내는 그 소굴의 시계가 모두 사라진다 하더라도 그녀는 시계의 순환 원칙을 완벽히 이해할 수 있게 되었다. 그래서 이 반복되는 주기에 의해 그녀가 시간의 움직임을 발견하게 되었다고 말할 수 있다.

그녀가 재 안에 웅크리고 있으면 그 색깔과 질감과 온기가 과거로부터 수양엄마의 배를 가져와서 그녀의 살에 대고 눌렀다. 이것이 그녀의 첫번째 의식적인 기억이었고 수녀들이 처음으로 그녀의 머리를 빗질했던 때처럼 고통스러웠다. 그녀는 좀 더 단호하고 깊은 방식으로 울부짖는 소리를 냈다. 지금 그녀 주위의 세계가 형체를 이루어가고 있었기 때문에 늑대들의 응답에서 뭔지 모를 위안을 얻기 위해서였다. 그녀는 자신과 주변 사이에 있는 근본적인 차이를 깨달았다. 말하자면, 손가락으로는 분명히 지적할 수 없는 차이. 다만 이제는 저 들판의 나무들과 풀이 그녀의 탐색하는 코와 곤두선 귀에서 나온 것이 아닌 것으로 보였고, 그 자체로 충분하지만 그녀가 도착하여 의미를 부여하기를 바라는 일종의 배경으로 보였다. 그녀는 그 배경 위에 있는 자신을 바라보았고, 엄숙하게 맑은 눈은 베일이 덮인 내성적 표정을 띠었다.

그녀는 출혈로 인해 새로 생겨난 듯 보이는 피부를 오랫동안 살펴보았다. 그녀는 기다란 혀로 부드러운 점막을 핥았고 손톱으로 털을 가다듬었다. 자신의 새로운 젖가슴을 호기심에 차서 살펴보았는데, 하얗게 위로 솟아나는 가슴은 무엇보다 저녁에 숲 속을 거닐다가 가끔 발견했던 밤새 솟아난 말불버섯을 생각나게 했다. 놀랍지만 자연스러운 출현이다. 그러다가 놀랍게도 새로운 털이 작은 왕관처럼 자라서 허벅지 사이를 덤불처럼 덮는 것을 발견했다. 그녀는 이것을 거울 속 친구에게 보여주었고, 그 친구는 자기도 같은 것을 갖고 있다고 보여주며 안심시켜주었다.

그 저주받은 공작은 묘지를 돌아다닌다. 그는 자신이 인간 이하인 동시에 인간 이상이라고 믿는다. 마치 그가 남달리 엽기적인 것이 은총의 표시라도 되는 것처럼 말이다. 낮 동안 그는 잠을 잔다. 그의 거울은 침대는 충실하게 담아내지만 그 흐트러진 이불 속 형체는 담아내지 않는다.

가끔, 집에 홀로 남겨진 하얀 밤에 그녀는 공작의 할머니 무도회 드레스를 끄집어내서 보드라운 벨벳과 까슬까슬한 레이스 위에서 뒹굴었다. 그것들이 그녀의 사춘기 피부에 닿는 느낌이 좋았다. 거울 속 그녀의 절친한 친구는 그 오래된 옷들을 둘러 입고, 소매와 몸통 부분에서 다시 살아 나오는, 오래되었지만 아직도 강한 사향 냄새에 기뻐서 코를 찡그렸다. 이렇게 습관적으로 급기야 지겨워질 정도로 그녀의 모든 동작을 충실하게 흉내냈기 때문에, 그 친구가 사실은 그녀가 햇빛 비치는 풀밭 위에 드리우는 그림자의 일종, 그중에 좀 독창적인 그림자에 지나지 않나 하는 서글픈 가능성에 눈을 뜨게 되었다. 오래전에 그녀는 다른 늑대 새끼들과 함께 그림자와 씨름하고 장난치지 않았던가? 그녀는 거울 뒤에 민첩한 코를 들이대보았으나 먼지와 거미줄에 걸린 거미와 헝겊 더미만 발견했을 뿐이다. 그녀의 눈가에서 약간의 물기가 스며 나왔지만 거울에서 자기 자신을 본다는 것을 알았기 때문에 거울과의 관계는 이제 훨씬 더 친밀해졌다.

그녀는 공작이 거울 뒤에 치워놓은 드레스를 잠시 만져보고 흔들어보았다. 먼지는 곧 다 털려 나갔다. 그녀는 시험 삼아 앞다리를 소매에 넣어보았다. 드레스는 찢어지고 구겨졌지만 아주 하얗고 몸에 잘 붙는 옷감으로 되어 있어서 그 옷을 입기 전에 마당의 펌프 물로 몸에 묻은 재를 깨끗이 씻어야겠다고 생각했다. 그녀는 앞발로 능숙하게 펌프를 작동할 줄 알았다. 거울에서 그녀는 이 하얀 드레스가 자신을 얼마나 빛나게 하는지를 보았다.

페티코트를 입은 채로는 두 발로 빨리 달릴 수 없지만 그녀는 새 드레스를 입고 향기로운 10월의 산울타리를 살펴보러 종종걸음으로 나왔다. 마치 사교계에 데뷔하는 처녀가 성에서 나오는 것 같았다. 스스로에게 만족했지만, 가끔 늑대들에게 일종의 슬픈 승리의 노래를 불러주었다. 이제 그녀는 옷을 입을 줄 알았고, 그것이 늑대와 눈에 보이는 차이를 몸에 걸친 격이 되었기 때문이다.

축축한 흙 위에 찍힌 그녀의 발자국은 아름다웠고 로빈슨 크루소의 프라이데이가 남긴 발자국만큼이나 위협적이었다.

죽은 신부의 젊은 남편은 오랫동안 복수를 계획했다. 그는 교회를 무기로 가득 채웠다. 종과 책과 양초, 늑대인간을 잡는 은제 총알 탄창. 그들은 만약 총알이 공작에게서 튕겨져 나온다면 물에 빠져 죽게 하려고 대주교님이 손수 축성한 40리터의 성수를 도시에서 마차로 운반해왔다. 그들은 교회에 모여 기도문을 낭송하며 이 겨울에 최초로 죽음을 맞이할 그 한 사람을 기다리고 있었다.

그녀는 이제 밤에 더 자주 나간다. 풍경이 그녀 주위로 모여들었고 그녀는 풍경을 자신의 존재로 채운다. 그녀는 풍경에 의미를 부여한다.

그녀에게는 교회에 모인 사람들이 늑대들의 합창을 쓸데없이 흉내내려고 하는 것같이 보였다. 그녀는 묘지 입구에 웅크리고 앉아서 명상에 잠겨 몸을 흔들며 제대로 교육받은 목소리로 잠시 그들을 나름

대로 도와주었다. 그러다가 코를 찡긋거리며 그녀와 같이 사는 사람이 가까이 왔다는 걸 알려주는 시체의 악취를 맡았다. 머리를 들어보았더니, 그녀의 새롭고 예리한 눈에 비친 것은 바로 식인 의식을 행하는 데 열중하는 거미줄 쳐진 성의 주인이 아닌가?

만약 숨 막히는 향냄새를 맡고 의심스러워하며 그녀가 코를 벌름거렸는데 그의 코는 그러지 않았다면 그것은 그녀가 훨씬 더 민감한 탓이다. 그러므로 총탄이 탕탕거리는 소리를 들으면 그녀는 당장 도망갈 것이다! 그들이 수양엄마를 죽였기 때문이다. 성수에 흠뻑 젖은 그도 역시 그녀와 같이 날쌔게 성큼성큼 달려 도망갈 것이다. 그러나 그 젊은 홀아비가 발사한 은 총탄은 공작의 어깨에 박히고 그의 가짜 가죽이 절반 정도 벗겨진다. 그래서 그는 다른 평범한 두 발 인간처럼 일어서서 기를 쓰고 비참하게 절룩거리며 가야 한다.

묘지석에서 흰옷을 입은 신부가 튀어나와 성 쪽으로 재빨리 달려가고 늑대인간이 비틀거리며 그 뒤를 따라가는 것을 보았을 때 농부들은 공작에게 가장 크게 당한 피해자가 스스로 복수하려고 돌아온 것으로 생각했다. 귀신이 그에게 복수하려고 나타나자 그들은 비명을 지르며 도망쳤다.

불쌍하게 다친 자…… 이런 이상한 상태로 중간에 갇혀서, 불발된 변신, 불완전한 미스터리 상태로. 지금 그는 고대 그리스의 미케네 무덤 같은 방의 검은색 침대에서 몸부림치며 누워 있다. 덫에 걸린 늑대처럼, 해산중인 여자처럼 울부짖으며 피를 흘린다.

맨 처음 고통에 찬 소리를 들었을 때 그녀는 예전에 그랬던 것처럼 그것이 자신을 해칠까봐 무서웠다. 그녀는 침대 주위를 어슬렁거리며 으르렁거리고 자기의 상처 냄새와 다른 그의 상처 냄새를 맡아보았다. 그리고 말라빠졌던 그녀의 늙은 엄마처럼 동정심에 차서 그의 침대에 뛰어 올라가 망설임도 혐오감도 없이 재빠르고 부드럽고 신중하게 그의 빰과 이마에 묻은 피와 흙을 핥아냈다.

환한 달빛이 붉은색 벽에 기대 세워놓은 거울에 비쳤다. 이성적인 거울, 보이는 것들의 주인인 거울은 웅얼거리는 그 여자도 공평하게 거울에 담았다.

그녀가 핥는 동작을 계속하는 동안, 거울은 한없이 천천히 나름대로 물체를 형성해내는 반영적 힘을 발휘하는 데 몰두했다. 조금씩 거울에는 인화지에 나타나는 이미지처럼 형체가 나타났다. 처음에는 형체가 없는 흔적의 짜임, 스스로의 그물에 걸린 먹잇감. 그러다가 아직 흐릿하기는 하지만 더 분명한 윤곽, 마침내 실제 생명처럼 생생하게, 마치 그녀의 부드럽고 촉촉하고 다정한 혀에 의해 존재하게 된 것처럼, 드디어 공작의 얼굴이 나타났다.

신화를 뒤집어 보는 새로운 동화

작가의 생애와 작품

　작가로서 한창 전성기였던 1992년 쉰한 살의 아까운 나이로 세상을 뜬 앤절라 카터는 전복적 사고를 타고난 여성 작가였다. 그녀는 사람들이 자연스러운 진실이라고 믿는 것들을 뒤집어서 그것들이 사회적, 문화적으로 구성된 것이라는 점을 꿰뚫어 볼 수 있는 작가였다. 비교적 짧은 생애에도 그녀는 다양한 매체를 통해 많은 글을 써낸 작가로, 아홉 권의 소설과 네 권의 단편 소설집 외에 동화, 시, 라디오 극본, 영화 각본, 텔레비전 대본, 그리고 많은 에세이와 신문 잡지 기사를 저술했다.

　카터의 문학 작품은 마술적 사실주의 경향이 강하고 전래 동화, 고딕적 주제, 폭력, 성(sexuality), 에로티시즘에 대한 관심이 강했기 때문에 비평가들은 그녀를 여자 에드거 앨런 포라 불렀고, 영국의 탐미

주의 화가 오브리 비어즐리에 비교하기도 한다.

제2차 세계대전이 발발하기 직전 앤절라의 어머니는 열한 살짜리 맏아들을 데리고 공습을 피해 런던에서 이스트본으로 피신해 있던 중에 앤절라를 출산했으며, 이어 전쟁을 피해 외할머니는 손녀를 외가인 요크셔로 데려가 5년 동안 보살폈다. 요크셔 탄광촌 출신으로 의지력이 강했던 외할머니는 독일군의 폭격으로부터 외손녀를 보호해주는 마술적인 존재이자 현실세계에 굳건하게 기반을 둔 구심점이기도 했으며, 그녀의 좌파적인 정치 성향은 손녀에게 큰 영향을 끼쳤다. 또한 앤절라는 자신이 태어나기 전에 돌아가신 외할아버지에게도 영향을 받았다. 인도에서 군인으로 7년간 복무했던 외할아버지가 남긴 유품을 통해 카터는 영국의 제국주의적 면모에 관심을 갖게 되었고, 군대에서 학력을 높여 계급 상승을 달성한 외할아버지의 교육열과 급진주의적 성향에 깊은 인상을 받았다. 앤절라의 어머니는 노동자 계층의 외할머니와 달리 런던 남부 영어를 구사하며 세련되게 옷을 입을 줄 알았는데 급진주의적 경향은 전혀 없었으며, 장학금을 받을 정도로 공부를 잘했으나 열다섯 살에 학교를 그만두고 백화점 점원으로 일하다가 열여덟 살에 스코틀랜드 출신의 중산층 언론인 휴 알렉산더 스토커와 결혼했다. 노동자층에서 중산층으로 이동한 외가와 친가의 배경 때문에 카터는 계급의 유동성에 대해 민감했고, 안과 밖의 경계에 있는 주변인으로 겪는 역설과 모순에 익숙할 수 있는 능력을 갖게 되었는데, 이것은 그녀 작품의 마술적 사실주의와도 연결된다.

전후 런던 남부로 돌아와 유년기를 보낸 앤절라는 여섯 살 때부터 글쓰기를 좋아했다. 비만한 소녀였던 앤절라는 체중을 급격하게 줄이기 위해, 또 부모의 과잉보호에 반발하여 10대에 거식증을 앓기도 했다. 카터의 작품에서 어머니는 별로 등장하지 않는데, 이는 교육을 통한 자기실현의 기회를 저버리고 일찍 결혼하여 가정에 안주한 어머니에 대한 반발 때문일 것이다. 그러나 앤절라의 어머니는 독서를 좋아하고 셰익스피어를 애호하여 딸에게 지적, 문화적인 영향을 주었다. 늦게 얻은 딸을 애지중지하던 아버지는 딸이 하자는 대로 다 들어주는 아버지였으며, 가부장제도의 무서운 아버지와는 거리가 멀어서 '아버지'라는 단어는 늘 자신에게 미소를 떠올리게 한다고 카터가 말한 바 있다. 그러나 아버지에 대해 알 수 없는 부분이 있다는 것을 발견하고 거리감을 느끼기도 해서 카터 작품에서 가족 간의 연대란 무엇인가라는 주제는 자주 등장한다. 아버지가 자주 영화관에 데려갔기 때문에 영화의 화려함과 환상성에 매혹되었고, 후에는 고다르의 영화에 충격을 받았다고 한다. 영화는 그녀 작품의 시각적 상상력과 환상적 요소에 일조했다.

1950년대 후반은 반항의 시대로, 전후에도 구태의연한 영국의 사회 체제를 비판하는 '성난 젊은이들(Angry Young Men)'의 시대였다. 반문화적 성향을 지닌 앤절라는 열아홉 살에 아버지의 권유로 수습기자가 되기도 했지만, 부모로부터 벗어나기 위해 일 년 뒤 결혼한다. 결혼 후 브리스틀에 정착한 그녀는 잠시 가정주부로만 지내다가 브리스틀 대학에 입학하여 중세 문학을 전공하며 인류학, 사회학, 심리학 관련 서적을 섭렵했다. 이때의 중세, 고딕 서사 전통, 전래 동화에 대한 관심은 그녀의 작품 세계에 결정적인 영향을 미쳤다.

1960년대 중반부터 1970년대 중반까지는 카터 작품 세계의 초기에 해당한다. 1960년대의 대부분을 카터는 브리스틀에서 지냈으며 그 보헤미안적 장소는 초기 소설의 배경이 되었다(『그림자 댄스』 『여러 관점들』 『사랑』은 브리스틀 삼부작이라고 불린다). 1967년에 나온 두 번째 소설 『매직 토이숍』으로 존 루엘린 라이스 문학상을 수상하여 좀 더 이름을 알렸으며, 이때쯤 여성으로서의 자신에 대한 의식이 강해졌고 '여성성'이라는 개념은 진실이 아니라 사회가 만들어놓은 허구라는 생각을 하게 되었다고 한다. 두 편의 소설이 더 나온 뒤 카터는 남편과 별거하기로 하고, 『여러 관점들』로 서머싯 몸 문학상을 받아 그 상금으로 일본에 간다. 서양 기독교 문화와 전혀 다른 나라에서 타문화를 이방인의 눈으로 경험한 카터는 예전보다 더욱더 영어권 문화를 낯설게 보게 되었다. 일본에서 자신이 "급진주의자로 변했으며 여성으로 산다는 것이 무엇인지 깨달았다"고 말한 카터는 또한 1968년 프랑스 5월 혁명의 여파로 일본에 건너온 프랑스 지식인들을 만났고, 이러한 문화적, 개인적, 철학적 경험을 통해 매우 다른 작가로 재탄생했다. 『불꽃놀이』에서 단편소설의 형태로 영역을 확장한 카터는 초현실주의와 동화적 요소를 실험하여 독창적 목소리를 갖게 되었다.

1970년대 중반부터 1980년대 중반까지는 카터의 전성기이다. 『호프만 박사의 무시무시한 욕망 발전기』와 『새로운 이브의 수난』은 초현실주의적 실험의 걸작이며, 『피로 물든 방』과 『서커스의 밤』은 신화와 동화의 요소를 성공적으로 차용한 작품들이다. 『피로 물든 방』에서 늑대를 소재로 한 세 단편을 영화화한 〈늑대 친구들〉(1984)로 그녀의 독특한 작품 세계가 더 많은 사람들에게 알려졌다. 늦게 아이를 출산한 이후 카터의 작품 세계는 다소 부드러워졌으며, 마지막 소설이 된 『현명한 아이들』은 새로운 영역을 개척하지는 않았지만 이전 작품들의 주제들을 더 세련되게 다루고 있다. 셰익스피어 배우 가족의 이야기를 사생아인 쌍둥이 딸의 시점에서 풀어감으로써 환상적, 카니발적 요소를 통해 영국의 가부장제와 제국주의적 주류 문화를 비판하고 있지만 낙관적이고 유머러스한 작품이다.

카터의 문학 작품에 대한 비평가들의 평가는 다양하다. 그러나 카터의 작품 중에서 『피로 물든 방』이 가장 생명이 긴 걸작이라는 데 대해서는 이의가 없다. 2009년 이 작품의 출간 30주년을 기념하여 카터가 한때 가르쳤던 이스트 앵글리아 대학에서 학술대회가 개최되었을 정도로 이 작품은 동화에 대한 연구와 해석에 지대한 영향을 끼쳤다. 그러나 카터의 비할 바 없이 대담하며 창의적이고 도전적인 작품 세계는 아직 그에 걸맞은 평가를 받지 못하고 있다. 그래도 최근 카터가 2차대전 이후 영국 소설의 최첨단에서 포스트모던적 흐름을 형성하는 데 큰 영향을 끼친 작가라는 것이 인정되기 시작한 것은 다행한 일이다.

카터의 가장 큰 문학적 성취라면 탈신화화 작업이다. 그녀는 급진적인 반문화적 시각으로 신화가 성스러운 것이 아니며 인간 마음의 산물이자 사회적 허구라고 보았다. 신화는 사회적, 문화적으로 형성된 허구를 자연스러운 사실이라고 제시한다. 신화 중에서 사람들을 통제하고 구속하려는 목적으로 사용되는 거짓된 신화를 파헤치기 위해 카터는 종교, 정신분석학, 자본주의, 가부장제도, 특정한 종류의 페미니즘을 거리낌 없이 분석했다. 특히 젠더와 여성성에 대한 신화, 즉 젠더에 대해 구태의연한 가치를 고집하는 남성 중심적 성역할과

성규범에 관한 신화를 비틀고, 조롱하고, 다시 쓰기 위해 다양한 장르 (동화, 포르노 문학, 고딕 소설, 디스토피아 소설, 마술적 사실주의 등)의 형식을 사용하거나 변용하여 사용했다. 살만 루슈디가 회고하듯이 카터에게는 영원히 성스러운 것은 하나도 없다. 그러나 카터의 이런 해체 작업은 문제점만을 폭로하는 것이 아니라 사람들을 자유롭게 하는 새로운 신화를 만들어내는 작업이라는 데 의미가 있다.

『피로 물든 방』에 대하여

마거릿 애트우드가 "요정 대모(fairy Godmother)"라고 부른 바 있는 카터는 동화에 큰 관심을 갖고 있었다. 그녀는 1970년에 두 편의 동화를 써서 발표했고, 1977년에 샤를 페로의 동화집을 영어로 번역하고, 2년 후 『피로 물든 방』을 내놓았다. 이 작품은 동화라는 문학 장르에 커다란 변화를 가져왔다. 고전적인 동화를 새롭게 다시 쓴 카터의 의도는 단순하게 동화를 다시 써서 페미니즘 동화, 성인용(에로틱) 동화, 또는 편견 없이 공정한(politically correct) 판본으로 만들어내는 것이 아니었다. 고전적 동화에 숨어 있는 내용을 파헤쳐내는 것이 목적이었다. 그녀는 동화의 역사를 잘 알았기 때문에 17세기 프랑스 동화 작가 샤를 페로의 동화집을 번역하면서 원래 있었던 구전 민담과 페로의 동화 사이에 있는 차이에 주목하고, 남성 작가에 의해 신화화된 고전 동화를 탈신화화하는 작업에 착수했다.

카터는 수천 년 전의 구전 민담(folk tales)과 18세기에 아동을 위한 문학 장르로 확립된 동화(fairy tale)를 구분한다. 구전 민담은 지은이가 미상이며 유동적이고, 이야기를 하는 사람에 따라 계속 다시 만들어지는 가난한 자들의 여흥거리였다. 구전 민담은 아이들을 위한 이야기가 아니었고 주로 농민층에서 어른들이 어른들에게 입으로 전해주던 이야기였다. 반면 동화는 구전되던 이야기를 문자 텍스트로 바꾸어 책으로 출판된 것으로 중산계층이 사서 읽는 상품이 되었다. 17세기 프랑스의 샤를 페로는 구전되어오던 민담을 모아 귀족들에게 인정받는 공식적 동화로 출판했으며, 19세기의 그림 형제는 구전 민담을 아동보다는 성인을 대상으로 하여 중산층의 가부장적 가치관을 담은 동화로 문자화했다. 다시 말해 오래전 주로 농민계층 여성들의 입을 통해 전해오던 민담이 권력을 가진 남성에 의해 출판된 텍스트로 변한 것인데, 이 과정에서 이야기에 담긴 가치관, 특히 성역할에 대한 가치관이 바뀌었다.

카터는, 구전 민담은 약자의 위치에 있던 여성들이 자신들이 처한 상황에 대처하기 위해 적극적으로 만들어낸 '책략과 플롯'인데, 이것이 가치 없고 시시한 아낙네들의 애깃거리로 경시받았다고 주장한다. 그녀는 『피로 물든 방』에서 고전적 동화에 담긴 성역할이 보편적인 것이 아니고 문화적으로 구성된 것이라는 점을 부각하려고 했다. 남성은 공격적이고 여성은 수동적이라고 말하는 것은 보편적 진실이 아니며, 이러한 남녀 관계는 여성이 경제적으로 남성에게 의존하던 역사적 상황에서 나온 것이라고 『사드적 여성』에서 설명한 것과 일맥상통하는 주장이다. 물론 『피로 물든 방』은 어떤 선동적 주장을 위한 작품은 아니며, 그 감각적이고 유희적인 문체와 문학적 깊이는 독자에게 충격과 즐거움을 선사한다.

카터는 『피로 물든 방』에서 '공식적' 동화의 플롯을 시대적 문화적 상황을 달리 변주함으로써 각기 다른 이야기로 변화되는 것을 보여준다. '푸른 수염' 이야기는 「피로 물든 방」, '미녀와 야수' 이야기는 「리용 씨의 구혼」과 「타이거의 신부」(주제적으로는 열 개의 이야기에 다 들어 있다고 할 수 있다), '장화 신은 고양이' 이야기는 같은 제목이지만 코믹하고 그로테스크한 「장화 신은 괭이」, '백설 공주' 이야기는 「눈의 아이」, '잠자는 숲속의 공주' 이야기는 「사랑의 집에 사는 귀부인」, '빨간 모자' 이야기는 「늑대인간」 「늑대 친구들」 「늑대 – 앨리스」에 변용되어 있으며, 덴마크의 전설 '마왕' 이야기는 같은 제목의 이야기에 변용되었다. 독자는 이미 익숙하게 알고 있던 페로 또는 그림 형제의 동화와의 차이에 놀라게 될 것이다. 또한 그 이전 구전 민담의 원래 이야기와 비교해보면서, 동화란 영원히 변치 않는 보편적인 인류의 집단무의식에서 나온 것이 아니며, 실생활과 관련이 없는 환상적인 세계를 보여주는 것이 아니라 역사 속 특정한 시점의 문화적, 정치적, 경제적 상황을 반영하고 있음을 깨닫게 된다.

카터의 작품이 고전적 동화와 가장 다른 점은 몇몇 여성 인물이 자신의 성적 욕망을 솔직하게 인정하고 그 욕망을 충족시키기 위해 겁 없이 적극적으로 행동한다는 점이다. 이런 여성상이 독자에게 가장 큰 불편함과 당혹감 내지 거부감을 일으키는 원인이기도 할 것이다. 그러나 성적으로 적극적이며 남성과 동등한 여성 인물과 수동적이고 무력하여 희생양이 되는 여성 인물을 비교해본다면 전자의 남녀 관계가 훨씬 더 건강하고 자유롭다는 것을 알 수 있다.

카터는 가부장 사회에서 남녀의 성적 관계는 억압적인 권력 관계라고 보았다. 가부장 사회에서 권력을 가진 남성은 문화의 소유자이며 경제적으로 무력한 여성은 자연에 속하는 소극적인 존재로 간주된다. 『피로 물든 방』의 열 가지 이야기 중에서 억압적인 남녀 관계를 가장 잘 보여주는 작품은 「피로 물든 방」과 「눈의 아이」이다. 중세 유럽을 배경으로 한 「눈의 아이」에서 남성은 절대 권력을 쥐고 있기 때문에 백작은 자신의 욕망에 따라 여자아이를 만들어내고 백작부인과 눈의 아이를 모두 소유하려고 한다. 무력한 백작부인은 백작에게 의존할 수밖에 없기 때문에 자신이 생존하려면 눈의 아이를 제거할 책략을 부릴 수밖에 없다. 이 이야기에서 의상은 권력과 문화의 주인인 남성이 자연에 속하는 여성에게 문화적 지위를 부여해주기 위해 하사하는 선물이다. 백작의 변덕에 따라 의상은 백작부인에게서 눈의 아이에게로 이동되지만, 이 소녀는 백작부인의 질투심을 상징하는 장미가시에 찔려 쓰러지고 백작에게 강간을 당한 뒤 눈으로 녹아 자연으로 돌아간다. 이 이야기에서 알몸의 여성들과 완전히 차려입은 백작과의 관계는 가장 불균형적인 관계이며, 「피로 물든 방」에 나오는 롭스의 그림(남자가 양복을 차려입고 알몸의 소녀를 구석구석 자세히 뜯어보는 그림)과 같이 가장 외설적인 남녀 관계이다.

19세기 말 프랑스를 배경으로 한 「피로 물든 방」의 페미니즘적인 메시지라면 화자인 소녀가 자신이 그런 불균형한 남녀 관계에 공범이라는 것을 깨닫는 것이다. 소녀는 사랑 때문이 아니라 홀어머니와의 가난한 생활에서 탈출하기 위해 유산을 많이 물려받아 경제력이 막강한 후작과 결혼한다. 그리고 자신을 '고깃덩어리'로 객관화하는 후작의 시선과 롭스의 외설적인 그림을 보고 자신도 욕정을 느낀다는 것을 깨닫고 놀라며 자신에게도 타락의 잠재성이 있음을 인정하게 된다. 그러나 소녀는 피로 물든 방의 비밀을 알고 난 후 후작이 자신을 경제적으로 의존하게 할 뿐 아니라 감정적으로도 의존하게 하여 절대적 복종을 요구하려는 것임을 깨닫고 후작의 외설적 남녀 관계에 반기를 드는 것이다. 후작이 그녀의 드레스를 칼로 찢어버려 완전하게 알몸으로 만든 다음 칼로 내려치려는 순간 그녀를 구원해주러 온 사람은 전통적인 이야기에서처럼 오빠들이 아니라 말을 타고 권총을 들고 달려온 용감한 어머니였다. 이 여성 인물은 19세기 말에 나타나기 시작한 독립적인 신여성으로 「눈의 아이」에서보다 더 긍정적인 결말을 보여준다.

『피로 물든 방』의 이야기 중에서 이와 같은 전통적 성역할의 신화가 자연적인 것이 아니라 인간에 의해 구축된 것이므로 바꿀 수 있다는 것을 보여주는 작품은 「타이거의 신부」「사랑의 집에 사는 귀부인」 그리고 「늑대 친구들」이다. 이 중에서 「늑대 친구들」을 살펴보자. 이 이야기의 배경은 인간 문명의 초기 어느 원시적인 농경 지역이다. 구전 민담 속의 '빨간 모자'는 늑대를 속이고 탈출하는 용감한 소녀의 이야기인 데 반하여, 페로와 그림 형제의 '빨간 모자' 이야기에는 무력하게 늑대에게 잡아먹히거나 남자 사냥꾼에게 구출되는 전통적인 젠더 관계가 반영되어 있다. 카터의 빨간 모자 소녀도 역시 가부장적 전통에서 시작하지만 결말은 매우 다르다. 할머니가 만들어준 빨간 숄은 소녀의 성숙한 육체를 상징하며 숫처녀인 그녀는 욕망의 대상으로 그려지는데 이것은 여성을 보는 전통적인 시각이다. 늑대는 여성을 먹이로 하려는 남성의 성적 리비도를 상징하는 인물이다. 사냥꾼으로 나타난 늑대인간에게 소녀는 매력을 느끼기 때문에 장난스럽게 내기에 키스를 걸게 된다. 할머니는 이 늑대인간을 전통적인 시각에서만 보는 인물로 성경과 앞치마(여성의 전통적 이미지로 성처녀 또는 성모, 가정의 천사 이미지)를 내던지며 공격하다가 전통적 시나리오에 따라 잡아먹히고, 늦게 도착한 소녀는 이 사실을 알아차리지만 할머니와 다르게 반응한다. 먼저 소녀는 창밖의 늑대 무리들이 슬픈 노래를 부르고 있는 것을 보고 자신뿐 아니라 이 늑대인간도 전통적인 성역할에 묶여 있음을 깨닫고 공감을 느낀다. 그리고 두려움을 버리고 숄과 모든 옷을 벗어버린 후 늑대인간에게 다가가서 내기의 상으로 약속했던 키스를 자발적으로 해준다. 너를 잡아먹겠다는 늑대인간의 가부장적인 협박에도 소녀는 자신이 수동적으로 잡아먹히는 '고깃덩어리(meat)'가 아니라 주체성을 가진 '육체(flesh)'라는 선언과 함께 메두사처럼 웃어젖히며 늑대인간의 옷을 난롯불에 던져버린다. 옷을 다 태워버린다는 것은 남성성과 여성성을 주체와 객체, 사냥꾼과 먹잇감의 관계로 규정하는 가부장적 문화를 거부하는 행위로 볼 수 있다. 소녀가 '부드러운' 늑대의 품안에서 곤하게 잠들어 있는 마지막 장면이 과연 억압적인 성역할에서 벗어난 새로운 남녀 관계를 제시한 것인지 논란이 있을 수 있다. 그러나 가부장적 전통의 젠더 개념이 인간의 성적 리비도를 두려워하여 그것을 여성에 투사하여 억압하는 것에서 시작되었다고 본다면 이 마지막 장면은 최소한 그런 두려움을 극복한 치유의 장면이라고 볼 수 있을 것이다.

전통적인 성역할이 단순히 공격적인 여성과 수동적인 남성으로 자리만 바꾼다면 억압적 관계는 그대로 남아 있게 된다. 「사랑의 집에 사는 귀부인」에 나오는 구절처럼 남성과 여성 모두 전통적으로 배워 온 '노랫가락'이 억압적인 줄 알면서도 계속 반복하고 있고 새로운 노래를 터뜨리기는 힘들다. 신화를 바꾸는 작업은 문명 이전의 상태로 돌아가거나 초월적 유토피아로 가지 않는 한 어려울지 모른다. 그러니 우리가 현재의 문화 안에 머무는 한 카터가 불꽃같은 상상력으로 시도했던 탈신화화 작업은 계속 이어져 나가야 할 것이다.

이귀우

1940년	5월 7일 영국 서식스 주의 이스트본에서 스코틀랜드 출신 언론인인 아버지 휴 알렉산더 스토커와 어머니 올리브 스토커 사이에서 태어남. 본명은 앤절라 올리브 스토커. 독일군 침공과 공습에 대비하여 런던에서 피난 중에 출생함.
1940~ 1945년	제2차 세계대전 동안 탄광촌 요크서에 사는 외할머니와 생활함. 노동자 계층 출신으로 노동운동과 페미니즘에 강한 참여의식을 보여준 외할머니에게 큰 영향을 받아 좌파적 정치 성향과 노동자에 대한 공감을 갖게 됨. 결혼 전 7년 동안 인도에서 군인으로 활약했던 외할아버지가 남긴 유품을 통해 영국의 식민주의에도 관심을 갖게 됨.
1946년~	여섯 살 때부터 글을 쓰기 시작했다고 함. 런던 남부 밸럼에서 초중등교육 받음. 거식증을 앓음. 어머니는 셰익스피어를 좋아하고 책을 많이 읽어 딸에게 지적 문화적 영향을 줌. 그러나 학교를 중퇴하고 일찍 결혼해서 가사에 묶인 보수적 어머니에게 카터는 거부감을 느낌. 아버지가 자주 영화관에 데려갔고, 할리우드와 할리우드가 상징하는 화려함과 환상에 매혹됨. 미국에 매력을 느끼게 됨.
1959년	아버지의 권유로 주간 신문사 〈크로이던 애드버타이저〉의 수습기자가 됨.
1960년	20세에 폴 카터와 결혼하여 브리스틀에 정착(1969년 별거, 1972년 이혼).
1962~	브리스틀 대학교에서 중세 문학 전공. 이 전공 선택이 그녀

1965년	의 문학에 지속적으로 영향을 미침. 초서와 보카치오를 좋아했고, 프랑스 문학을 애호했으며, 사드, 발자크, 도스토옙스키 등 유럽 작가들과 포, 멜빌 등 19세기 미국 작가들의 영향을 받음.
1966년	첫 소설『그림자 댄스*Shadow Dance*』출간. 시집『유니콘 *Unicorn*』출간.
1967년	두번째 소설이자 미술적 사실주의 작품인『매직 토이숍*The Magic Toyshop*』으로 존 루엘린 라이스 문학상을 수상함.
1968년	세번째 소설『여러 관점들*Several Perceptions*』로 서머싯 몸 문학상을 수상함. 상금으로 받은 500파운드를 갖고 홀로 일본에 감. 서양 기독교 문명에서 가장 먼 곳으로 일본을 택했다고 함.
1969년	네번째 소설『영웅과 악한*Heroes and Villains*』출간. 이 작품은 1960년대 후반 서양의 분위기, 특히 1968년 프랑스 5월 혁명의 영향으로 성숙해진 카터의 페미니즘을 담고 있음. 1972년까지 약 3년간 일본 거주. 일본 남자(한국인이라는 설도 있음)와 잠시 동거하고, 술집 호스티스로 일해보기도 함. NHK방송사에서 근무함. 잡지『뉴 소사이어티』에 일본에 관한 글을 기고함(이 글들을 모아 1982년『성스러운 것은 아무것도*Nothing Sacred*』출간). 외모도 전혀 다르고 일본어도 구사하지 못하는 상태에서 완전한 이방인으로 지낸 경험은 서양 문화를 타자의 입장에서 분석적으로 보게 함.
1970년	동화『미스 제트: 우울한 아가씨*Miss Z: The Dark Young Lady*』출간.
1971년	다섯번째 소설『사랑*Love*』출간.
1972년	여섯번째 소설『호프만 박사의 무시무시한 욕망 발전기*The Infernal Desire Machines of Doctor Hoffman*』출간.

1974년	단편소설집 『불꽃놀이: 아홉 편의 모독적 단편*Fireworks: Nine Profane Pieces*』 출간.
1976년	셰필드 대학교에서 영국예술평의회 회원으로 문예창작을 가르침.
1977년	연하인 마크 피어스와 런던 남부 밸럼에 정착. 페미니스트 출판사인 비라고 출판사의 자문위원 역임. 일곱번째 소설 『새로운 이브의 수난*The Passion of New Eve*』 출간. 이 작품은 버지니아 울프의 『올랜도*Orlando*』(1928)와 같이 성 정체성 변화의 소재를 다루고 있음. 동화집 『샤를 페로의 동화*The Fairy Tales of Charles Perrault*』를 번역 출간.
1979년	『사드적 여성*Sadeian Woman: An Exercise in Cultural History*』 출간. 전통적으로 출산-양육자로만 간주된 여성의 성을 출산 기능과 연결시키지 않았다는 점에서 사드를 옹호하여 논란을 일으킴. 단편소설집 『피로 물든 방*The Bloody Chamber and Other Stories*』으로 첼트넘 축제 문학상 수상.
1980년	미국 브라운 대학교에서 문예창작과 교환교수로 가르치면서 로버트 쿠버 부부와 친분을 맺음.
1982년	번역 동화집 『잠자는 숲속의 공주*Sleeping Beauty and Other Favourite Fairy Tales*』로 제1회 커트 매슐러 상과 케이트 그린어웨이 메달을 받음. 산문집 『성스러운 것은 아무것도』 출간.
1983년	43세에 아들 알렉산더 피어스 출산.
1984년	호주 애들레이드 대학교 거주 작가(writer in residence). 『피로 물든 방』의 늑대 이야기를 영화화한 〈늑대 친구들*The Company of Wolves*〉 개봉(닐 조던 감독). 여덟번째 소설 『서커스의 밤*Nights at the Circus*』 출간(1985년 제임스 테

이트 블랙 메모리얼 문학상 공동 수상). 영국 노리치에 있는 이스트 앵글리아 대학 문예창작과 석사과정에서 3년간 가르침.

1985년　단편소설집『검은 비너스*Black Venus*』, 라디오 극본집『이 노란 모래밭으로 오라*Come Unto These Yellow Sands: Four Radio Plays*』출간.

1987년　『매직 토이숍』이 영화화됨(데이비드 휘틀리 감독).

1991년　동화 편저『비라고 동화집I *First Virago Book of Fairy Tales*』출간.

1992년　동화 편저『비라고 동화집II *Second Virago Book of Fairy Tales*』출간. 마지막 소설『현명한 아이들*Wise Children*』출간. 1991년 폐암 진단을 받고도 이 작품을 완성하기 위해 치료를 회피함. 2월 16일 폐암으로 사망.

1993년　단편소설집『미국의 유령들과 구세계의 불가사의*American Ghosts and Old World Wonders*』출간.

1995년　단편소설집『보트 불태우기*Burning Your Boats: The Collected Short Stories*』출간.

1996년　극작품 모음집『기묘한 방*The Curious Room: Plays, Film Scripts, And an Opera*』출간. 이 책에는 라디오 극본, 영화 대본, 버지니아 울프의〈올랜도〉오페라 초본이 포함됨.

1997년　신문 잡지 기고문과 산문 모음집『다리 흔들기*Shaking a Leg: Collected Journalism and Writings*』출간.

2000년　동화『바다 고양이와 용왕*Sea-Cat and Dragon King*』출간.

문학동네 세계문학전집 발간에 부쳐

세계문학은 국민문학 혹은 지역문학을 떠나 존재하는 문학이 아니지만 그것들의 총합도 아니다. 세계문학이라는 용어에는 그 나름의 언어와 전통을 갖고 있는 국민문학이나 지역문학의 존재를 인정하면서 그것을 넘어서는 문학의 보편적 질서에 대한 관념이 새겨져 있다. 그 용어를 처음 고안한 19세기 유럽인들은 유럽문학을 중심으로 그 질서를 구축했지만 풍부한 국민문학의 전통을 가지고 있는 현대의 문학 강국들은 나름의 방식으로 세계문학을 이해하면서 정전(正典)의 목록을 작성하고 또 수정한다.

한국에서도 세계문학 관념은 우리 사회와 문화의 변화 속에서 거듭 수정돼왔다. 어느 시기에는 제국 일본의 교양주의를 반영한 세계문학 관념이, 어느 시기에는 제3세계 민족주의에 동조한 세계문학 관념이 출현했고, 그러한 관념을 실천한 전집물이 출판됐다. 21세기 한국에 새로운 세계문학전집이 필요하다는 것은 명백하다. 우리의 지성과 감성의 기준에 부합하는 세계문학을 다시 구상할 때가 되었다.

문학동네 세계문학전집은 범세계적으로 통용되는 고전에 대한 상식을 존중하면서도 지난 반세기 동안 해외 주요 언어권에서 창작과 연구의 진전에 따라 일어난 정전의 변동을 고려하여 편성되었다. 그래서 불멸의 명작은 물론 동시대 세계의 중요한 정치·문화적 실천에 영감을 준 새로운 작품들을 두루 포함시켰다.

창립 이후 지금까지 한국문학 및 번역문학 출판에서 가장 전문적이고 생산적인 그룹을 대표해온 문학동네가 그간 축적한 문학 출판 경험을 바탕으로 새로운 세계문학전집을 펴낸다. 인류가 무지와 몽매의 어둠 속을 방황하면서도 끝내 길을 잃지 않은 것은 세계문학사의 하늘에 떠 있는 빛나는 별들이 길잡이가 되어주었기 때문이다. 우리가 자부심과 사명감 속에서 그리게 될 이 새로운 별자리가 독자들의 관심과 애정에 힘입어 우리 모두의 뿌듯한 자산이 되기를 소망한다.

문학동네 세계문학전집 편집위원
민은경, 박유하, 변현태, 송병선, 이재룡, 홍길표, 남진우, 황종연

지은이 앤절라 카터

1940년 영국 서식스 주에서 태어났다. 브리스틀 대학에서 중세문학을 공부했고, 대학 시절 쓴 첫 소설 『그림자 댄스』를 시작으로 남성, 서구, 백인, 이성애자 우위의 담론에 맞서는 전복적 글쓰기를 선보였다. 동화, 포르노 문학, 고딕 소설, 마술적 사실주의 등 다양한 장르와 형식을 차용하며 남성 중심적 신화를 비판하는 작품들을 발표했다. 1992년 폐암으로 생을 마감했다.

옮긴이 이귀우

서울여자대학교 영어영문학과 명예교수. 미국 뉴욕주립대학교(빙엄턴)에서 박사학위를 받았다. 현대영미소설 전공이며 포스트모더니즘, 페미니즘에 관한 논문이 다수 있다. 지은 책으로 『페미니즘 어제와 오늘』(공저), 『20세기 미국소설의 이해』(공저) 등이 있으며, 옮긴 책으로 『경마장의 함정』 『버지니아 울프 단편소설 전집』(공역), 『버지니아 울프 문학 에세이』(공역)가 있다.

세계문학전집 030
피로 물든 방

1판 1쇄 2010년 3월 15일
1판 7쇄 2022년 3월 18일

지은이 앤절라 카터 | 옮긴이 이귀우

책임편집 이은현 | 편집 이승희 손은주 이미영 | 독자모니터 양은희
디자인 랄랄라디자인 송윤형 한충현 최미영 | 저작권 박지영 형소진 이영은 김하림
마케팅 정민호 이숙재 박보람 한민아 김혜연 이가을 안남영 김수현 정경주 이소정
브랜딩 함유지 함근아 김희숙 정승민
제작 강신은 김동욱 임현식 | 제작처 영신사

펴낸곳 (주)문학동네 | 펴낸이 김소영
출판등록 1993년 10월 22일 제2003-000045호
주소 10001 경기도 파주시 회동길 210
전자우편 editor@munhak.com | 대표전화 031)955-8888 | 팩스 031)955-8855
문의전화 031)955-8895(마케팅), 031)955-2691(편집)
문학동네카페 http://cafe.naver.com/mhdn
문학동네트위터 http://twitter.com/munhakdongne
북클럽문학동네 http://bookclubmunhak.com

ISBN 978-89-546-1008-7 04840
      978-89-546-0901-2 (세트)

www.munhak.com

문학동네 세계문학전집

● 문학동네 세계문학전집은 계속 출간됩니다